반대는 늘 정의로운가

우리는 왜 결사반대에 빠져드는가에 대한 물음

반대는 늘 정의로운가

우리는 왜 결사반대에 빠져드는가에 대한 물음

초판 인쇄 2024년 8월 10일
초판 발행 2024년 8월 15일

지은이 유창하
펴낸이 홍철부
펴낸곳 문지사
등록 제 25100-2002-000038호
주소 서울특별시 은평구 갈현로 312
전화 02) 386-8451/2
팩스 02) 386-8453

ISBN 978-89-8308-603-7 (03810)
값 17,500원

반대는 늘 정의로운가

우리는 왜 결사반대에 빠져드는가에 대한 물음

유 창 하

문지사

책 머리에

'반대한다, 고로 존재한다.'
'나는 반대하라는 역사적 사명을 띠고 이 땅에 태어났다.'
'반대하라, 그러면 얻을 것이요, 쩐錢국이 너희 것이니.'

반대, 달콤하고 그냥 매력적인 단어다.
한 번 맛보면 끊을 수가 없다.
왠지 의식을 지닌 것처럼 돋보이기도 한다.
그리고 무엇보다 반대하면 얻는 것이 많다.
반대하지 않을 이유가 없다.

주말이면 서울 광화문광장은 반대 집회로 몸살을 앓는다.
무슨 결사반대가 그리도 많은지 도무지 알 수가 없다.
반대가 일상화되었다.
'반대는 정의요, 자유요, 진리'가 되었다.

우리나라 사람들은 반대, 결사반대를 매우 많이 좋아하는 것 같다.

'골목길 확장 결사반대' '재건축 결사반대' '무조건 결사반대' '…….'

이러한 현수막은 오늘 이 시간 우리나라 어디를 가든 널려있다.

어제도 그랬고, 또 내일도 마찬가지일 터.

그런데 가만히 속을 들여다보면 진짜로 목숨 걸고 반대하는 것이 아니라, 많은 경우가 돈 내놓으라는 거다.

스스로 거짓말인 줄 알면서 그냥 '떼'를 써본 것으로 여겨진다.

그러다 보니, '반대'라는 단어 또한 부정적 이미지를 갖게 되지 않았나 싶다.

'대한민국은 민주공화국이다.'

우리나라 헌법 제1조다.

민주공화국인 만큼 다양성을 특징으로 하며, 이에 따라 우리 사회는 서로 다른 의견과 주장들이 함께 부딪치며 공존한다.

따라서 반대 의견 표출은 당연하다.

하지만, 이러한 무작정 반대 현장의 난립을 보면 '대한민국은 반대 공화국이다.'라고 부른다고 해서 잘못된 주장이라고 말하지는 않을 것 같다.

우리 사회가 일제日帝의 40년대부터 지금까지 정치적 사회적 '반대 이데올로기'에 휩싸여 허우적거리고 있는 것이, 우리의 자화상임을 부인할 수 없기 때문이다. 안타깝고 때로는 서글프지만.

'나에게 자유를 달라, 아니면 죽검을 달라.'

정의로운 결사반대를 주장하면, 가장 먼저 떠오르는 절규다.

일제하에서 벌인 조상들의 '반일' 운동 역시 절대 정의의 외침이다.

카이스트 어느 교수가 지적했다.

자유와 맞먹는 숭고한 단어 '반대'가 어쩌다 우리나라에서는 돈과 부정한 권력과 더러운 명예를 탐하는 싸구려로 전락해 버렸는지 씁쓰레하다고 절대 정의가 아닌 사적 이익을 얻기 위한 안 좋은 반대가 문제의 문제라는 이야기다. 위선의 가면을 쓴 쓰디쓴 탐욕의 반대 외침은 지금도 이어지고 있다.

　　특히 정치권의 가짜뉴스에 의한 민주주의의 훼손은 강도를 더해가고 있다.

　　이러나저러나 우리나라의 무작정 반대 이데올로기의 뿌리와 현주소는 어디며, 이유는 무엇이고, 또 앞으로 어떻게 해야 더 나은 쪽으로 굴러갈 수 있을까?

　　그래서 '반대에 관한 모든 생각'을 독자들과 함께 고민해 보자는 것이 이 책을 쓴 이유다.

　　여러 가지 어려운 여건에서 책을 펴내 주신 문지사 편집팀과 홍철부 사장님께 감사드린다.

2024년 8월 광복절을 기념하며
유 창 하 씀

목 차

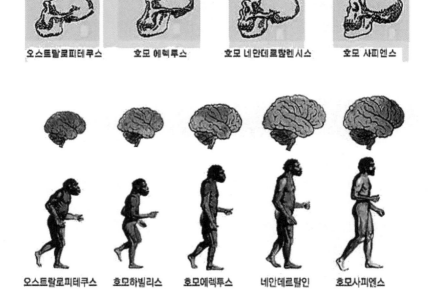

오스트랄로피테쿠스　　호모 에렉투스　　호모 네안데르탈헨시스　　호모 사피엔스

오스트랄로피테쿠스　　호모하빌리스　　호모에렉투스　　네안데르탈인　　호모사피엔스

인류 진화도 / 출처 : 네이처

I
반대 욕구는 인간의 원초적 본능이다

1. 호모 사피엔스의 또 다른 얼굴 호모 비오랑스

호모 사피엔스Homo Sapiens.

생각하는 인간, 슬기로운 인간, 또는 지혜로운 인간을 말한다.

현존하는 인류의 조상을 우리는 이렇게 '좋게' 표현한다.

우리의 조상이니만치 셀프 칭찬이다.

그런데 인간은 진짜 이성적이고 착하며 지혜롭고 슬기롭기만 할까?

그래서 나온 주장이 '안 착한' 인간이다.

호모 비오랑스Homo Violence.

폭력적 인간이라는 뜻이다.

반대 인간이라고 부르기도 한다.

프랑스 철학자이자 정신분석학자인 로제 다둔이 그의 저서 『폭력-폭력적 인간에 대하여』에서 붙인 호모 사피엔스의 또 다른 이름이다.

인간의 폭력은 곧 '원초적 본능'이라는 것이다.

폭력이란 반대한다는 내적 의식이 밖으로 드러난 외적 행동이다.

따라서 반대와 폭력은 흔히 말하는 동전의 양면이다.

결국, 반대 욕구는 인간의 원초적 본능이다.

다시 호모 사피엔스로 돌아가 보자.

사피엔스를 논하자면 이스라엘의 인류 역사학자 유발 하라리Yuval N
oah Harari[1])를 불러오지 않을 수 없다.

그의 저서 『사피엔스』는 2010년대 처음 출판되어, 지금까지도 세계
30개국에서 베스트 셀러를 기록하고 있는 역작이다.

그에 따르면, 인류 또는 인간이라는 의미로 쓰이는 '호모'라는 종족
은 250만 년 전 동아프리카의 오스트랄로피테쿠스Australopithecus에서
진화했다.

이들이 전 세계로 뻗어나가 호모 네안데르탈렌시스Homo neanderthal
ensis, 호모 에렉투스Homo erectus, 호모 솔로엔시스Homo soloensis, 호
모 플로레시엔시스Homo floresiensis, 호모 데니소바Homo denisovans, 호
모 루돌펜시스Homo rudolfensis, 호모 에르가스터Homo ergaster, 그리
고 바로 우리 조상인 호모 사피엔스로 갈라진다.

이 가운데 10만 년 전에 이르러 사피엔스를 제외하고는 모두 멸종
되어버렸다.

멸종된 호모 가운데 에렉투스는 200만 년 넘게, 긴 세월 동안 지구
를 지킨 인종이었다. 흔히 직립|直立 : 똑바로 서서 걷는| 인간으로 표현되

---

1) 1976년 2월 24일~ 이스라엘의 역사학자이며, 세계적 스테디셀러 『사피엔스: 유인원
에서 사이보그까지』의 저자이다. 현재 예루살렘 히브리 대학교 역사학과 교수로 재직
중이다.

는 에렉투스는 사피엔스보다 덩치가 컸고 근육이 발달했으며 도구와 불도 사용할 줄 알았다.

그러한 에렉투스는 왜 멸종했고, 그보다 작은 사피엔스만이 살아남았을까?

뇌의 크기가 문제였다.

뇌가 크면 생각하는 힘이 늘어난다.

그러면 무작정 큰 것이 좋을까?

그건 또 아니다.

네안데르탈인은 사피엔스보다 뇌가 더 컸으나 멸종됐고, 플로레시엔시스는 너무 작아 사라졌다.

체격에 비해 너무 큰 뇌를 가진 호모는 몸의 움직임이 둔화 도태되었고, 너무 작은 뇌의 소유자는 생각하는 힘이 모자라 없어졌다.

그에 비해 호모 사피엔스는 가장 적합한 크기의 뇌(몸무게의 2~3%)를 가짐으로써 가장 효율적인 생각하는 힘, 이른바 인지 혁명을 이룰 수 있었다.

그래서 사피엔스는 이 모든 호모 종족이 다 사라졌지만, 지금껏 인간 또는 인류라는 후손을 이어오고 있어 '생각하는 인간', '지혜로운 인간', '슬기로운 인간' 등으로 불리고 있다.

결국 가장 강한 인종이라 모든 종족을 제치고 살아남았거나, 살아남았으니 가장 강한 호모인지도 모른다.

여기서 한 가지 의문이 제기된다.

호모 사피엔스는 말 그대로 '인간다운' 인종일까?

혼자 살아남았다는 건 가장 총명하고 영특했기 때문인데, 영특한 것과 인간답게 착한 것은, 전혀 별개의 문제인 것이다.

생존을 위해 영특을 넘어 영악하고, 사악했으며, 또 포악하기까지 했을 것이라는 이야기다.

호모 사피엔스가 호모 비오랑스, 폭력 인간으로도 불리는 이유가 그것이다.

그렇다면 인간은 얼마나 폭력적일까?

다시 로제 다둔의 주장으로 들어가 보자.

갓난아기는 폭력적이다.

호모 비오랑스의 DNA, 폭력적 유전인자를 갖고 태어나기 때문이다.

곧, 폭력은 생존본능과 함께 이기심이 발동한 결과로 배우지 않아도 저절로 몸에 배는 원초적 본능이다.

어린아이의 폭력이 최고조에 이르는 시점은 생후 24개월, 즉 두 돌쯤이다.

폭력을 본 적도 그 누구로부터 배운 적도 없는 녀석의 폭력성은 대단하다.

막무가내로 울어 재낌으로써 언어폭력을 구사한다.

물건을 집어 던지거나 엄마를 마구 때리는 물리적 폭력도 마다하지 않는다.

엄마를 무기력하게 만드는 정서적 폭력에다 까무러치듯 우는 것으로 심리적 폭력까지 불사한다.

그 어떤 폭력 전문가도 흉내 내기 어려운 모든 종류의 폭력을 무차별적으로 행사한다. 생떼 정도가 아니라 땅벌의 횡포도 그럴 수 없을 정도다.

이러한 폭력성은 20살 정도의 성인이 되면 대부분 줄어들거나 없어진다. 그러나 5% 안팎의 문제아는 노인이 되어도 그 버릇을 버리지 못한다.

성인 폭력 전과자들이 바로 그러한 범주에 속하는 사람들이다.

'세 살 버릇 여든까지'라는 우리말 속담이 그저 생긴 게 아닌 것 같다. 만 두 살이면 그동안 한국 나이로 3살이니까.

이러한 어릴 적 폭력성이 성인이 되면서 사라지는 것은 저절로가 아니라 사회생활을 하면서 얻어지는 것이다.

폭력으로서는 '얻는 것 보다, 잃는 것'이 더 많다는 것을 배우기 때문이다.

이를 재미있게 표현한 글이 있다.

대부분 포유동물은 어미의 자궁에서 나올 때, 말하자면 유약을 발라 구운 도자기 같은 상태로 나온다.

그러기 때문에, 그것을 어떻게든 모양을 바꾸려면 긁히거나 깨질 수밖에 없다.

반면, 인간은 용광로에서 막 꺼낸 녹은 유리 덩어리 같은 상태로 태어난다.

따라서 놀라울 정도로 다양한 모양으로 가공이 가능하다는 것이다.

이러한 이유로 하여, 우리는 물렁물렁하게 태어난 아이를 교육함으로써 기독교인이 되거나 불교도가 될 수 있고, 자본주의자도 사회주의자도 될 수 있으며, 호전적 인물이 되거나 평화주의자가 될 수도 있는 것이다.

폭력이라는 원초적 본능은 종교에서 찾기도 한다.

기독교 성서에 나오는 카인이 동생 아벨을 죽인 것이 바로 그것이다.

이것은 기록상 인류 최초의 상징적 살인사건이다.

동생을 죽인 이유인즉, 신神인 부모가 동생을 더 사랑하기 때문에 '그냥 화가 나서' 그랬다는 것이며, 그에 대한 벌을 받게 되자, 카인은 살인을 이어간다.

최근 2023년에 일어난 또래 여성 살인사건도 비슷하다.

아니 카인과 꼭 같은 짓이라고 할 수 있을 것이다.

범인인 20대 여성|정○정|은 처음 만나기로 약속한 나이 비슷한 여성을 찾아가 무자비하게 살해하고 시신까지 내다 버렸다.

살인 이유가 '그냥 살인하고 싶어서'였다.

인간의 폭력성, 폭력 인간을 다룬 연구와 소설이 많은 것도 인간의 폭력 DNA는 사라지기는커녕 갈수록 진화하기 때문일 거라고 추론할 수 있는 배경이다.

뇌과학자들에 의하면 인간의 뇌 구조는 3중으로 되어있다.

맨 안쪽의 원뇌原腦는 생명 뇌로 파충류 뇌로 불린다. 악어가 대표적이다.

다음이 중뇌에 해당하는 대뇌변연계大腦邊緣系로 포유류 뇌라 일컬어진다. 본성에 더해서 조금이나마 감정 감성을 지녔다. 개犬 정도 수준이다.

가장 바깥이 대뇌 피질大腦皮質 부로 인간만이 지닌 뇌라 할 수 있다. 이성을 지닌 인간다운 인간의 역할을 담당한다.

문제는 맨 안쪽의 파충류 뇌다. 이성은 전혀 없고 본능만 살아있어 폭력의 근원이 된다. 생존을 위한 본능, 곧 공격성 폭력성이 그가 가진 전부다. 이것이 시간이 지나면서 쪼그라지기는커녕 더욱 활성화되어 기승을 부린다.

호모 비오랑스 DNA다.

같은 고등학교 동급생을 가해자 피해자 두 집단으로 나누어 실험해 보았다.

한쪽 학생이 동급생 다른 쪽 친구에게 전기고문을 하도록 한 것이다.

낮은 전압으로 시작해서 강도를 차츰 높여 상대가 고통을 못 이겨 소리치고 발버둥 칠 때까지 전기고문을 진행했다.

가해자 역을 맡은 학생은 친구의 고통을 처음에는 약간 거북하게 지켜보다가 시간이 지나자 오히려 그 고통을 즐기더라는 것이다.

이 실험은 피해자에게 가짜 전류를 흐르게 하고 거짓 쇼를 하게 했으나, 그것을 모르는 가해자는 상대의 고통스러운 행동에 진짜로 쾌감을 느끼는 표정이었고, 이런 내용을 모르면서 지켜보는 다른 학생들도 마찬가지였다.

『지킬 박사와 하이드』는 인간의 양면성, 호모 사피엔스와 호모 비오랑스의 선악을 작품으로 그려낸 대표적 소설이다.

소설 『프랑켄슈타인』은 호모 비오랑스적 인간의 잔인함을 담은 작품이다. 이 소설은 작가가 18살 어린 소녀 시절 쓴 것임을 생각하면 더 놀랄만한 일이기도 하다.

『삼국지』와 쌍벽을 이루는 중국 소설 『수호지』에도 인간의 잔혹함을 담은 내용이 수두룩하다.

산적 본부인 양산박 길목에 있는 객주에서 손님을 죽여 그것으로 인육 만두를 빚는 소름 끼치는 잔혹한 이야기가 그런 것들이다.

요즘 젊은이들이 빠져있는 온라인 게임 세상의 폭력성은 지금까지의 어떤 소설이나 신화보다 한 단계 넘어선, 상상 그 이상의 난폭함이 난무한다.

온라인 게임에는 네이버, PC, PC방, 콘솔, 모바일 등 매체별, 나이, 폭력 등 콘텐츠별 국내외 작품별 등 규제와 기준에 차이가 있다. 그러나 게임마니아 여부를 떠나 게이머라면, 누구나 좋아하는 온라인 게임 인기 탑텐을 보면 절대다수가 폭력물이다.

언제나 상위 10에 자리하는 LOL|League of Legends| 베틀 게임이나 일본 닌텐도의 닌자 시리즈, 신들의 전쟁|War of Gods| 등이 그것이다.

게임은 기존의 소설 독자나 영화 관객과 달리 게임 참여자가 직접 주인공이 됨으로써 작품 속 가상 세계에 더 깊게 빠져들게 한다.

적군의 모가지를 통째 날리는 것은 기본이며 사지를 찢었다 붙였다 한다거나 마을이나 나라 전체를 피바다 불바다로 만든다.

게임 '신들의 전쟁'의 경우, 잔학함에 더해서 29금에 해당하는 근친상간까지 더해서 짜릿함을 배가해 게임마니아를 끌어들인다.

누가 더 많이, 누가 더 빨리, 누가 더 잔인하게 적군을 소탕하는가에 따라 보상이 주어진다. 최소한 게임을 공짜로 한 번 더 하게 해 준다.

게임에 몰입하다 보니 현실과 가상 세상을 혼동하는 어처구니없는 사건이 벌어지기도 한다.

한참 전에 초등학교 맘카페에 올라온 글이다.

초교 1년생이 하학길에 병아리를 사 왔다.

전자제품 장난감과 함께 갖고 놀다가 병아리가 죽었다.

정확하게 말해 죽었다가 아니라 죽였다.

"엄마. 병아리가 죽었어. 일어나라고 때려도 그냥 자고 있어. 배터리 아웃 됐는가 봐."

실험이나 소설, 게임이 아닌 현실에서 폭력 인간의 잔인함은 더하면 더했지 덜 하지 않다.

일제 강점기 731부대 인체 마루타 연구실에서는 '인간 고통의 한계'를 측정한다며, 진짜 전기고문을 자행하는 등 '인간의 잔혹성 한계'가 어디까지인가를 보여 주는 사례가 수도 없이 많다.

이뿐 아니다, 로마 황제들이 벌인 죄수와 사자의 결투, 그리고 이를 보고 즐기는 인간군상을 생각하면, 과연 인간의 '악마성' 상한선은 어디까지일까를 의심케 한다.

과학잡지 네이처에 발표된 한 연구에 따르면, 지구촌 1,024종 포유류를 대상으로 동족이나 영아 살해율을 비교한 결과, 인간의 살인율이 다른 포유류 평균보다 7배나 높았다.

이러한 개인이나 소집단의 호모 비오랑스적 악마성이 국가라는 조직으로 옮겨갔을 때 나타나는 결과는 끔찍하다 못해 소름조차 돋지 못한다.

바로 세계 2차대전 중 나치즘의 인간 말살 정책이 대표적이다.

독일 나치 정권의 유대인 말살 정책, 홀로코스트에 희생된 숫자는 600만 명에 이른다는 것이 역사의 기록이다. 당시 전체 유대인의 2/3에 해당한다.

전체주의 국가의 폭력은 '목적으로서의 폭력'이라는 게 조지 오웰의 해석이다.

미래 소설 『1984년』과 패러디 소설 『동물농장』의 저자이기도 한 그는 언론인이자 교육자이며, 전체주의를 맹비난하는 민주주의를 적극 지지하는 사상가이다.

그는 작품 『1984년』을 통해 전체주의 국가의 권력과 폭력을 이렇게 비판한다.

"당黨은 권력을 위한 권력, 오직 권력을 위한 권력……, 절대 권력을 추구한다.

권력의 폭력은 폭력의 위력을 낳고, 폭력의 위력은 불안과 고통으로 가득 찬 세상, 곧 폭군과 피압박자들로 이뤄진 세상을 만드는 것을 목표로 한다."

곧 폭력은 폭력을 낳고 그 폭력은 또 다른 폭력을 생산하며, 이러한 폭력이 연쇄적으로 계속 이어짐으로써 폭력의 강도는 갈수록 업그레이드된다는 것이다.

이러다 보니 자유 민주주의 국가가 그 정체성을 지키려면 외부의 적인, 전체주의와 싸워야 하고 내부의 적인 자국 내 테러리즘 집단과도 맞짱 뜰 수밖에 다른 방법이 없다고 그는 말한다.

아무튼, 동서양을 막론하고 오늘도 인면수심의 폭력 범죄가 지구촌 어디를 가릴 것 없이 끊이지 않는 것은 바로, 이러한 인간의 타고난 폭력 DNA 호모 비오랑스가 살아있기 때문이라는 논리에 설득력을 더해주고 있다.

이러한 주장에는 사회심리학자들이 말하는 인간의 심리 형성에 관한 이론 중 하나인 생물학적 결정론이 이를 뒷받침하기도 한다.

곧, DNA 등 타고난 생리적 요인이 그렇게 만들었다는 설명이다.

PS. 이것이 폭력이다.

* 신체적 폭력 : 몸이나 도구를 사용해서 타인의 신체를 통제하는 행위.
* 성性폭력 : 상대방이 거부하는데도 강압적으로 하는 성행위.
* 정서적 폭력 : 상대가 멍청하고 쓸모없다고 느끼도록 하는 말과 행위.
　　　　가스라이팅|Gaslighting|도 여기에 해당한다.
* 심리적 폭력 : 협박으로 공포를 유발해 상대방을 통제하는 행위.
* 영적|종교적| 폭력 : 신앙을 악용해 상대방을 조종, 통제, 지배하려는 행위.
* 문화적 폭력 : 상대방의 문화, 종교, 관습 등을 손상하는 행위.
* 언어적 폭력 : 말이나 글로 상대방을 해치는 행위.
* 경제적 폭력 : 상대방 자금을 동의 없이 통제하고 악용하는 행위.
* 방임 : 양육하고 보호해야 할 책임이 있는 사람이 방치하는 행위.

-폭력 예방프로그램 및 관련 보도 정리-

　가스라이팅이라는 용어는 웹스터 사전이 2022년도 '올해의 단어'로 선정할 만큼 현대 생활 속에 깊이 들어와 있습니다. 최근 남편을 물에 빠뜨려 자살하게 만든 살인사건으로 우리에게도 익숙해진 단어라고 하겠습니다.

　이 용어는 연극 및 영화로 유명한 「가스등」에서 유래한 것으로, 남편은 가스등의 희미해지는 불빛을 내세워 거짓말로 아내를 몰아붙여 정신병자로 만들어 버립니다.

　우리말로 세뇌洗腦, 그중에서도 악질 세뇌라 할 수 있겠습니다. 곧 상대방의 심리를 교묘하게 조작해서 그 스스로가 아무 쓸데 없는 인간인 양 인식하게 만들어 자기의 지배력을 강화하려는 일종의 정신적 폭력입니다.

　과거의 폭력은 주먹질로 대표되는 물리적 폭력이 대다수였다면, 요즘은 가스라이팅을 포함한 비물리적 정신적 폭력이 더 많아졌다고 볼 수 있습니다.

　이러한 비물리적 폭력은 상대방에게 스트레스를 가하게 됨으로써 물리적 폭력 이상의 고통을 느끼게 합니다.

2. 인간은 극단에 끌리게 되어있다

'단맛'에 빠져들면 '더 단맛'을 찾게 된다.

매운 것도 마찬가지다. 극한의 매운맛 마라탕의 인기가 이를 말해준다.

짜릿함에 더 짜릿함을 찾다가 마약에 중독된다.

이러한 것들은 인간의 단순한 생물학적 욕구의 경우다.

그렇다면, 인간의 생각은 어떨까?

더하면 더했지 덜 하지 않다.

그런데 생각의 극단화는 '혼자' 보다는 '집단'에 속했을 때 강해진다.

유유상종類類相從, 우리말로 하면 '끼리끼리' 있을 때, 더하다는 거다.

하버드대 교수 선스타인Cass R. Sunstein[2]은 그의 저서 『우리는 왜 극

---

2) 1954년 9월 21일 출생. 헌법, 행정법, 환경법, 법률 및 행동 경제학 연구로 유명한 미국 법학자다. 그는 넛지(2008)의 작가이기도 하다. 그는 2009년부터 2012년까지 오바마 행정부에서 백악관 정보 및 규제 사무국장을 역임했다.

단에 끌리는가』|도서출판 프리뷰|에서, '집단적 극단화'를 분석하고 경고한 바 있다.

혼자 있을 때는 조용하고 착하기만 하던 10대가 여럿 떼거리로 모이게 되면 안 하던 못된 짓을 서슴없이 행동으로 옮기기도 한다.

패싸움은 기본이고 집단폭행에 강도질도 마다하지 않는 경우가 허다하다.

이러한 행동은 철없는 10대만이 아니라, 가장 엄격해야 할 재판에서조차 단독판사보다 합의제 때 더 가혹한 판결이 이뤄지는 걸 보여준다.

이러한 사례는 여러 실험과 사례를 통해 나타난다.

흑인의 폭동 행위에 대한 경찰의 과잉 단속을 두고 토론을 벌이게 했다.

토론 후 나타난 결과는, 처음부터 평화시위를 지지하던 사람들은 비폭력 데모를 더 강하게 지지하는 것으로 조사됐다. 반면에, 처음부터 강력 대응을 지지했던 사람들은 더 강력한 대응을 지지하는 쪽으로 한층 더 강화된 변모를 보였다.

흑인에 대한 폭력 진압 경찰의 재판 결과에 대해서도 마찬가지다.

법원이 어떤 형량을 내렸든 간에, 처음부터 이건 불공정하다고 생각한 사람들은 토론을 거치면서 더 불공정하다고 판단하며 불만에 더해서 울분을 토했다.

처음 중립적인 의견을 지녔던 사람들은, 자신이 속했던 토론회의 다른 참석자들의 성향에 이끌려 어느 쪽이 되었건, 극단적인 방향으로 흘렀다.

그렇다면, 토론을 거친다고 자신의 신념이 더 강화되는 이유는 무엇일까?

그건 토론 전에 몰랐던 어떤 새로운 정보에 접하게 됨으로써 마음이 바뀌거나 더 강화될 수 있다. 어정쩡한 상태에 있다가 주위의 강력한 주장에 자신도 빨려 들어가기도 한다. 그리고 남들이 자신을 어떻게 볼까? '저 녀석 등신 아니야?' 할까, 하는 두려움에 자신의 신념과 상관 없이 남과 같이 그런 척 동조해 버린다는 것이다.

우리나라에도 예부터 '목소리 큰 놈이 이긴다.'라는 말이 있다.

바로 극단적 주장은 하기도 쉽고, 거부감이 있건 없건 조직과 사회에 먹히고, 영향을 발휘하기 때문이다.

이는 또 '강한 요구'가 논리적으로 더 쉽기 때문이기도 하다.

어느 나라에나 있는 현상이기도 하지만, 21세기 들어서 갈수록 끔찍한 살인사건이 많이 일어난다.

이른바 '묻지 마 살인'에 영유아 살인, 동거인 살인 등 끔찍한 사건들 말이다.

당신이 묻지 마 살인 범죄자 재판에서 배심원이 되었다고 가정하자.

범인을 법정 '최고'형에 처해야 한다는 주장이 쉬울까, 아니면 용서하는 쪽으로 변론을 펴기가 쉬울까?

극형에 한 표를 던지는 측은 이렇게 강조한다.

살인 수법이 너무나 잔인하다. 많은 전과 기록이 있다. 진정으로 반성하는 기미가 조금도 없다. 온정을 보일 경우, 모방 범죄가 따를 수 있다. 만일 형기를 두고 풀려난다면 잔혹한 재범 가능성을 배제할 수 있겠는가?

거기다, 피해자의 억울함을 어떻게 풀어 줄 것인가? 피해자는 착하고 모범 직장인이었다. 결혼을 앞둔, 피해자 여친의 앞으로의 인생은? 가해자 인권은 보호받아야 하고, 피해자의 인권은 무시되어도 좋으냐? 피해자 가족은 트라우마로 정상적 생활이 불가능할 지경이다…….

반면, 참회의 기회를 주자는 측의 주장은 이렇다.

그는 불우한 가정에서 자라 사회의 사랑을 받지 못했다. 특히 청소년 시절, 그가 있던 시설에서 무한 폭력에 시달렸다. 한때는 열심히 살려고 노력했으나 좌절밖에 느낄 수 없었다. 따라서 그의 범죄는 우리 사회도 책임져야 할 부문이 있다.

자, 그러면 어느 쪽이 더 설득력이 높고 강할까?

당연히 '최고형'을 주장한 측이 주장하는 논리와 감성적 호소에 중점을 둔 수사학적 설득에 더 많은 표가 쏠릴 것이다.

한마디로, 극단으로 흐르는 가혹한 처벌을 주장하기가 더 수월하다는 것이다.

개인의 극단화는 집단에 의해 더 극단으로 치닫고, 그 집단의 극단화는 사회적 폭포 현상에 의해 더 부추겨진다.

선스타인은 이를 '사회적 폭포 현상'이라고 정의했다.

곧 폭포 위에서 흘러내린 물이 그 아래로 퍼져나가는 것처럼 영향력 있는 사람의 생각과 관점이 다른 사람들에게로 더 넓게 확산하게 된다는 것을 말한다.

그래서 보통 사람들은 자신의 정보나 지식에 따라서가 아니라, 다른 사람의 생각에 근거해서 판단하게 된다는 것을 의미한다.

이때 문제는 자기가 본받은 타인의 판단이 잘못되었음에도 무조건 따르는 판단 오류가 발생하는 것이다.

이러한 폭포 현상은 여러 가지 형태로 나타난다.

가령 어떤 모임에서 한 회원이 A가 부정을 저지른 장본인이라고 말했고, 또 다른 사람도 그렇다고 말하면, 제3 자는 '내가 아는 한 아닌지도 모르는데……' 하면서도 두 사람의 말에 동조한다.

그러면 또 다른 회원들은 그냥 따지지도 않고 A가 나쁜 놈이라고 여겨버린다. 이러한 것을 '정보의 폭포 현상'이라 말하는데, '세 사람이 우기면 없는 호랑이도 만든다는 삼인성호三人成虎3)' 꼴이다.

'원자력 발전은 안전하다.' 생각하지만, 함께 있는 동료 서너 명이

---

3) 『한비자』에 나오는 말로, 전국시대 위魏나라 혜왕惠王은 조趙나라와 강화를 맺고 그 증표로 태자를 볼모로 보내게 되었는데, 이때 후견인으로 발탁된 사람이 방총龐慈이었다. 방총이 출발에 앞서 하직 인사할 때 임금에게 물었다./"전하, 지금 누가 저잣거리에 호랑이가 나타났다고 한다면, 믿으시겠습니까?"/"그런 터무니없는 소리를 누가 믿겠소"/"그러면 또 한 사람이 같은 소리를 한다면 믿으시겠습니까?"/"역시 믿지 않을 거요."/"만약 세 번째 사람이 똑같은 말을 아뢰면 그때도 믿지 않겠습니까?"/"그땐 믿어야겠지."/이 말을 들은 방총은 한숨을 내쉬고 간곡하게 말했다./"전하, 저잣거리에 호랑이가 나타날 수 없다는 것은 어린애도 알 만한 상식입니다. 그러나 두 사람, 세 사람, 이렇게 전하는 입이 여럿이면 솔깃해서 믿게 됩니다. 예컨대 '없는 호랑이를 사람 셋이 만드는 셈'이지요. 신은 이제 태자마마를 모시고 조나라로 떠나지만, 신의 빈자리에 온기가 가시기도 전에 아마 신을 비방하는 사람들이 여럿 나타날 것입니다. 그러나 조나라 서울 한단邯鄲은 이 대궐에서 저잣거리보다 수천 배나 멀리 떨어져 있는지라, 신은 변명하려고 해도 할 수가 없습니다. 아무쪼록 전하께서는 이 점을 참작해 주십시오."/"과인의 아들을 맡기면서 어찌 경을 의심하겠소? 절대 그런 일 없을 것이니, 안심하고 떠나도록 하오." 그러나 방총이 태자를 모시고 떠난 지 얼마 되지도 않아, 그를 헐뜯는 참소가 임금의 귀를 어지럽히기 시작했다. 혜왕도 처음에는 일축하고 말았으나, 같은 소리가 두 번 세 번 이어지자, 어느덧 자기도 모르게 귀가 솔깃해지는 것을 어쩔 수 없었다. 그로부터 몇 년이 지나 태자는 볼모의 신세를 면하여 귀국하였지만, 방총은 끝내 돌아올 수 없는 신세가 되었다.

한결같이 '이런저런 논리로 원전은 위험천만'이라며 언성을 높이면, 자신이 무식하다는 소리가 듣기 싫어서, 또는 왕따당하는 게 겁이 나 그들 의견에 동조해 버리는 경우는 '평판의 폭포 현상'이라 부른다.

문제는 '정치적 폭포 현상'이다.

이는 무명 정치인이 어느 날 갑자기 스타 정치인이 된다거나, 반대로 유명 정치 지도자가 하루아침에 악인이 되어 나락으로 떨어지는 경우를 말한다.

미국의 경우, 지미 카터 대통령은 조지아주 시골에서 태어나 땅콩 농장을 경영하던 농장주였다.

정치적 배경이나 인지도에서 별 볼 일 없는 그는 처음 출마한 주 상원의원 선거에서 낙선한다.

그러나 그 선거가 상대방의 부정선거로 밝혀져 카터가 당선됨으로써 '땅콩 농부'라는 별명과 함께 정직한 정치인의 아이콘으로 급부상한다.

정직의 아이콘이 바람을 몰고 와, 정치적 폭포 현상을 일으켜 대통령에 당선되기까지 했다.

오바마 대통령도 어느 날 갑자기 불어닥친 인기에 힘입어 대통령이 된 케이스case다.

반면 우리나라는 나쁜 결과를 초래한 사례로 박근혜 전 대통령 탄핵을 들 수 있다.

그와 개인적으로 가까운 민간인 최순실의 딸이 국가대표 승마선수였는데, 그가 삼성그룹을 통해 7억 원대 '라우싱'이라는 경주마 한 필을 그녀에게 제공하도록 압력을 넣었다는 게 발단이었다.

이 정도 문제가 대통령 탄핵까지 이어질 거라고는 누구도 상상 못했다.

언론에서 문제를 제기하자, 당시 성남시장이었던 이재명이 느닷없이 '탄핵'이라는 단어를 들고 일어났다.

그때까지만 해도 보통 사람들은 그저 가십 정도로 생각했다.

그러자 좌파 언론들은 일제히 제3자 뇌물공여죄에 해당하는 권력남용으로 심각한 국기문란과 엄청난 국정 농단이라며 연일 아우성쳤다.

이것이 무분별하게 확대 재생산되어 촛불 집회로 이어졌고, 결국 탄핵에까지 이르게 되었다.

바로 여론의 극단화를 이루는 나쁜 쪽의 정치적 폭포 현상이 일어난 것이다.

반면, 좋은 쪽으로 일어나는 정서적 폭포 현상도 있다. 이는 문화예술계에서 종종 일어나는데, 국내의 경우, 조용필의 히트곡 '돌아와요, 부산항에'가 대표적이다.

이 노래는 진작에 '돌아와요, 충무항에'라는 통영 출신 작곡가 겸 가수 김성술의 노래를 리메이크한 거였다.

노래 제목도 '돌아와요 해운대'를 거쳐 다시 '돌아와요 부산항에'로 바뀐 것인데, 처음 발매된 1972년에는 크게 히트하지 못했다.

80년 어느 날 갑자기 노래 제목이 담긴 부산에서 일기 시작한 열풍이 대전을 거쳐 서울로 북상, 밀리언 셀러를 기록하며 전국을 휩쓴 국민가요가 된 것이다.

다시 정치판으로 돌아가 보자.

'정치'를 놓고 이런 식으로 다루는 대표적 집단극단화가 테러리스트들이다.

테러리스트는 집단 내에서 만장일치를 선호하고 반대 목소리를 허용하지 않는다.

그들의 적은 언제나 악으로 규정되어 있으므로 가능하면 자주 그리고 강하게 밀어붙여야 한다는 압력이 항상 존재한다.

그러므로 집단 내 타협은 거부되고 집단은 더욱더 극단적으로 흐르게 된다. 그리고 그들 사회에서 자기희생의 의지는 두드러지게 강화된다.

테러리즘은 종교 사상 또는 정치적 목적을 위해 폭력적 방법을 사용하는 것을 이르는데, 이것이 조직화 될 때 '비非정부적' 테러 집단으로 나타나게 된다.

9·11 테러로 불리는 2001년의 미국 쌍둥이 빌딩 폭파 사건은 대표적인 세계적 테러 사건으로 주범은 이슬람 극단주의 테러 집단 '알카에다'였다.

이러한 참상이 저질러지는 이유는 그들이 생각하기에는 상당한 합리적 행위라고 여기는 데서 비롯된다. 정상적인 생각으로 본다면, 요즘 말로 1의 합리성도 없겠지만, 절름발이 사고에 갇혀있는 그들 생각으로는 그렇다는 것이다.

이러한 극단적 의식과 행동은 앞서 말한 바처럼, 개인으로 있을 때

보다 집단화되었을 경우 더 심해진다.

이는 익명성에 따른 무책임성에 크게 기인, 개인의 '바보 화'가 되는 것이다.

'나 혼자 한 것이 아닌데, 뭐.'

'누가 했는지 모르잖아.'

'신나고 재밌잖아.'

선량한 군중이 폭도로 변하는 과정이기도 하다.

그래서 쉽게 '집단적 광기가 발동'하는 것이다.

집단적 광기는 '다수가 선택한 길잡이에 무작정 따른' 행동이며 '다수가 선택한 것이 눈가리개가 되어 집단사고의 오류, 집단 광란, 집단 최면, 집단 폭동'으로 이어진다.

이러한 현상은 대규모 집단에서만이 아니라, 소규모 모임에서도 발생한다.

미국의 한 명문대학교 심리학과 교수의 실험에서다.

학생들을 교도관과 죄수집단으로 나누어 교도소 수감생활을 실험해 보았다.

죄수복과 교도관 복장은 물론 교도관의 권한과 죄수로서의 수형 규칙을 철저히 지킬 것을 전제로 진행했다.

첫날은 동급생 친구들이라 어색했으나, 둘째 날부터는 완전히 달랐다. 교도관 역할 학생은 교도관으로서 엄격한 법 집행은 물론 월권도 서슴지 않았다.

죄수 학생은 친구인 교도관 학생의 지시를 처음에는 거부했으나 시간이 지날수록 꼼짝없는 죄수로 행동했다.

교도관 학생은 폭력은 물론 심지어 유사성행위까지 시키며 죄수 학생이 불응 시 인간 이하의 학대와 모욕을 주었다. 실험을 지켜본 교수조차 혀를 내 둘렀다. 인간의 폭력성에 다시 한번 전율했다.

일본의 '니혼TV'가 지난 1998년 벽두에 방영을 시작한 「나아가라 전파 소년」이라는 다큐멘터리 프로그램은 인간의 잔인함을 극도로 내비친 작품으로, 제작한 방송사나 시청자나 모두가 괴물이 된 사례로 꼽힌다.

한 코미디언을 감금한 뒤 완전 나체로 아무것도 없는 방에서 생활하게 한 다음 일정 미션을 완수하면 감금에서 풀어 준다는 게 주 내용이다. 주어진 미션은 오로지 각종 방송 프로그램에서 경품으로 얻은 물건만으로 생활을 이어가야 하며, 그 금액이 당시 100만엔, 우리 돈으로 대략 1,000만 원이 넘으면 성공한 것으로 정했다.

쌀을 얻지 못해 개밥으로 끼니를 때우고, 옷을 받지 못해 계속 벌거벗고 사는 등 인간 이하의 생활에 시청자들은 재미있어했고, 회당 1,700만 명이 볼 만큼 인기였다. 그러자 방송국은 벌거숭이로 사는 그의 일상 24시간을 아예 인터넷을 통해 생중계까지 했다.

그러나 15개월에 걸친 방송이 끝날 때까지 이 엽기적 프로그램은 시청자들의 폭발적 인기 속에 어떠한 제재도 받지 않고 종영된 바 있다.

1,700만이라는 시청자들은 인간의 폭력적 사디즘 취향에 빠져, 그것이 죄악이라든가 몹쓸 짓이라는 생각은 전혀 하지 않은 채 즐겼다는 이야기다.

결국 인간은 지식과 지성을 떠나 본질적으로 호모 비올랑스적 인자가 강하며 집단화될수록 더 극단으로 흐름을 확인한 것이다.

현실은 실험보다 더했다.

1923년 9월 일본 관동|關東 : かんとう, 간토|에 대지진이 터졌다.

당시까지 보통 조선인 생각 속의 일본 사람은 '약간 경박하나 바지런하고 선량하다'라고 각인 되어 있었다. 평범한 가게 주인, 자원 소방대원, 동네 반장, 마을 축제에 참여한 그런 이웃이었다.

일본 당국이 퍼뜨린 '조선인이 우물에 독을 풀었다. 조선인이 불을 지르고 폭동을 일으켰다'라는 유언비어에, 그런 이웃이었던 일본인은 순식간에 마귀로 돌변했다.

낫, 몽둥이, 죽창, 엽총 등으로 무장한 자경단|自警團|을 조직한 일본인들이 조선인을 짐승 잡듯 했다. 반죽음의 조선인 사지를 들어 장작 불더미 속으로 집어 던지고 산채로 시궁창에 매장까지 했다.

일본인의 이러한 악마적 행동 배경에는 그동안 쌓여있던 조선인에 대한 여러 가지 불편했던 사안들이 군중심리와 함께 폭발한 것으로 풀이된다.

그 하나가 피지배 국민 조선인에 대해 지배국이라는 우월감 속에 숨어 있던 조선에 대한 역사적 문화적 열등감의 표출이다. 지난 수 천 년 동안 일본 = 야만국, 조선 = 문화국이었음을 아는 그들인지라, 차제에 조선인을 짓밟아 버리겠다는 응징 심리의 발동이었다.

다음으로 조선인에 대한 불안 불신과 공포다. 4년 전에 발발한 3·1 운동 사건이라든가, 시도 때도 없이 일어나는 고위 일본인 암살 등 대일본 테러에 대한 불안을 조선인 학살로 보복한 것이다.

또 조선인에게 직장을 빼앗긴, 요즘 말로 3D 직종 종사자인 하류층의 현실적 불만을 드러낸 응징적 차원의 폭력이기도 하다.

이처럼 더 극단으로 치닫는 사례는 앞서 본 고교 및 대학생을 대상으로 한 실험에서나 관동 대지진의 경우에 더해서 선진화된 미국의 국회에서도 일어났다.

2023년도 가을, 미 하원은 자신들이 뽑은 국가서열 3위 하원의장을 미 의정 250년 역사상 처음으로 탄핵으로 퇴출했다.

쫓겨난 공화당 소속 캐빈 매카시 의원은 미 의회의 대표적 '강경파'인데, 그의 축출을 주도한 의원 20명은 '더 강경파'였고, 그중 총대를 멘 8명은 더욱더 강성인 '초강경파'였다. 하원은 그가 속한 공화당이 쥐고 있던 상황인데도 의원들은 초강경파 동료의 주장에 따라 그냥 탄핵에 동참한 꼴이 됐다.

한마디로 어떠한 집단이든 강경파 위에 더 강경파, 그 위에 초강경파가 집단을 쥐락펴락한다는 이야기다.

집단의식의 이러한 테러리즘 적 사고가 정부와 국가라는 테두리 안으로 들어와 국민 의식, 국가이념으로 자리하면서 생겨난 파시즘과 나치즘이 극단 치의 최종 결과물이라는 게 인류학자의 진단이다.

이처럼 인간이 지닌 호모 라비앵스는 시간이 지남에 따라 순화되기 보다는 더 악화하는 방향으로 진화하는 것을 보면, 인간 유전자 DNA 는 통제 불능인지도 모른다.

PS. 파시즘과 나치즘

이 두 이념은 같으면서도 약간은 다릅니다.

통상적으로 파시즘은 무솔리니의 이탈리아식 극단적 민족주의 전체주 의를 말하고, 나치즘은 독일의 히틀러식 인종주의적 파시즘이라고 말해집 니다.

이 둘을 쉽게 비유하자면, 테러리즘이라는 바탕 위에 돋아난 정부 차원 의 일란성 또는 이란성 괴물 쌍둥이라고 말할 수 있을 것 같습니다.

하지만 엄격히 말하면, 나치즘은 파시즘의 하위개념에 속합니다.

아무튼 이 쌍둥이 이념은 커가면서 괴물을 지나 악마로 변해 수많은 인 간을 끔찍하게 도살하는 '차마 인간이라고 말할 수 없는' 만행을 저지르게 되는 것이지요. 좀 더 구체적으로 말하면 이렇습니다.

파시즘Fascism은 민족주의와 국가주의의 가장 극단적인 형태의 전체주 의 이념입니다. 그런 때문에, 전체가 개인보다 우선하게 됩니다. 전체를 위 해 개인의 희생은 당연시되며, 따라서 일당 독재를 민주주의보다 더 좋은 정치형태라고 주장하는 것입니다.

이러한 파시즘은 시대별, 민족 별, 국가별로 약간씩 다르게 나타나는데, 대중 선동을 기반으로 하는 포퓰리즘Populism 정치 이념이라는 데는 일치 합니다.

나치즘Nazism은 민족사회주의라고 불리는 데서 알 수 있듯이 파시즘에 특정 인종 특정 민족의 우월주의 개념을 덧붙인 독일식 전체주의 이념입니다. 곧 중국이 한족을 주된 민족으로 인식하는 것처럼, 그들은 순수 독일인 아리안족을 우월 인종으로 규정하고, 다른 이민족, 특히 유대인과 집시 등은 하등 동물처럼 여기는 것이지요. 이에 따라 이민족을 지배하고 살육하는 것조차 옳다고 생각하며, 이 결과로 나타난 것이 2차 대전 중 벌인 유대인 학살 홀로코스트가 되겠습니다.

참고로 일본의 배타적 애국주의 쇼비니즘Chauvinism도 이러한 파시즘적 이념의 한 갈래로 분류됩니다.

전체주의 국가의 이러한 폭력적 테러리즘에 있어서 대중매체의 선동은 산소와 같은 존재로 공존동생共存同生의 관계로 불립니다.

3. 동서양의 성악설은 지금도 진행 중이다

중국의 순자荀子[4] 가라사대, '인간은 태어날 때부터 악惡한 존재다.'

성악설性惡說이 순자에 의해 학문적 이론으로 제시된 건 기원전 3세기 때다.

2300년이라는 긴 시간이 흘렀으나, 이 주장은 지금도 유효하다.

아니, 더 발전되고 계속 진화하고 있다.

서양의 성악설이 기독교 성경에 기초한다고 하더라도, 동양의 성악설은 그보다 몇백 년은 앞선다는 이야기다.

앞서 말한 호모 비오랑스Homo Violence도 넓게 보면 순자가 일찍이 주창한 성악설의 한 줄기라고 할 수 있을 것이다.

중국 유가儒家의 학맥은 크게 볼 때 공자|孔子 : 기원전 551~기원전 479|

---

4) 전국시대戰國時代 후기의 철학자. 이름은 황況. 경칭으로는 순경荀卿 또는 손경자孫卿子로도 불린다. 15세부터 직하학궁稷下學宮에서 공부하였고, 훗날 그 제주祭酒를 세 차례 역임하였다. 초楚나라 춘신군春申君의 부름을 받아 난릉령蘭陵令에 임명되기도 하였으나, 춘신군이 살해당하고, 파직된 후로는 제자 양성과 저술에 전념하며 여생을 마쳤다.

- 맹자|孟子 : 기원전 372~기원전 289| - 순자|荀子 : 기원전 289?~기원전 238?|
로 이어진다고 요약할 수 있다.

이 가운데 순자의 출생과 사망은 어디를 찾아봐도 정확한 연도 표시 없이 의문부호(?)가 붙어있는데, 기원전 3세기 때 살다 간 인물임에는 틀림없는 것 같으니, 그냥 넘어가기로 한다.

이 가운데 맹자는 스승 공자의 말씀을 그대로 잘 따랐던 반면, 순자는 좀 삐딱했던 것 같다.

바로 인간의 본성에 관한 주장에서 그랬다.

맹자의 성선설性善說은 '인간은 태어날 때부터 선善하다'라는 것으로, 공자의 인성론에 바탕을 두고 있다. 인성론人性論이란 인간은 태어날 때부터 사람다운 도리 인의예지仁義禮智를 갖추고 있음을 말한다.

반면, 순자는 여기에 정면으로 반기를 든다.

지금으로 치면 참으로 도발적이고, 한편으로는 개혁적 사고를 지닌 현대지향적 신세대 학자라 할 수 있을 것 같다.

'인간이 착하기만 하다면 군주君主가 왜 필요하며, 전쟁이 왜 일어나며, 세상살이 특히 평범한 백성들의 삶이 왜 이리 팍팍한가?' 하는 것이다.

그는 중국이 10여 개 나라로 쪼개져 200년 넘게 허구한 날 전쟁에 시달려 온 이른바 춘추전국시대의 끝자락을 살아 온 인물이다.

따라서 그의 성악설은 아주 현실적인 학문으로 시대적 산물인지 모른다.

전쟁터의 살벌한 현실을 보면, '인간은 원래 착하다'라는 것은 이상적인 인간상이며 공·맹자의 바람일 뿐 현실은 그게 아니라는 것이다.

예를 들면, 이러한 것이다.

많은 사람이 모인 곳에서 일부 시설이 무너지는 사고가 발생했다. 맹자의 말대로라면 인간은 사양지심辭讓之心인 예禮를 지켜 남을 먼저 피하게 하고, 시비지심是非之心인 지智에 따라 순서대로 빠져나간다면, 희생자가 없거나 있더라도 최소화할 수 있다는 것이다.

그러나 사람들은 나부터 살겠다며 남을 밟고, 먼저 나가겠다는 무자비한 행동 - 악한 행동 - 그 때문에 더 많은 희생자가 생긴다는 것이 현실이라는 논리다.

이러한 사례는 우리나라뿐 아니라, 오늘날 모든 나라에서 벌어지는 많은 사건 사고가 이를 증명해 준다.

공연장이나 스포츠 경기장에서의 대형 사고는 안타깝지만, 그렇다 치자.

그렇다면 성지순례에서 벌어진 초대형 인명피해 사고는 어떻게 설명할 수 있을까?

2015년 9월 24일 사우디아라비아 성지 메카에서 압사 사고가 발생, 공식적으로는 717명이 숨지고 800여 명이 부상했다. 그러나 AP통신은 사망자를 2,110명이라고 보도했고, 다른 매체들도 2,000명 안팎이라고 말했다.

사고는 신전 근처에 있는 '악마의 기둥'에 돌을 던짐으로써 악마의 유혹에서 벗어날 수 있다는 그들의 신앙에 따라 앞다퉈 이곳에 가려다 뒤엉켜 넘어져 사고가 일어난 것이었다. 이보다 앞서 1990년 7월에도 같은 메카에서 비슷한 사고로 1,426명의 사망자가 발생 한 바 있다.

이 두건의 사고만 합쳐도 최소 2,200명에서 최대 3,500명이 넘는 죽음의 희생자가 발생한 것이다. 악마의 유혹에서 벗어나고자 했던 바람이 악마의 유혹에 빨려 들어간 셈이 되었다.

'영혼을 구원받고자' 하는 사람들이 남을 배려하기에 앞서 '남보다 먼저', 또는 남이야 어떻게 되든 말든 '나는 구원받아야' 하겠다는 마음은 무엇으로 설명해야 할지 참담한 생각마저 들게 한다.

과연 '인간은 착하게 태어났을까, 아니면 악하게 태어났을까?'

그렇다면 인간의 타고 난 악함은 살아생전 고치지 못하는 불치의 병인가?

'그건 아니다'라는 게 순자의 말이다.

처음부터 구부러진 나무도 불에 쬐어 바로 잡을 수 있듯이 타고난 악함은 예禮, 곧 도덕과 규범이라는 교육을 통해 교화될 수 있다는 것이다.

그의 근본 사상은 사회의 재화는 한정되어 있으나 인간의 욕망은 끝이 없는 데서 사회적 혼란이 야기된다는 것에 바탕을 두고 있다.

따라서 예를 통한 통치가 필요한데 바람직한 제도로서 성인 군주에 의한 통치가 그것이다.

바꿔 말하면, 정치적으로는 일종의 군주론君主論을 주창한 것으로 볼 수 있다.

얼핏 보면, 서양의 대표적 성악설 주창자인 16, 7세기 영국의 정치철학자 토머스 홉스의 사회계약설과 바탕에 깔린 사상은 거의 같음을 볼 수 있다.

이것은 홉스가 처음 제시한 이론이 아니라, 유물론 창시자인 스승 프랜시스 베이컨의 철학 사상을 이어받아 발전 계승시킨 것이다.

인간의 본성은 본래 이기적이기 때문에, 자연 상태 그대로 놔두면 사회는 '만인에 의한 만인의 투쟁'이 일어날 수밖에 없다는 것이 기본 사상이다.

모든 인간, 곧 이기적 본성을 지닌 개개인은 오직 자신의 이익을 위해 살아가기 때문에 타인에 대한 양보나 이타심 도덕성 등이 없으므로 타인은 모두가 투쟁의 대상이 된다는 주장이다.

이러한 자연 상태는 바로 무정부 사회가 되는 것이므로, 이를 극복하기 위해 공동의 권력인 국가라는 임의의 조직을 만들고 개인과 국가는 계약에 따라 권력과 의무를 주고받자는 논리다.

그렇게 함으로써 국가는 개인의 재산과 생명 등 안전을 보장해 주는 대신 개인으로부터 많은 권리를 양도받게 되는 것이다.

이 경우, 국가라는 조직은 귀족주의 영주제領主制나 민주주의보다는 강력한 권한을 가진 절대적 군주제가 가장 바람직하다고 말한다.

이러한 홉스Thomas Hobbes[5]의 성악설과 순자의 성악설 차이는, 인간에 대한 기본의식은 같으나 이를 해결하는 방법에는 상당한 차이를 보인다.

---

5) 1588.4.5~1679.12.4 잉글랜드 왕국의 정치철학자이자 최초의 민주적 사회계약론자이다. 서구 근대 정치철학의 토대를 마련한 책 『리바이어던Leviathan』(1651)의 저자로 유명. 홉스는 자연을 만인의 만인에 대한 투쟁 상태로 상정하고, 그로부터 자연권 확보를 위하여 사회계약에 의해서 리바이어던과 같은 강력한 국가권력이 발생하게 되었다고 주장하였다.

순자는 이러한 인간의 나쁜 본성을 개인에 대한 교육을 통해 순화시키는 것이 가장 바람직하다고 주장했으나, 홉스는 개인이 아닌 국가라는 조직을 통해 이를 해결해야 한다고 강조한다.

그러면서도 통치제도에 있어서는 둘 다 군주제를 옹호했다. 하지만 여기서도 둘은 차이를 보이는데, 순자의 임금은 성군聖君을 전제로 했으나, 홉스는 독재獨裁 군주를 선호한 것이다.

이러한 이론적 성악설을 떠나 현실적으로 볼 때 악한 인간의 현장은 어디서나 나타나며 포악성은 갈수록 심해지고 있다.

그러한 사회현상 때문인지 인간 심리에 관한 학문적 연구도 성선설 쪽보다는 성악설 방향에서의 연구가 더 많아지는 것을 볼 수 있다.

꼰대 세대, 라떼 세대로 불리는 우리나라의 나이 든 사람들에게 '살인마 = 고○봉'이라는 공식이 주입되어 있다.

그가 죽인 사람은 모두 6명, 일가족이었다. 1962년 사건이다.

군대 내에서 상급자 가족으로부터 당한 멸시에 대한 분노로 그 가족을 죽이려고 했으나, 엉뚱하게 다른 일가족을 도끼로 찍어 살해했다.

흉악범의 대명사였고, 결국 총살형이 집행되었다.

이후 82년에는 우○곤이라는 현직 경찰이 같은 동네 사람 62명을 연쇄 살해하는 기록(?)을 세웠는데, 이는 사이비 종교단체가 저지른 살인 범죄를 제외하면, 지금껏 가장 많은 피해기록이다.

그런데 그 이후, 유○철도 2003년과 2004년에 걸쳐 무려 20명을 살해했다.

말하자면 60여 년 전에는 6명 살인범이 희대의 살인마라는 누명(?)

을 썼는데, 지금은 그 10배가 넘는 살인범까지 등장했으니, 인간 악의 덩치는 계속 커가고 있는 셈이다.

숫자뿐 아니라, 그 범행 수법이나 대상도 날이 갈수록 잔인해지고, 대상도 배우자를 포함한 가족에까지 이르는 등 상상을 초월하는 살인 폭력이 증가하고 있음을 보여 준다.

이러한 개인적 폭력을 넘어서 조직적 폭력 시위는 어떻게 설명될 것인가?

주말이면, 서울 광화문 네거리는 시위로 몸살 정도가 아니라 중태에 빠진다.

시위대 조직을 깊숙이 들여다보면 폭력 시위 과정을 엿볼 수 있다.

주말 시위를 할 것인가 말 것인가를 두고 회의를 연다.

처음 강경파는 10% 미만이다.

다수결의 원칙에 따라 투표하게 되면 당연히 폭력 시위는 일어나지 않는다.

그러나 조용한 회의가 아니라 격렬한 토론이 이어지면서 이들 강경파가 초반부터 회의장 분위기를 장악한다.

'밀리면 우리는 죽는다.'

'끝장내야 한다.'

'죽기 살기로 반대 시위를 해야 한다.'

이렇게 목소리를 높이게 되면, 미온적인 태도를 보였던 신념이 약한 일부는 동조하게 된다.

상호의존성이 강한 집단 구성원의 성격상 또 다른 일부에서 동조하는 쪽으로 변화가 이뤄진다.

그러다 보니 시위 반대 의견을 지녔던 대다수는 자기주장 한 번 못 펴 보고, 어느 순간 강성 쪽으로 입장이 변화되고 만다.

물론 신념이 아주 강한 사람은 그 태도가 바뀌지 않겠지만, 극히 드물다.

개인보다 조직의 태도 변화, 특히 폭력화가 더 쉽게 이루어지는 이유이다.

더 큰 문제는 이러한 폭력이 앞으로 어디까지 발전, 진화할지 모른다는 데 있다.

바로 호모 로보엔스Homo roboens, 인간 로봇, 로봇 인간 문제다.

인공 지능이라 불리는 AI|Artificial Intelligence|가 장착된 로봇이 벌일지도 모를 끔찍한 폭력을 어떻게 대처할 것인지에 대한 우려가, 우려가 아닌 현실로 나타날 수 있기 때문이다.

예상되는 인간 범죄자를 미리 파악해서 로봇 경찰이 체포하는 영화 「마이너리티 리포트Minority Report」6)가 거꾸로 될 수 있다는 것이다.

즉 AI 로봇은 인간 심리를 꿰뚫고 있는 만큼 범죄 로봇에 의해 인간이 꼼짝없이 당하는 새로운 종족 호모 로보엔스를 너머 폭력적 호모 로보올랑스Homo Roboolence 시대가 온다는 것이다.

이러나저러나 지금도 계속 발전하고 있는 성악설은 이론보다 중요

---

6) 스티븐 스필버그가 감독하고, 톰 크루즈가 주연한 SF 영화. 2002년 개봉되었으며, 내용은 2054년의 워싱턴시가 배경. 필립 K. 딕의 동명 소설을 원작으로 하였다. 범죄를 예측하여 아직 죄를 저지르지 않은 범죄자를 체포하는 내용을 담고 있어서, 시간상으로 맞지 않는 설명에 빗대어 언론에 수차 인용되었다. 또 이 영화에서 소개된 신기술들은 과학적으로도 근거가 있어 언론보도나 교양서적에서 인용되기도 한다.

한 현실적인 문제니만치 우리의 관심사에서 벗어날 수가 없는 것이다.

극과 극은 통한다고 말한다.

적도를 중심으로 남북 정 반대편 꼭짓점에 위치하는 남극과 북극은 '굉장히 춥다'라는 공통점을 지닌다.

성악설이든 성선설이든 바탕에 깔린 사상은 같다고 볼 수 있다.

인간은 인성교육과 사회교육을 통해 착하게 살아야 한다는 것이다.

그 구체적 방법은? 계속 찾아보기는 하겠으나 영구미제가 되지 않을까?

조선조의 실사구시(實事求是) 아이콘인 다산 정약용도 현실에 바탕을 둔 순자의 이러한 유가 사상에 많은 영향을 받은 것으로 전해진다.

요약하면, 인간이 착하다는 성선설은 인간의 이념적 바람일 뿐이며 인간은 악하다는 성악설은 이념이 아닌 현실에 그 바탕을 두고 있다는 것이다.

PS. 성악설과 성선설의 공존 이야기 하나

술과 노름에 찌들어 사는, 어느 아버지에게 아들 둘이 있었습니다.

아들들은 커서 어른이 되었겠지요.

큰아들의 삶은 아버지를 그대로 빼다 박았습니다. 아니 한술 더 떠 술과 노름에 주색까지 겹치다 보니, 그 인생도 거지꼴일 수밖에 없었습니다.

"왜 이렇게 살고 있습니까?"

"아버지가 이렇게 살았으니까요."

'백회|百會 : 머리 정수리|에 부은 물이 어디로 흐르겠냐?'

'피는 못 속여.'

'씨도둑은 못 해.'

노인네들이 곧잘 하시는 말씀입니다.

인간의 유전자 DNA는 고쳐지지 않은 채, 다음 세대로 그대로 내려간다는 말이지요.

그런데, 둘째 아들은 형과는 반대였습니다.

주색잡기는 멀리하고 열심히, 그리고 착하게 살아 번듯한 일가를 이루고 인간답게 잘살았다는 겁니다.

"어떻게 이렇게 살게 됐습니까?"

"아버지의 삶을 보고 '이건 아니다' 싶어, 타산지석他山之石으로 삼아 스스로 생활환경을 바꾸었지요."

같은 유전자를 받고 태어난 형제의 삶이 이렇게 다르게 된 것은 물려받은 유전자를, 어떻게 활용했는가에 따른 결과라는 게 학자들의 말입니다.

즉, 아들 둘은 아버지로부터 주색잡기 유전자를 똑같이 100개씩 받았다고 칩시다.

장남은 이 유전자를 전부 밖으로 드러내 생활함으로써 패가망신의 삶을 살았던 것이고요.

반면에, 둘째 차남은 나쁜 유전자 100개를 그대로 가둬 두고 발현시키지 않은 것입니다.

그러면, 다음 손자 대에 이르면 어떻게 될까요?

큰아들네 손자들의 DNA에는 나쁜 유전자가 발현될 가능성이 더 높아질 것이고, 반면에 작은 아들네 손자들은 그 가능성이 더 줄어들 것이라는 논리가 성립합니다.

학자들의 주장을 좀 더 들어봅니다.

일란성 쌍둥이의 유전자 DNA는 100% 같습니다.

그러나 이들 중 한 사람은 귀족 집에서 정상적으로 성장했고, 다른 이는 전쟁터에 내팽개쳐서 살인 등을 저지르며 험한 세상을 살게 된 경우입니다.

이후 20년 뒤 만났을 때, 이들의 유전자에는 그들이 살아 온 그대로의 생채기가 새겨져 있더라는 것입니다. 유전자의 환경적 결정론에 힘이 실리는 연구 결과 가운데 하나입니다.

II
우리는 예부터
아주 강한 반대 DNA를 지니고 있다

1. 어쩌다 한국인으로 태어난 원죄 때문에

우리는 백의민족白衣民族임을 자랑한다.

흰옷을 좋아한다.

곧 평화를 상징하는 백의천사白衣天使 같은 착한 민족이라는 말씀인데, 진짜 그래서 흰옷만을 즐겨 입었을까?

또 하나, 우리는 남의 나라를 쳐들어간 적은 없고, 오로지 침략당한 기록만 존재하는 것만 봐도 오직 평화만 사랑한 민족이라고 주장한다.

뒤집어 생각해 본다.

흰옷? 그건 염색 기술이 발달하지 못했고, 가난한 백성들은 돈이 없어서 색깔 있는 옷을 입지 못했다는 주장은 완전히 틀린 말일까?

조선조까지 농경사회였던 우리에게 흰옷은 참 불편했을 거다.

밭두렁 논두렁을 헤매야 하는 마당에 때 잘 타는 흰색보다 검은색 계열의 옷이 훨씬 더 좋았을 것이란 이야기다. 억지춘향 백의민족이 되었을 거라는 주장이 그래서 나온 것으로 여겨진다.

높은 사람들은 예부터 화려한 비단옷을 입었다. 그래서 금의환향錦衣還鄕이라는 말이 나오지 않았겠는가? 부잣집 어린아이 색동저고리는 무려 21가지 색깔로 꾸며 아름다움을 자랑한다.

평화의 상징 흰옷의 우리 민족은 그래서 침략전쟁을 일으킨 적이 없다?

그러면 고구려 광개토대왕廣開土大王7)은?

4세기 안팎 그는 고구려 북쪽 중국의 연해주에서 동북 지린성까지 중원을 짓밟아 정복했다. 넓이로 보면 당시 고구려, 백제, 신라를 합친 한반도보다 더 넓은 지역을 지배했다. 지린성은 지금도 조선족이 가장 많이 사는 곳이며 발해도 그곳에서 건국했었다.

그렇다면 고구려가 가만히 있는데도 그들이 천만리 머나먼 평양까지 찾아와 '우리의 땅을 바치겠습니다' 하고 항복했단 말인가?

힘이 있으면 쳐들어가 정복하고 없으면 침탈당하는 게 동물이나 인간이나 국가나 마찬가지가 아닌가.

백의민족이라는 별칭 외에도 우리는 반골反骨 민족이라는 말을 곧잘

---

7) 고구려의 제19대 태왕. 이름은 담덕. 한국사에서 세종대왕과 더불어 대왕이라는 칭호로 가장 자주 불리는 군주. 18세에 보위에 올라 39세에 죽기까지 수많은 업적을 남겼다. 특히 정복 사업과 전쟁에서의 승리를 통해 한국사에서 그 유례를 찾기 힘든 정복 군주로 잘 알려져 있다. 즉위 당시 불안했던 대외 정세에도 불구하고, 주요 적국이었던 백제를 쳐서 항복시키는 동시에, 서쪽의 후연 등을 상대로 전쟁을 벌여 광대한 요동 지역을 차지했고, 북쪽의 유목 민족들을 정벌하여 만주를 포함한 넓은 땅을 영토로 삼고, 말갈 등 유목 민족들을 휘하에 두어 북쪽 영토를 크게 넓힘으로써 고구려의 전성기를 열었다. 이러한 광개토대왕의 업적에 힘입어 고구려는 당대 동아시아의 주요 강국으로 성장할 수 있었다.

한다.

권력이나 위에 복종하며 무조건 따르는 게 아니라 저항 기질이 넘친다는 말이다.

역사를 거슬러 올라가 보면 그 이유를 찾을 수 있다.

우리나라는 완전 금수저로 태어났다.

지리적으로 그렇다는 얘기다.

우선 기후가 사람 살기에 '딱' 좋다.

문명 이전, 원시시대 때부터도 농사짓기에 좋은 땅이라는 뜻이다.

거기다가 4계절이 뚜렷한 나라가 지구상에 몇이나 되느냐.

물론 지금은 엘니뇨 때문에 사계절 변화가 예전만 못하지만.

비단에 수 놓은 것같이 아름답다는 삼천리금수강산三千里錦繡江山이라는 말이 저절로 생긴 건 아닐 테니까.

문제는 바로, 이러한 금수저 때문에 주위 열강들이 호시탐탐 우릴 노리게 되는, 역설적으로 최악의 조건이 되기도 한 것이다.

한반도는 글자 그대로 반도 국가다.

대륙 귀퉁이에 붙어있는 조그만 땅덩어리다.

대륙의 주인인 중국은 아주 오래, 오래전부터 이 땅을 갖고 싶어 환장했다.

역사 기록이 뚜렷한 삼국시대부터, 아니 기원전 수천 년 고조선 때부터, 수십 번 바뀐 중국 왕조는 우리 한반도를 수도 없이 끊임없이 침략해 왔다.

금수저가 너무나 부러웠으니까.

아래에 있는 섬나라 일본은 대륙과 붙어있는 이 땅이 그렇게 탐날 수밖에 없다. 시도 때도 없이, 허구한 날 태풍과 지진에 시달리는 그들로서는 갖고 싶은 조건의 땅이다. 기회만 되면 온갖 노략질로 괴롭혀오다 임진왜란, 한일합방을 통해 통째 집어삼키기까지 하지 않았는가.

저 위쪽의 러시아도 얼지 않는 항구를 갖춘 우리 한반도가 군사, 정치, 외교상 절실히 필요한 땅이다.

북한을 포함한 한반도의 넓이는 220,748㎢.

중국 9,600,000㎢.

일본 3,780,000㎢.

러시아 17,100,000㎢.

주변 3개국을 합치면, 우리 한반도 전체의 139배에 이른다.

이러한 덩치들이 금수저를 물고 있는 착하기만 한 양반 집 도련님을 그냥 둘 리가 만무했다.

역사적 기록이 확실한 삼국시대부터 지금까지 우리나라에 대한 주변 3국의 침략 횟수는 얼마나 될까?

통설로 931회라는 숫자가 많이 회자膾炙되고 있다.

그러나 이 숫자의 근거가 구체적으로 제시된 기록이 없다.

철학자 이상봉은 '도대체 이 숫자가 어디서 누가 어떻게 밝힌 것'인지 아는 사람을 보지 못했다며, 한국 및 동서양 역사학자, 도서관 등 어떤 곳에 문의해도 하나같이 '남들이 그렇게 말하더라.'라는 대답 외에는 들어본 적이 없단다.

어느 기독교 지도자는 '국가적' 외침을 받은 숫자를 나름대로 계산해서 최대 90회라고 주장한다. 그는 삼국시대부터 통일 신라까지 대략 50여 회, 고려조 21회, 조선조 7회, 기타 등등 합쳐서 그렇다는 것이다. 그는 조선조의 임진왜란壬辰倭亂과 정유재란丁酉再亂도 각 1회로, 6·25는 따로 거론하지 않았으나 그의 주장대로라면 단 1회다.

또 어떤 기록에 의하면, 일본의 크고 작은 침략만도 720회라고 말하기도 한다.

숫자가 한가지로 정리될 수 없는 간단한 이유는 하나다.

외침의 기준이 없기 때문이다.

국가적 차원의 침략전쟁이냐, 전체 국가가 아닌 일부 지역 전쟁이냐, 아니면, 극히 일부 지역의 노략질 정도의 침범도 포함할 것이냐에 따라 달라질 수밖에 없다. 그러나 이 글에서는 침략당한 숫자에 의미를 부여하고 시시비비하고자 하는 것이 아니다.

아무튼 수많은 외침을 당한 것만은 틀림없는데, 그때마다 우리 백성이나 국민국가는 침략 상대국에 대한 '반대 의식'이 사회를 지배했을 거라는 데에 이의를 제기할 사람은 없을 것이다.

병자호란丙子胡亂의 경우를 보자.

조선조 인조 때 일어난 청나라 태종의 침략으로, 청에 잡혀간 조선인 포로는 최명길 기록으로 50만, 정약용 기록으로 60만, 포로 숫자에 포함되지 않은 몽고 군에 잡힌 숫자를 포함하면 최대 90만 명에 이른다는 주장도 있다.

당시 인구를 대략 1천만 명으로 추산하는데, 거의 1/10에 해당하는 숫자다.

포로로 잡혀가 노예 생활 중 강간을 당했거나, 비참하게 살다 돌아온 여자들을 사회는 환향년還鄕女이라 불렀고, 인조는 지방별로 회절강回節江을 지정, 그곳에서 목욕하면 '정절녀貞節女로 인정'한다는 블랙코미디 같은 촌극을 벌이기도 했다. 당해서 태어난 남자아이는 호로胡虜자식이라 불리며 멸시받았다.

이 경우, 처자식과 부모를 잡아간 청국에 '반감'을 갖지 않을 백성이 어디 있겠으며, 여기에 더해서 무능한 정부에 대한 불만과 반감이 합쳐져 한층 더 강도 높은 반대 의식이 형성될 수밖에 없었을 것이다.

그런데 우리 민족의 머릿속을 지배하는 '반대 의식'은 어쩌면 자국 내 정치 사회적 현상에 대한 것이 더 컸을지도 모를 일이다.

민란으로 일컬어지는 민중 또는 백성 국민의 봉기나 '반反' 정부 폭력 운동이 그러한 것들이다.

조선조에서의 대표적인 것 가운데 하나가 동학東學운동이다.

곡창지대 중심인 전라도의 고부古阜군수 조병갑趙秉甲은 가렴주구苛斂誅求8)의 표본이었다.

이에 백성들이 들고일어난 조선조 말기의 최대 민란인 동학운동의 발판이 되었다.

삼국시대부터 지금까지 이러한 백성, 국민의 반란 '반' 정부 또는 가진 자에 대한 반대운동의 횟수는 얼마나 될까?

그 숫자는 알 수 없겠지만, 이러한 외침과 수탈, 민란 등이 뒤엉켜 그 사회의 반대 이데올로기에 시너지 효과가 발휘되고 의식은 더 깊어

---

8) 세금을 혹독하게 거두고, 재물을 강제로 빼앗음.

졌을 것은 미루어 짐작할 수 있을 것이다.

이는 어쩔 수 없이 '반골'이 될 수밖에 없었던 우리의 흑黑 역사적 사실이다.

또 우리의 옛날 소설을 통해 민생들의 반골 정신을 엿볼 수 있다.

소설 홍길동, 일지매, 임꺽정, 그리고 시대를 거역하며 남성을 능가하는 여성이 주인공인 소설 여러 편이 그런 것들이다.

부자를 털어 가난한 사람을 돕는다는 공식의 의적 이야기는 동서고금을 막론하고 있기 마련이다. 서양의 경우, 대표 선수가 로빈 후드Robin Hood[9]이며, 중국은 이러한 공식과 꼭 일치하지는 않지만, 수호전 정도가 아닐까, 한다.

우리나라 『홍길동전洪吉童傳』[10]은 이들과 비교 안 되는 뛰어난 작품이다. 홍길동洪吉童은 의적으로 끝나는 것이 아니라 자신이 직접 나라를 세워 선정을 베푼다.

활빈당活貧黨 수괴 산적으로서 생활을 마감하고는 부하 3천 명을 이끌고 성도라는 섬에 들어갔다가 이웃 율도국栗島國 섬나라의 나쁜 임금을 몰아내고 스스로 왕이 되는 그런 이야기다.

『일지매』는 오리지널 중국 작품인데, 이것이 조선에 유입되어 조선

---

9) 로빈 후드는 여러 잉글랜드 민담에 등장하는 가공의 인물이다. 민담에서 로빈 후드는 60여 명의 호걸들과 함께 불의한 권력에 맞서고 '부자들을 약탈하여 가난한 이를 돕는' 의적으로 그려진다. 초기 민담에서 로빈 후드는 평민의 신분으로 등장하나 후기에는 종종 헌팅턴 백작으로 표현되기도 한다. 로빈 후드의 이야기는 소설, 영화, 만화, 애니메이션 등의 소재가 되었다.

10) 19세기에 널리 읽힌 한글 고전소설이다. 허균이 지은 소설이다. 의적 홍길동을 소재로 한 내용으로, 실존 인물 홍길동洪吉同은 연산군 때 사람이나, 홍길동전의 배경은 세종 때로 설정되었다.

판 『일지매』로 다시 태어난 소설이다.

반면, 『임꺽정』은 소설이 아닌 실존 인물이다. 조선조 3대 도적으로 꼽히는 그는 백정 출신의 설움을 의적으로 풀어낸 조선조 명종 시대 사람이다. 소설 속의 홍길동과 비슷한 의적이나 관군에 잡혀 죽음을 맞게 된다.

모두 계층 간의 갈등 표출로 '당하고는 못 살아'라는 반골 의식의 발로다.

이밖에, 남성 중심 사회에 반기를 든 여성의 저항 의식운동은 현실과 맞부딪치며, 그것이 여의치 못할 때는 소설을 통해서라도 표출된다.

조선조 희대의 음탕녀淫蕩女로 불리는 어우동은, 어찌 보면 남성 위주 유교 사회에 온몸을 바쳐 대항한 처절한 항변이었는지 모른다. 어우동 이야기는 나중 '성평등 쟁취'에서 다시 다루기로 한다.

소설 홍길동으로 잘 알려진 허균의 여동생 허난설헌 또한 남자를 우습게(?) 본 여장부였다.

그녀가 쓴 「색주가를 노래함大堤曲」이라는 시에서 남자를 이렇게 비꼬았다.

누가 술에 취해 말 위에 탔는가/흰 모자 거꾸로 쓰고 비껴탄 그 꼴/아침부터 양양주|비싼 술|에 취한 채/황금 채찍 휘두르며 색주가에 다다랐네/아이들은 그 모습에 손뼉 치고 비웃으며/백동제|얼레리꼴레리 같은 노래|를 불렀다네.

여성이 지은 '남성을 깔아뭉개는' 여성 우위 소설도 여럿이다.

대표적인 것이 『박씨부인전』.

조선조, 병자호란으로 만신창이가 된 시대가 배경이다. 그녀는 침략군 우두머리 용골대 장군을 사로잡아 무릎을 꿇린다. 소설로나마 중국을 혼쭐내고, 무기력했던 조정과 남성을 반격하는 여성 영웅전이다.

한편, 심리학자 허태균은 그의 저서 『어쩌다 한국인』에서 '이상한 나라의 삐딱한 심리'를 재미있게 풀어썼다.

우리는 '세상 어디에도 없는 우리만의 심리'를 지니고 있다는 게 그의 말이다.

그 삐딱한 심리의 대표적인 것이 '주체성'이다. '주체'라는 글자가 들어 있지만, 북한의 주체사상과는 전혀 상관없는 용어임을 미리 밝혀둔다.

주체성 외에 가족 확장성 등 6가지를 제시했는데, 핵심은 뭐래도 주체성이다.

'내가 누구냐!'

'내가 누군지 알아?'

'난 뭐든 할 수 있거든.'

'판사, 제깟 게 뭘 알아.'

이러다 보니 어디서든 자신이 주인공이 되어야 한다.

밥을 사도 여럿 있는 데서 소리친다.

'오늘 내가 쏜다.'

자기가 돋보여야 한다.

사진을 찍어도, 아무리 경치 좋은 데 가서도, 자신이 빠진 경치 사진은 의미가 없으므로, 사진 한가운데 자신이 반드시 있어야 한다.

또한 포기를 모른다.

지는 게 싫기 때문이다.

조선조 양반들, 목숨보다 상투가 더 중했다.

내가 중요하다면 중요한 거다.

자신감 자존감이 넘친다.

뻥튀기해서 말하면 한국인 모두가 불가佛家에서 말하는 '천상천하天上天下 유아독존唯我獨尊'인지 모르겠다.

내가 주인공이다 보니 폭을 조금 넓히면 가족도 마찬가지다.

우리 가족, 내 가족은 신성불가침이다.

중고생들에게 '가장 존경하는 인물은?' 하고 물으면, 할아버지나 부모를 대는 경우가 가장 많은데, 이건 우리만이 지닌 독특한 생각이라고 말한다.

이렇듯 주체성이 워낙 강하다 보니 과거와 현재, 그리고 자신의 주변과 모든 걸 '부정적으로 보는' 경향을 띠게 된다. 특히 이러한 현상은 새로운 자기를 찾기 위해 겪게 되는 사춘기에 접어들면 더 두드러지게 된다.

우리나라의 현재 상황이 바로 사춘기라, '겪어야 하는 당연한 현상'이라는 설명이다.

이에 덧붙이는 우스개로 북한이 '핵무기'를 가졌다면, 우리에게는 '중 2'가 있다.

우리가 살면서 해대는 '지랄 총량의 법칙'에 따르면, 이 가운데 90%의 지랄을 눈에 레이저 불꽃을 튀기는 중2 때 쏟아낸다고 한다.

그런데 당연하다고 해서 '옳다'고 말하지는 않는다.

아직 성숙하지 않은 심리상태이기 때문이다.

한때 우리나라 젊은이들에게 머리염색이 유행인 적이 있었다.

누구는 빨간 머리, 누구는 노랑머리, 또 누구는 흰머리에 노랑을 섞은 희한한 색깔로 물들이는 나만의 튀는 자존감, 주체성을 자랑했다.

그런데 가만히 들여다보면 이건 주체성이 아니라 몰 주체성이다. 남들이 물들이니, 나도 하는 따라 하기일 뿐이다.

몰 주체성이 주체성의 자리를 차지하다 보니, 지금과 같은 자아 없음과 주체성 상실이라는 줏대 없이 흔들리는 사회가 되지 않았나 싶기도 하다.

세계 10위권 경제 대국이지만 국민 행복지수는 OECD국 가운데 꼴찌, 자살률 1위, 사회갈등 지수 2위 등이 이를 말해 준다.

문제는 이러한 삐뚤어진 주체성이 잘못된 방향으로 치달을 때, 우리나라 정치권 행태 같은 '내로남불' 병으로 나타나는 병폐가 된다.

주체성이 너무 강해 벌어지는 현상 가운데 다른 하나가 체면 중시다. 직장, 특히 서열 관계가 엄격한 검찰 같은 데서 흔하게 나타나는 사표辭表 문제다.

후배가 승진하면 '체면상' 그냥 사표를 쓴다.

직책상 상사에게 인사하는 것이 아니라 후배에게 미리 인사해야 한다는 체면 구기는 일을 할 수 없다는 거다. 조직 관계에 의한 공식적인 수직 상하관계에 앞서 선후배라는 개인 관계적 수직 상하관계와 상충함을 견디지 못하는 것이다.

이처럼 인간관계가 조직 관계를 넘어서다 보니 '말 한 그대로 이해'하지 않는다. 에둘러서 해석하거나 행간을 읽거나 뒷배경이 무엇인지까지 고민하면서 속뜻을 알아들으려 한다.

'어떻게' 해서라는 결과보다는, '왜' 그렇게 했느냐를 따지는 과정중심주의다.

참으로 힘들다.

그래서 애용되는, 인간관계 발전에 활용되는 한 방법이 폭탄주다.

취중 진담을 듣고 싶거나 술 힘을 빌려 따지고 싶어 마시는 거다.

폭탄주는 우리나라에만 있는 것이 아니다. 경제 공황이 한창이던 1930년대 미국 부두 노동자들이 적은 비용으로 빨리 취하는 방법으로 택한 것이 싸구려 위스키와 맥주를 섞어 흔들어 마시는 폭탄주였다.

우리는 술값 아끼려는 게 아니라 서로가 진심을 보여 주려고 억지 폭탄주를 마신다.

값싼 위스키가 아닌 최고급 브랜드의 비싼 고급 위스키를 맥주와 섞어 마시는 아주 불합리한, 속된 말로 미친 짓을 마다하지 않는다. 그래도 투자 대비 효과가 좋다 보니, 폭탄주는 수그러들지 않는다.

실용적으로 따지면 '아니올시다'지만, 그것이 한국인의 심성이고 한국인이 살아가는 방법이다.

참 삐딱한 성질이요, 삐딱한 성격이다.

이를 우리의 반골 정신 연장선에 두고 있다면 지나친 해석일까?

사촌이 논을 사면 배가 아프다든가, 내가 배고픈 건 참아도 남이 잘

되는 건 못 참는다는 시샘과 질투 또한 넓게 보면 같은 맥락이다.

이는 통계라는 수치가 말해 준다.

우리는 걸핏하면 고발 고소를 일삼는다.

관계기관 통계에 따르면, 2000년대 들어 고발 고소 사건은 연평균 70만 건 안팎이다. 가장 많았던 2004년에는 무려 90여만 건에 달했고, 지금도 매해 66만 건을 웃돈다.

이웃 일본과 인구 기준으로 비교하면 100배가 넘는다고 한다.

사기 범죄 건수도 2020년도 한 해만도 35만 4천 건으로, 10년 전에 비해 60% 늘어난 수치다. 보이스피싱 사기만 따로 떼어 보면, 지난 2006년 처음 시작된 해부터 지금까지 연평균 1만 8천 건이다.

20년에는 3만 건이 넘었고, 평균 피해액도 2천5백만 원꼴이다.

고소 고발이 넘쳐나고, 사기가 춤을 추는 세상은 그만큼 사회가 거짓과 불신에 차 있다는 증거다.

이러한 우리 사회, 우리 국민의 심보는 좋은 측면의 반골이 아닌, 고쳐져야 할 참으로 나쁜, 엇나간 심뽀라 하겠다.

PS. 사촌이 논을 사면 배가 아플 수밖에 없다.

정신의학과 전문의 사공정규[11]는 '사촌이 논을 사면 내 배가 아픈 건

---

11) 의사, 대학교수. 1964년 대구광역시 출생. 2020년 자랑스러운 한국인 인물 대상 사회봉사 공헌 인물 대상. 2014년 포항아동보호전문기관 개소 10주년 기념식 및 아동학대 예방선포식 포항시장 상. 2023. 10~ 한국 기자연합회 대구·경북 지역 이사장.

정신의학적 측면에서 볼 때 당연한 결과'라고 주장합니다.

나는 못 가진 것을 남이 가진 것에 대한, 인간 누구나 지닌 질투심에 의한 스트레스라는 것이지요.

그런데 스트레스를 받으면 머리만 아파야지 왜 배까지 아프냐 하면, 바로 한의학에서는 심신증心身症 때문이라고 말합니다. 곧 마음이 아프면 몸도 아프다는 것인데, 이는 심적 고통을 느끼는 뇌 부위와 신체적 아픔을 느끼는 뇌 부위가 같기 때문이라는 게 정신의학과적 설명입니다.

이 부위가 의학용어로는 배측전방대상피질이라나요.

질투심이 많은 사람은 일반적으로 상대방과 자신을 비교하면서 자신은 무언가 부족하다고 생각하는 '부족의 심리, 부정의 심리'를 가졌다는 것이고요, 상대의 성공은 자신의 실패이므로 남을 패배시켜야 직성이 풀린다는 심보로 더 나아가면 '너 죽고 나 죽자'에까지 이른다는 것이지요.

문제는 이것이 지나치면 나쁘지만, 반드시 그렇지만은 않다고 말하기도 합니다.

부족의 심리는 다른 말로 표현하면 열등감인데, 이를 억지로 부정하고 억압하지 말고 있는 그대로를 받아들이는 순간 새로운 에너지로 바뀔 수 있다는 것이기도 하니까요.

또 하나, 어떤 사람은 '사촌이 논……'은 한민족을 나쁜 저질 민족으로 폄훼하고자 일본이 지어낸 것이라고 주장하기도 합니다. 그러면서 원래 뜻은 사촌이 논을 샀으니 축하해 줘야겠는데 돈은 없고 하니 '배가 아파 설사라도 해서 거름을 만들어 주어야겠다'는 것이라고 강변합니다. 그러나 어떠한 국어사전과 관련 사전에도 그러한 내용은 없습니다. 이것이야말로 억지 주장인 것 같습니다.

아무튼 이러한 삐딱한 부정적 심리는 인간의 보편성으로 간주 되지만, 유독 우리 민족은 더 심하지 않나 여겨집니다.

좋은 교육 22 대표

2. '내 탓'이요, '네 탓'이요. 핑계 주의

사회심리학자 오세철[12]은, 그의 저서 『한국인의 사회심리』에서 우리나라 사람들의 심리적 특성을 '작은 나'와 '큰 나'로 구분해서 논의한다. '작은 나'는 자아와 신념을 바탕으로 한 개인인 나를 의미한다. '큰 나'는 '작은 나'가 속해있는 원초적 집단인 가족에서부터 회사, 사회, 국가를 넘어 민족에 이르는 큰 틀 안에서의 나를 뜻한다.

작은 나는 항상 큰 나로부터 끊임없이 구속당하므로, 큰 나의 신념이 작은 나의 신념화되고 만다. 그러면서도 한편으로는 이러한 두 개의 신념은 독립적으로 분화하면서 상호작용을 통해 발전하기도 한다.

한국인의 작은 나 특성은, 서양인이 (작은) 나와 (작은) 남을 확실하

---

12) 오세철(1943.11.10~)은 마르크스주의를 연구한 대한민국의 학자이다. 연세대학교를 졸업하고 노스웨스턴대학교 대학원에서 조직행동, 사회심리학, 사회학 분야의 공부를 한 뒤 1975년에 조직행동으로 박사학위를 받았다. 연세대학교 경영학과 전임교수로 근무하다가 2013년 퇴임하고, 이후 연세대학교 명예교수로 있으면서 '사회심리학', '한국 사회 변동과 조직' 등의 강의를 하였다.

게 구분하는 것과 비교되는데, 이는 일반적으로 집단이라는 큰 나의 신념을 벗어나지 못하는 동양인이 지닌 보편성의 하나로 여겨진다고 평가한다.

이러한 개인의 신념 체계가 바탕에 깔린 한국 사회에서는 걸핏하면 '내 탓'이 아닌 '남의 탓'으로 문제의 화살을 돌리는 '핑계 주의'가 나타난다는 게 오세철의 말이다. 핑계란 '거짓말'의 또 다른 표현이다.

서양이 문제의 소재를 인과론因果論에 바탕을 두고 따지는 것과 달리, 한국인은 문제를 숨기거나 남에게 전가함으로써 자신의 책임을 회피하려는 심리적 구조를 지녔다는 것이다.

이러한 것들이 좋지 못한 방향으로 발전하게 되면 '소를 잃고도 외양간을 고치지 못하는' 어리석음과 반성 없는 사회가 이어지게 될 수밖에 없다.

그동안 역사를 보면, 우리는 많은 과오過誤를 저질렀고, 그로 인한 끔찍한 수모를 당했음에도 진정한 반성문을 써낸 정치 지도자는 거의 없었다.

처절했던 조선조 500년 역사에서 정치 지도자의 유일한 반성문이라면 선조 때 류성룡柳成龍13)이 쓴 『징비록懲毖錄』이 있을 뿐이다.

---

13) 1542.11.7~1607.5.31 조선 중기의 문신, 학자, 의학자, 저술가. 본관은 풍산豊山, 자는 이현而見, 호는 서애西厓, 시호는 문충文忠. 경상도 의성 외가에서 태어났으며, 간성 군수 류공작柳公綽의 손자이며, 황해도 관찰사 류중영柳仲郢의 차남이다. 이황의 문하에서, 1590년 통신사로 갔던 조목趙穆, 김성일과 동문수학하였으며, 성리학에 정통하였다. 과거를 통해 관료로 등용되어 서인이 아닌, 이산해와 같은 동인으로 활동하였다. 그러나 정여립의 난과 기축옥사를 계기로 강경파인 아계 이산해, 정인홍 등과 결별하고 남인을 형성하였다. 임진왜란 발발 직전, 군관 이순신을 천거하여 선조에게 전라좌

그는 영의정 겸 병마절도사, 지금으로 치면 총리 겸 전시 국군 총사령관으로 임진왜란 7년 동안 벼랑 끝에 서 있는 조선을 온몸으로 지켜낸 주인공이다. '지난 일을 경계하여 후환을 삼간다|懲毖|'라는 뜻의 징비록은 임란의 생생한 기록이자, 그의 참회록, 곧 반성문이다.

『징비록』에는 전쟁 발발 몇 년 전 조중일朝中日의 시대 상황부터 전쟁 내내의 참상을 있는 그대로 가감 없이 적고 있다. 전쟁 중 백성들이 인육을 먹는 장면을 보고, '백성들이 무슨 죄가 있다고……' 함께 오열하며 자책했던 내용 등 피눈물을 쏟으며 집필했다.

그러나 그를 제외한 그 누구도 반성은커녕 전쟁의 모든 책임을 류성룡의 '탓'으로 몰아, 전쟁이 끝날 무렵 조정은 그에게 '삭탈관직削奪官職'에 더해서 '삭탈관작官爵'이라는 탄핵까지 해 버린다.

'관작官爵'이란, 그가 받은 조선조 귀족 칭호인 '풍원부원군豐原府院君'이라는 작위를 말하는데, 이조차 박탈한 것이다.

류성룡의 '임진왜란 반성문 징비록'은, 그러나 조선에서는 그것으로 끝이었다.

사분오열 당쟁은 계속됐고, 종전 40년도 채 못되어 이보다 더한 병자호란을 맞게 된다.

더 슬픈 이야기는 『징비록』이 조선에서는 푸대접받는 사이, 일본에서는 이를 몰래 베껴 가 『조선징비록』이라는 이름으로 목판본을 발간

수사로 임명하도록 하였다. 임진왜란 당시 4도 도체찰사, 영의정으로 조선 조정을 총지휘하였다. 정인홍, 이이첨 등 북인의 상소로 영의정에서 삭탈관직하게 된다. 안동으로 내려가 임진왜란 때 겪은 후회와 교훈을 후세에 남기기 위해 『징비록』(국보 제132호)을 저술하였다. 청백리이면서 '조선의 5대 명재상名宰相' 가운데 한 사람으로 평가받기도 한다.

했고, 지도층과 지식인들 사이에 베스트셀러가 되었다.

그들은 '왜 선제공격을 하고도, 압도적인 군사와 군비 물량작전을 펴고도, 7년이란 긴 시간 동안 싸웠으면서도 조선을 정복하지 못했느냐'며 『징비록』을 통해 그 원인을 분석하고, 그 내용을 반면교사로 삼았다. 말하자면 징비록은 오히려 일본에 반성의 교과서가 된 것이다.

소크라테스 왈, '반성하지 않는 인간은 살 가치가 없다'라고 했었다.

300여 년 뒤 그들은 결국 조선을 통째 집어삼켜 식민지화했다.

이런 식으로 반성을 모르던 조선인, 조선 민족은 나라가 없어진 뒤에야 반성문을 쏟아낸다.

'유사 이래 누천년에 처음으로 이異민족 겸제|箝制 : 재갈 물림|의 통고|痛苦 : 고통|를 당한 지 십 년을 과過한지라…….'

「3·1 독립선언문」에 나와 있는 한 구절이다.

여기에 말한 대로, 우리는 5천 년 역사에서 나라를 통째 잃어버린 건 일제 35년이 처음이다. 36년이 아닌 35년이라고 말하는 것은 국치일|國恥日 : 1910. 8. 29|~해방일|解放日 : 1945. 8. 15|까지 날짜를 계산하면, 만 35년에서 14일이 모자란다.

그동안 중국과는 수도 없는 전쟁과 협상을 통해 대등한 황제국에서 형제국으로, 다시 군신君臣 관계로 떨어지는 수모를 당하긴 했으나, 국호와 국왕이 있는 독립국이었다.

야만국으로 깔보던 섬나라 왜국으로부터 국가 없는 설움을 당하고 나서야 '반성'하는 목소리가 나오게 된 것이고, 그중 하나가 민족 개조론이다.

남의 나라를 침략하지 않은 착한 나라가 과연, 옳은 것이었는가? 침략하지 않은 것이 아니라 못한 것은 아닌가? 우리의 잘못은 없고 일본만 무조건 나쁜 것인가? 그렇지 않다면, 우리 민족의 고칠 것은 무엇인가?

그런데 이 '민족 개조론'에 관해서는 왈가불가 말이 많다.

이를 주창한 인사들은 안창호, 이광수, 장도빈, 안학 외 몇 명이 더 있으나, 논의의 핵심 대상은 안창호와 이광수다.

그 가운데, 특히 이광수가 1922년 잡지 「개벽」에 실은 논문 「민족개조론」이 가장 구체적인데, 논문의 내용을 떠나 '이광수 = 친일'이라는 프레임에 갇혀 논란의 중심에 서 있는 것이다.

'반성'을 두고도 색깔론으로 본질이 훼손되고 있다.

왈가불가는 잠깐 뒤로 미루고 내용부터 간단히 보면 다음과 같다.

이광수는 민족 개조의 정신은 서재필, 안창호, 이승만 등 조선 독립을 외쳤던 선각자들의 말씀임을 전제로 한다.

그는 조선인의 약점을 크게 세 가지로 지적한다.

요약하면, 첫째 민중이 게을러 일을 실행할 정신이 없고, 둘째 비겁해서 그러한 일을 감행할 용기가 없으며, 셋째 신의성실의 의지가 없다는 것이다.

이 때문에, 의식개혁이 필요한데, 이를 8개 항목으로 제시한 것이다.

1. 거짓말과 속이는 행실 없애기. 2. 공상 공론이 아닌 필요하다고 여겨지는 의무는 실행으로 옮긴다. 3. 표리부동을 버리고 의리를 지켜

야. 4. 옳다고 여긴 일은 만난萬難을 무릅쓰고 나가야. 5. 이기적 사고에서 벗어나 공공의식과 봉사 정신 살리기. 6. 1인 1기 기술 습득하기. 7. 근검절약. 8. 생활환경을 깨끗하게 하기.

이를 위해서는 지덕체智德體 3가지 교육의 필요성과 부의 축적이라고 설명한다.

이광수는 이 글에서 자신의 이 주장은 '정치적이나 종교적 어느 주의와도 상관이 없다 함이니, 곧 자본주의, 사회주의, 제국주의, 민주주의 또는 독립주의, 자치주의, 동화주의, 어느 것에나 속한 것이 아니외다.'라고 말한다.

곧 가치 중립적 입장에서 나온 것이지, 어떤 특정 이데올로기에 편향된 것이 아니라고 강조한다.

그러면서 '각 개인으로, 또 일 민족으로 문명한 생활을 경영할 만한 실력을 갖춘 뒤에야, 비로소 그네의 운명을 그네의 의사대로 결정할 자격과 능력이 생길 것이니……'라고 했는데, 특히 이 문장이 친일 사쿠라|桜, Japanese cherry| 논쟁의 대상이 되고 있다.

그의 민족 개조론 문장의 기저基底에는 우리가 일본의 식민지가 된 것은 현실적으로 사실적으로 '우리가 힘이 없었기 때문'이라는 우리의 잘못이 있음을 솔직하게 인정하자는 것이다.

이에 반해, 안창호의 민족 개조론은 딱히, 어떤 논문을 통해 주창한 것이 아니라, 각종 강연과 흥사단 등 그가 관계하는 단체 등 조직 운동의 중심사상이라고 말할 수 있다.

두 가지 개조론의 기본적 차이는 안창호의 경우 '독립운동'이라는 목표 아래 민족의 이성적 자기혁신에 중점을 두었다면, 이광수는 현실에 바탕을 둔 민족 재건으로 지도자뿐 아니라, 일반 국민 모두에게도 해당하는 '의무'라는 것이다.

이분법으로 풀이한다면, 안창호는 이념적 정신적으로, 어떻게 말하면 '공자孔子 왈曰, 맹자孟子 왈曰' 하는 이상주의자적 반성이다.

반면 이광수는 논리적으로 현실을 똑바로 보면서 있는 그대로를 받아들이자는 실용주의적 반성이라 할 수 있다.

이에 따라 이광수를 비판하는 쪽에서는 독립운동과는 반대로 일본의 통치를 인정하는 전제하에 말장난, 글 장난으로 일제에 아부한 '민족적 배신의 도덕적 위장' 등으로 비난한다.

다른 한편에서는 「이광수의 민족 개조론 재고|再考 : 다시 생각함|」라는 논문(2013년)이 나오는 등, 그에 대한 재평가가 이어지고 있다.

여기서는 이광수의 논문에 대해 옳다, 그르다, 좋다, 싫다, 왈가불가하자는 것이 아니라, 일단 그의 보편적 주장에 일리가 있다고 받아들이기로 한다. 왜냐하면 좀 더 솔직해져 보자는 거다.

우리의 아프고 깨끗하지 못한 속살을 '감히 친일 프레임에 씐 자'가 까발린다고 해서 무작정 부정하고 욕만 할 일인가?

그래서 그걸 이광수가 말했든, 다른 어떤 누가 했든, 그 내용만 놓고 보자는 거다.

우리가 일본에 합방 당한 건 오로지 침략주의, 제국주의, 악한 일본과 매국노 이완용 때문인가? 이완용도 조선인이요, 그를 포함한 을사오적 5명도, 그 오적을 도왔을 누구도 조선의 백성이요, 조선의 관리들이었다.

그들만의 잘못인가? 함께 반성하자는데, 그것도 잘못인가.

그가 말한 우리 민족이 지닌 인성 가운데 개조되어야 할 요인은 거짓말과 표리부동이 핵심이다.

거짓말과 표리부동은 바로 '반대'라는 주장 뒤에 숨어 있는 또 다른 생각들이기 때문에 민족 개조론을 이 글에서 소환한 것이다.

간단한 예로, 이 시간 우리나라 어디를 가든 볼 수 있는 온갖 결사반대 현수막의 경우, 다른 무엇을 얻기 위한 거짓말임을 그들 스스로 알고 있다.

거짓말로 그런 억지 주장을 하는 것은 약자의 항변인지 모른다.

앞서 살펴본 것처럼, 우리는 남의 나라를 침략했다는 기록보다는 외침을 당한 기록만 부지기수다.

당했기 때문에 생긴 것이 상대방을 부정하고 반대하고, 역설적으로 지나치게 나를 내세우는 것이 아닐까, 생각해 보는 것이다.

침략하지 않은 것이 아니라 침략하지 못했다는 것이 옳지 않을까?

독립협회를 창설하고 회장을 맡은 바 있는 윤치호도 이광수와 같은 의미의 말을 했다.

조선인은 10%의 이성과 90%의 감성을 지니고 있다. 머리로는 옳다고 생각하면서도 감성을 앞세워 행동한다는 것이다. 증오라는 감정만으로는 얻는 것得보다 잃는 것失이 많다는 거다.

'물 수 없다면 짖지 말라'고도 했다. 경제력과 지적인 실력 없이 일본을 욕만 한다고 해서 독립이 이뤄지지 않는다는 것이다.

한 걸음 더 나아가 그는 이렇게 말했다.

"우리는 해방이 선물로 주어진 것임을 솔직히 시인하고 그 행운을 고맙게 여겨야 합니다."

우리가 무력 독립투쟁을 통한 힘으로 일본을 무릎 꿇게 하고 해방을 이뤄낸 것이 아니지 않느냐. 솔직하게 말하건대, 일본이 겁도 없이 더 크고 힘센 나라에 덤비다가 그동안 삼켰던 우리나라를 토해냄으로써 우리는 해방을 맞은 것이라는 이성적 논리다.

우리가 힘으로 나라를 되찾을 정도였다면, 처음부터 일본의 식민지가 되었을 리가 없다는 것이다. 거꾸로 우리가 일본을 집어삼켰을 테니까.

경제학자 공병호孔柄淏[14])는 이를 두고 이렇게 해석한다.

'세상을 움직이는 건 이론이 아니라 현실'이라고.

바꿔 말하면, 세상을 움직이는 건 머리가 하는 이상이나 꿈이 아니라, 현실을 움직이는 '힘'이라는 것이다. 곧 힘이라는 권력, 그래서 나온 말이 '힘은 곧 정의'라는 말도, 그러한 이유에서 생겨난 것이라 풀이한다.

힘이 없었던 우리는 남한테 빼앗겨 왔을 뿐, 남의 것을 뺏어오지 못했거나 안 했거나 결과는 마찬가지로, 우리가 먹을 것은 우리가 가진 것에 한정돼 있었다.

흔히 말하는 파이를 키우지 못하고 한정된 파이를 쪼개 먹어야 하는

---

14) 1960.5.10~ 경제학자 겸 작가이자 강연자. 고려대학교 경제학과를 나온 후 미국 라이스대학교에서(1987년) 경제학 박사 학위를 받았다.

수밖에 없다.

그런데 인간은 타고난 폭력성을 지녔고, 우리 민족이라고 예외는 아니라면 한 조각의 파이라도 더 먹기 위해 각자는 어쩔 수 없이 제로섬 게임Zero-sum Game[15]에 참여하게 된다.

생존을 위해서 죽기 살기로 '너 죽고 나 살자' 게임에 몰두하는 것이다. 자신에게 유리한 조건을 만들기 위해 기존의 게임 룰에 반대하고, 온갖 핑계로 이것저것 많은 부분에 반대하고 또 반대한다.

서울 광화문광장은 1년 12달 365일 시위 예약이 꽉 차 있다. 그냥 해보자는 건지, 일삼아 하겠다는 건지, 웃어야 할지, 울어야 할지 알 수가 없다.

반대는 반대를 낳고, 반대가 습관이 되고, 반대가 우리의 정체성이 되었다고 주장한다면?

흔히 말하는 민족의 반골 기질이 그렇게 해서 생겼는지도 모르겠다.

PS. 나는 어떤 색깔의 거짓말 타입일까?

사람들은 그냥 '거짓말'이라고 말하기보다는 색깔을 입혀 쓰기를 좋아합니다.

하얀 거짓말 : 이 용어는 16세기 셰익스피어가 처음 썼다는데…… 선의

---

15) '한쪽의 이득 + 다른 쪽 손실 = 제로'가 되는 게임이론이다. 승자의 이득은 곧 패자의 손실을 뜻하므로, 전체의 합은 증가하지 않는다. 즉, 제로섬 게임은 '승자독식(勝者獨食, winner-take-all)'으로 승자가 되기 위한 치열한 대립과 경쟁을 유발한다.

의 거짓말, 착한 거짓말, 좋은 거짓말 그런 거잖아요. 오 헨리의 세계적 단편소설 『마지막 잎새』 같은 뭐 그런 식 거짓말 말입니다.

노란 거짓말 : 병아리 색깔이 노랗지요. 철부지 어린애들이 하는 거짓말입니다. '시커먼 손을 두고도 난 손 씻었어'라고 우기잖아요.

무지개 거짓말 : 주로 동화에서 많이 써먹는 '재미를 더하기 위한' 거짓말이지요. 거짓말할 때마다 길어진다는 피노키오의 코 같은 이야기입니다.

핑크 거짓말 : 연둣빛 거짓말이라고도 한답니다. 주로 연인 사이에 일어나는 칭찬 거짓말이겠지요. '네가 세상에서 젤 이뻐', 아닌 줄 알면서도 둘 다 오케이.

파란 거짓말 : 조금 낯선 이 말은 최근 나온 거짓말입니다. 진원지는 미국의 트럼프 전 대통령이라나요. 자신의 집단을 보호하기 위해 하는 '터무니없는' 거짓말을 뜻한답니다. 출생지는 미국이지만, 우리나라 정치권에서 더 많이 활용되고 있는 것 같네요.

빨간 거짓말 : 까만 거짓말과 사촌쯤 되는 악질 거짓말의 원조라고 하겠습니다. '새빨간 거짓말'은 이보다 더 나쁜 놈이 되겠지요.

까만 거짓말 : 거짓말 가운데 가장 악질 거짓말이지요. 주로 자신의 범죄를 은폐하기 위해 쓰는 거라나요. 이러한 거짓말은 거짓 행동이 되고, 거짓 행동은 거짓 버릇과 성격이 되어, 다시 거짓말 생각의 밑바탕이 되고, 이것이 반복되어 '새까만 거짓 인생'이 됩니다.

자신의 거짓말에 도취하여 그걸 진짜로 믿어버리는 증상인 리플리증후군Ripley Syndrome[16) 환자는 허구의 세계를 진실로 믿고 현실 세계를 부정하게 됩니다.

'아마도' 세계 최고의 새까만 거짓말쟁이는 우리나라 정치인 가운데 몇 명이 차지하겠지요.

---

16) 리플리증후군은 허구의 세계를 진실이라 믿고 거짓된 말과 행동을 상습적으로 반복하는 반사회적 성격장애를 뜻하는 용어. 미국 소설가 패트리샤 하이스미스의 『재능 있는 리플리 씨』(1955)라는 소설에서 유래.

III
반대 함으로써 얻는 것, 잃는 것

A. 정의로운 반대로 얻는 것, 잃는 것

  1. 자유를 쟁취했다

  2. 성평등을 이뤄냈다

  3. 노동 인권을 찾았다

  4. 생명과 재산을 모두 잃었다

B. 사익을 위한 반대에서 얻는 것, 잃는 것

  1. 경제적으로 이익이다

  2. 유명해지고 권력도 잡는다

  3. 책임과 외톨이에서부터 벗어난다

  4. 개인은 재산과 명예를 잃게 된다

  5. 국가는 천문학적인 경제적 심리적 폐해를 입는다

A. 정의로운 반대로 얻는 것, 잃는 것.
1. 자유를 쟁취했다

"자유를 달라, 아니면 죽음을 달라Give me liberty, or give me death!" 결사반대하면 생각나는 절규이자 명언이다.

미국의 독립운동 영웅 패트릭 헨리Patrick Henry[17])의 1775년 미 버지니아 의회 연설 중 끝에 나오는 유명한 말이다.

영국 식민지하에서 편안하게 지낼 것인가, 아니면 피를 흘리더라도 자유를 찾아 인간답게 살 것인가를 선택하자며 내 건 호소문이다.

그런데 우리는 지금 자유 대한민국에서 살다 보니, 자유는 자연스러운 것이며 공짜로 얻어진 것으로 자칫 잘못 생각하고 있는지 모를 일

---

17) 1736.5.29~1799.6.6 미국의 정치가, 독립운동가. 독학으로 변호사가 된 그는, 1765년 버지니아 식민지 회의 의원이 되어 미국의 독립운동에 앞장섰다. 그 후 대륙 회의 대표, 버지니아주 지사 등을 지내고, 독립 혁명 후에는 버지니아주에서 종교의 자유를 법률로 제정하는 데 힘썼다. 또한 민주적인 헌법을 실현하려고 노력하였다. 특히 리치몬드에서 그가 한 연설 가운데 독립을 주장하면서 외친, "자유가 아니면 죽음을 달라 Give me liberty, or give me death!|!"라는 말로 유명하다.

이다.

　그런데 '자유가 아니면 죽음'의 투쟁은 이미 인류의 탄생부터 시작되었으며, 이는 말이 아닌 행동으로 나타났고, 그래서 역사가 된 것이라 여겨진다.

　이를 기준으로 한다면, 적어도 우리나라 역사에는 수없이 많은 '행동하는 패트릭 헨리'가 있었다고 할 것이다.

　기원전 고구려高句麗의 탄생부터 그렇다. 부여夫餘에 살면서 권력과 폭력의 압제壓制 속에 고통받던 많은 고조선 유민이 중심이 되어 '반대의 깃발'을 들고 일어나 세운 국가가 고구려다.

　고구려 건국 과정에서 죽음을 불사른 사람이 어디 한둘일까?

　주몽 외에 이름을 남긴 사람은 몇이나 될까?

　그 많은 이들은 오직 '자유'를 찾고자 그들의 생명을 초개|草芥 : 지푸라기|같이 던진 패트릭 헨리다.

　시간을 훌쩍 뛰어넘어 고려高麗로 가 보자.

　많은 생사 기록의 역사는 제쳐두고, 딱 하나 삼별초三別抄 군대만 들여다본다.

　몽골의 말발굽 아래 사느니 차라리 죽음을 택하겠다는 이들의 항거는 무려 38년간 이어졌다.

　고려 조정이 공식적으로 해산을 명하고 사실상 항복한 이후에도 그들은 최후의 한 사람까지 주검이 되고 나서야 사라졌다.

　오직 '자유가 아니면 죽음'이라는 거룩한 분노의 DNA만 남겨둔 채.

　그들이야말로 무명의 패트릭 헨리가 아니고 누구라고 하겠는가.

시간을 가로질러 조선朝鮮이다.

가장 피폐했던 조선왕조의 슬픈 역사 가운데 인육을 먹으며 발버둥 쳤던 더없이 처참했던 전쟁 임진왜란 당시의 또 다른 한 단면을 들여 다본다.

충남 금산錦山에 가면 '700 의총義塚'이 있다.

의총, 글자 그대로 무명용사의 무덤이다.

왜군의 진격을 막고자 이름조차 없는 민초 700여 명이 결사대를 조직, 부지깽이와 삽을 들고 조총과 싸우다 숨진 의용군의 혼이 묻혀있는 곳이다.

왕의 명령도 성주城主의 독려도 아닌 스스로가 '나라의 자유'를 위해 몸을 불사른 패트릭 헨리다.

이어 일제 치하, 우리 선조들이 국내외에서 피를 흘리며 조선인의 '자유'를 쟁취하기 위해 희생함으로써 나중에 독립의 밑거름이 되었음을 우리는 기억한다.

다음으로 건국된 대한민국이다.

정부 수립 2년 만에 터진 6·25 사변.

낙동강 벨트만 뚫리면 대한민국은 사라질 판이다.

이때 총칼도 군번도 없는 학도 의용군이 자발적으로 전선에 뛰어들었다. 조국 산하를 피로 물들이고 그들은 사라졌지만, 그들의 자유 정신은 지금껏 이어오고 있다.

거기다 미국은 오직 인류애적 차원에서 아무런 연고도 이해관계도 없는 극동의 조그만 이 나라의 '자유'를 지켜주기 위해 대규모 군대를 파병한다.

전투 중 아이젠하워 대통령 아들이 참전, 전사했다. 노르망디 상륙 작전의 영웅 밴 플리트 장군 아들도 전투기 조종사로, 해병 항공단장 해리스 장군의 아들은 장진호 전투에서 모두 산화했다.

8군 사령관 워커 장군 아들을 포함한 많은 장군의 아들이 전쟁에 투입됐고, 미 육사를 갓 졸업 후 파병된 소위 365명 중 41명이 전장에서 희생했음을 기록은 전하고 있다.

그렇다면 우리의 자유를 빼앗기 위해 침범한 북한에 최소한의 자유라도 있는가?

우리나라는 여자 대통령에게 이 'X'이라는 욕설을 쏟아부어도 안 잡아간다. 북한이라면 어땠을까? 그들은 말할 자유, 표현의 자유, 곧 언론의 자유란 애초부터 존재하지 않는다. 그뿐이랴, 해외여행은 고사하고 국내 여행이라도 마음대로 할 수 있는가? 무엇하나 내 맘대로 생각하고 행동할 수 있는 게 없다.

탈북민들이 진짜로 목숨 걸고 '결사적'으로 탈출하는 이유가 바로 이러한 자유를 얻기 위해서이다. 우리에게는 너무나 넘쳐나는 그 자유로운 삶을 위해서 말이다.

자유는 결코 공짜가 아니기 때문이다. 'Freedom is not free.'

대한민국 국민, 한민족의 이러한 자유에 대한 열망은 세계 어느 나라 백성보다 강하고 끈질기며 숭고하다.

이러한 긍정적 희생적 '반대 정신'이 세계 속의 대한민국을 있게 한 밑바탕에 자리하고 있음을 누구도 부인하지 못할 것이다.

그리고 '자유를 얻기 위한 지금까지의 모든 결사반대'는 늘 정의로 웠고, 지금도 정의로우며, 앞으로도 영원히 정의로울 것이다.

그런데 짚고 넘어가야 할 문제가 하나 있다.

바로 자유에 관한 인간 심리의 이중성이다.

목숨을 내던져서 얻은 자유를 마다하고, 죽기 살기로 자유로부터 도망가고자 하는 것 또한 인간이다.

넘쳐나는 편안한 자유를 주체하지 못해 거기에서 벗어나고자 하는 도피심리다.

이유는 단 하나.

자유가 무서운 거다.

사회심리학자인 독일의 석학 E. 프롬Erich Seligmann Fromm18)이 바로, 이러한 인간의 심리를 사회와의 관계에서 찾고 분석한 것이 그의 대표작 『자유로부터의 도피Escape from freedom』다.

자유를 만끽하게 된 서구 사회가 '왜' 나치즘, 파시즘에 빠져드는가를 사회 심리학적, 사회주의적 관점에서 풀어 썼다.

이 책이 영국판으로 번역되면서 붙여진 이름 『자유의 공포 The fear of freedom』가 말해 주듯, 인간은 자유가 두렵다는 것인데, 그 바탕에는 자아 상실이라는 현대인의 몰개성이 원인이라고 지적한다.

---

18) 세계적으로 유명한 유대인이자 독일계 미국인으로 사회심리학자이면서 정신분석학자(1900.3.23~1980.3.18), 인문주의 철학자. 비판이론 영역의 프랑크푸르트학파에서 활동. 『자유로부터의 도피』(1941) 『인간 상실과 인간 회복』(1947) 『사랑의 기술』(1956) 『인간 파괴의 해부』(1973) 『소유냐 존재냐?』(1976)를 저술하였고, 마르크스주의에 대한 반대자들과 지지자들의 잘못된 지식을 바로잡기 위해 『에리히 프롬, 마르크스를 말하다』를 저술하기도 하였다.

감당하지 못할 만큼 넘쳐나게 주어진 자유가 너무 버거워 불안과 좌절, 고독과 무기력에 빠져들어 결국 국가적 통제안에서 복종을 통한 안정과 복종의 자유를 찾아 불나비처럼 사회주의 전체주의적 조직사회로 몰려든다는 것이다.

개성이 존중되어야 하는 민주주의를 파괴하고, 권위주의 전체주의에 빠져들게 하는 요인으로 작용하는 이러한 인간 행동은 지극히 정상적이라는 게 그의 주장이다.

자유의 이중성과 인간의 이중성이 겹침으로써 사람은 점점 더 개인적 존재로서 무기력 무능력하게 되어 간다는 논리다.

그런데 참으로 아이러니한 것은 마르크시즘 좌파 이념의 본산인 프랑크푸르트학파의 핵심인 저자는 나치 독일을 떠나 자유를 찾아 미국으로 건너간다.

이러한 철학적 사회 심리학적 논리를 떠나 오늘의 현실에서 만나는 사례가 더 실감 날 수 있을지 모른다.

노예 게임도 그중 하나다.

돈을 내고 스스로 노예가 되는 게임이 최근 한때 유행한 적이 있다.

목과 발에 쇠사슬이 감겨 채찍을 당하는 것은 기본이고 성적 학대까지 받아 가면서도 재미있다며 빠져드는 그런 게임이다. 사회적 파장을 크게 일으킨 이른바 N번방 사건도 이러한 노예 게임이 더 나쁜 방향으로 진화한 것으로 풀이된다.

또 이런 사례도 있다.

병원에 장기간 입원한 환자의 꿈은 오직 하나다.

'언젠가 퇴원해서 낙엽 깔린 보도를 내 맘껏 자유롭게 걸어 다니는 것'이었다. 어느 날 갑자기 그는 의사로부터 퇴원을 통고받았다.

자유의 몸이 되어 병원 문을 나선 그는 그때부터 방황하게 된다.

어디를 어떻게 가야 하며 무엇을 해야 할 것인지 막막해진 거다.

결국, 그는 '자유의 공포'를 견디지 못해 스스로 목숨을 끊는 비극을 선택하게 된다.

정답이 없는 영원한 미제未濟, 자유란 진정 무엇인가?

한편, 자유와 함께 붙어 다니는 단어에 정의正義가 있다.

우리가 식민 지배나 독재체제에서 자유를 되찾기 위해 피를 흘린 것은 식민정책이나 독재가 정의로운 것이 아니기 때문이다.

정의를 되찾고 바로 세우는 것이 곧 자유를 쟁취하는 바탕이 된다.

그렇다면 정의란 진정 무엇을 의미하는가?

『정의란 무엇인가』라는 책이 공전의 히트를 날렸다.

미국 하버드대 교수 마이클 샌델Michael Joseph Sandel[19])이 쓴 이 책은 2010년 국내에서 출판된 이래, 지금까지 약 200만 부 넘게 팔리고 있다.

그만큼 우리 사회는 정의롭지 못하고, 국민은 정의에 목말라하는 반

---

19) 1953.3.5~ 미네소타주 미니애폴리스 출생. 시민 공화주의적 완전주의적 공동체주의를 주장하는 미국의 정치철학자. 브랜다이스 대학교 정치학과 졸업. 옥스퍼드 대학교에서 철학 박사 학위를 받았고, 하버드 대학교 교수가 되어, 29세에 존 롤스의 정의론을 비판한 『자유주의와 정의의 한계』를 발표하고, 세계적인 명성을 얻었다. 하버드 대학교 교수로 「Justice」라는 정치철학 강좌를 진행하고 있다. 샌델은 자유주의-공동체주의 논쟁의 한 축을 담당하며, 『정의란 무엇인가』로 알려져 있다.

증이기도 하다.

정의正義에 대한 개념|槪念 : Concept|을 어떻게 정의|定義 : Definition|하느냐는 자유에 대한 것만큼이나 역사가 길고 깊으며 다양하게 해석된다.

한글 사전적 의미는 단순하다. 올바른 도리다. 글자 그대로 '바를 정正, 옳을 의義, 바르고 옳은 것을 뜻한다. 올곧다는 말이다.

영어로는 그냥 Justice다.

정치 철학적 의미를 묻게 되면 복잡해진다.

샌델은 철학적 용어 정의正義를 형이상학적 이념이 아닌 현실에서 쉽게 찾아 설명한다.

정의란 사람을 행복하게 해야 하는 것이다.

최대 다수의 최대 행복을 이루자면 정의가 필요하다는 공리주의적 논리가 기본이다. 정의는 자유로움이어야 한다. 타인에게 피해를 주지 않는 이상 개인의 자유는 보장되어야 한다는 주장이다.

경제적 관점에서 시장 자유주의를 제창한다.

정의는 또 도덕적이어야 한다. 여기서 말하는 도덕이란 공동체에서 책임과 의무를 다해야 한다고 설명한다.

우리는 우리 사회가 정의롭지 못함에 대해 아주 격렬하게 반대하고 투쟁했다.

4·19 혁명의 도화선이 된 3·15 선거가 바로 '부정' 선거였다.

'부정', 곧 불공정 불공평한 '부정의'한 선거였기 때문이다.

국민은 항거했고, 대통령 이승만은 그 자리에서 물러났다.

대통령 문재인의 조국曹國 법무부 장관 임명 파동도 그렇다.

법무부法務部는 영어로 Minister of Law가 아닌 Minister of Justice. 직역하면 정의부正義部다. 정의부 수장에 부정의不正義한 인물을 임명했으니, 국민은 격하게 항의했고, 그는 임명된 지 35일 만에 자리에서 쫓겨났다.

부정의에 대한 결사반대 투쟁이 정의를 곧추세운 것이다.

다시, 정의가 무엇이냐에 대한 또 다른 논쟁을 살펴보자.

정치철학 박사 이종건은 좀 삐딱한 제목의 정의에 관한 책을 펴냈다.

『부정의론不正義論-정의란 부정의가 아닌 것이다』가 그것이다.

부정의가 정의의 주제로 등장한 것이다.

그의 말인즉, '부정의가 없다면 정의라는 단어를 알 수도 없을 것이다.'라는 헤라클레이토스Heraclitus of Ephesus[20])의 말을 전제로 한다.

'정의란 부정의가 아닌 것'이라는 명제는 일반 논리학에서 말하는 모순율矛盾律 적 표현이다. 이중부정二重否定을 통해 정의正義를 개념화한 것이다.

그렇다고 역逆으로 '부정의도 정의가 아닌 것일까?'라는 논리는 성립하지 않는다.

그러면 정의의 반대말인 부정의란 무엇인가?

부정의不正義 = 부정不正 + 불의不義다.

---

20) Heraclitus(BC540?~BC480?)는 기원전 6세기 말 고대 그리스 사상가로 소크라테스 이전 시기의 주요 철학자로 꼽힌다. 만물의 근원을 불이라고 주장했으며 대립물의 충돌과 조화, 다원성과 통일성의 긴밀한 관계, 로고스(Logos)에 주목했다. 별칭은 스코티노스(어두운 사람), 고대 그리스 에페소스 출생이다.

부정은 불공정不公正과 불공평不公平을 내포하는 용어다.

모순이라는 단어가 나왔으니, 모순Contradictory과 반대Contrary 개념도 간단히 살펴보자.

모순과 반대, 영어만 보더라도 둘은 부분적으로 같거나 비슷한 쌍둥이다.

A와 B가 있다. 이 둘은 상대적 용어다.

여기서 A는 A이며, B는 B일 뿐 그 가운데 어떤 것도 낄 여지가 없다면 이는 모순개념이다. 삶과 죽음의 관계다.

그러나 A, B 가운데 C라는 제3의 존재가 가능하다면 이는 반대개념이다.

흑黑과 백白의 관계다. 흑, 백 사이에는 '빨주노초파남보' 등 온갖 색깔이 존재한다. 야구에서 투수와 포수의 관계도 마찬가지다. 투·포수 외에 내야, 외야 등 포지션에 많다.

다음, 긍정어|肯定語 : Positive Term|와 부정어|否定語 : Negative Term|이다.

정의는 긍정어이며, 부정의는 부정어다.

긍정어 정의正義는 부정어인 부정의不正義 없이도 가능하나, 부정의는 정의라는 말이 반드시 전제되어야 한다. 필수요소이다.

따라서 부정의는 정의보다 나중에 나온 것이며, 정의는 부정의에 선행한다.

우리는 일상생활에서 반대와 모순을 구분 없이 뒤섞어 사용한다. 잘못이 아니다. 그것은 엄격히 말해 논리학이나 철학적 용어일 때 구분하면 될 사안이다.

더 깊게 들어가면 골치 아프니 그것은 전공 학자들에게 넘기고, 아무튼 정의는 옳은 것이며 반대로 부정의는 옳지 않은 것이다.

우리는 옳음을 되찾기 위해 4·19와 같은 많은 피를 흘리기도 했고, 조국 사태에서처럼 피눈물과 땀과 에너지를 쏟아냈다.

자유가 공짜가 아닌 것처럼 정의도 공짜로 얻어지는 것이 아니다.

PS. 자유? 어떤 자유? Liberty냐 Freedom이냐

우리는 그냥 자유라고 말하지만, 영어 표현으로는 리버티와 프리덤Liberty & Freedom이 있습니다.

둘은 같으면서도 다른 면이 있습니다.

지금까지 학자들의 연구를 종합해 구분한다면, Freedom은 저절로 주어진 자유(천부天賦의 권리로서 자유)를 바탕으로 한 개인적, 본질적, 관념적, 내면적, 원칙적, 정신적, 사상적, 철학적, 추상적, 심리적, 양심적, 종교적, 형이상학적, 이념적, 신념적, 사유思惟적 자유를 말한다고 할 수 있습니다.

Liberty는 힘으로 얻어낸 자유를 바탕으로 집단적, 행태적, 물리적, 외면적, 방법론적, 정치적, 경제적, 사회적, 물질적, 현실적, 구체적, 조직적, 현상적, 형이하학적 자유라고 할 수 있을 것 같고요.

혹자는 Freedom은 방임에 가까운 개인의 무한정 자유인 반면, Liberty는 책임과 의무가 따르는 집단적 자유라고 구분하기도 합니다.

두 단어의 대표주자를 뽑으라면, Freedom은 '양심의 자유'를, Liberty는 '정치적 자유'를 내세우면 무리가 없고 쉽게 이해될 것 같습니다.

미국 뉴욕에 있는 '자유의 여신상'은 영어로 Statue of Liberty며, 자유론의 고전 J.S. mill의 『자유론』은 『On Liberty』가 원제입니다.

반면, 역설적 자유론의 고전인 에리히 프롬E. Fromm의 『자유로부터의 도피』는 원제가 『Escape from freedom』이며 영국판 번역본은 『The Fear of Freedom』입니다.

그런데 한쪽 면뿐인 동전은 제값을 받지 못하며, 사람의 영혼과 육체가 따로 행동하지 못합니다. 자유도 마찬가지, 두 가지 개념이 동시에 이뤄질 때 완전한 자유가 이루어지지 않을까 여겨집니다.

링컨도 저 유명한 「게티스버그 연설」에서 '만인은 평등하게 태어났다|All men are created equal|'는 Freedom적 자유와 함께, 자유 정신의 새로운 국가|A new nation……in liberty|라는 Liberty적 자유를 동시에 표명했습니다.

이러한 자유를 얻는 방법을 단순화시켜 두 가지로 나눈다면, 소극적인 '~로 부터의 자유|Free from|'와 적극적인 '~할 자유|Free to/for|'로 구분할 수 있습니다. 지금까지 이어오는 자유에 대한 투쟁은 대체로 소극적인 자유, 좁게는 정치적 억압으로부터의 자유, 곧 Liberty를 얻고자 함이었습니다.

왜냐하면, 먼저 최소한의 자유가 있어야만 그다음의 적극적인 자유 Freedom적 자유가 가능하기 때문이지요. 예를 들면 국가의 독립이라는 큰 틀에서 집단적 자유가 보장되어야 양심의 자유 같은 개인적 행복 추구의 자유가 설 자리가 있다는 논리입니다.

또 하나 E. 프롬의 지적대로 최소한 경제적 자유, 경제적 안정이 있어야만 개인적 자유를 찾게 된다는 것이기도 하고요.

금강산(자유)도 식후경(경제적 안정)이라는 얘기입니다.

여기서는 철학 개론서가 아닌 만큼 자유의 개념을 이쯤에서 정리, '자유는 자유다'라고 단순하게 정의하면 어떨까요.

2. 성평등을 이뤄냈다

'레이디스 앤 젠틀맨|Ladies & Gentleman|. …….'

연단에 선 외국인이 모인 관중에게 인사한다.

옆에 선 동시 통역관이 이를 우리말로 옮긴다.

'신사 숙녀 여러분…….'

연사는 분명 '숙녀 신사 여러분,' 하며 인사했는데, 통역은 남성, 곧 신사를 앞세워 통역한다.

남성 우월이 몸에 밴 탓이다.

'남녀평등'이라는 말도 사실은 마찬가지다. 남자가 앞에 있다.

'여남평등'이라는 표현은 거의 없다. 오히려 여성 상위시대라는 용어는 가끔 등장하지만.

이처럼 여자는 언어에서부터도 평등한 대우나 예우를 아직도 받지 못하는 게 현실이다.

신석기시대 이전, 모계母系 사회에서는 여성 상위시대였다는 것이 인류학자들의 말이다. 씨족, 부족사회의 태평성대(?) 시대로 물리적 힘이 크게 작용할 일이 없었으니까 그렇다는 것이다. 그러다 부족 간 전쟁이 터지게 되고 신체적 물리적 힘이 크게 필요하게 됨으로써 남성 우월이 시작되었다는 설명이다.

모계 사회란, 그러나 가문과 혈통을 어머니 핏줄을 기본으로 하는 것을 말하는 것이지, 꼭 여성이 남성을 지배하는 사회는 아니라는 게 학자들의 말이다.

아무튼 동서양을 막론하고 5,000년 역사를 자랑하는 나라들 가운데 여황제 또는 여왕이 몇 명이나 되는가를 보면 짐작이 간다.

중국은 당나라 측천무후 말고 누가 있으며, 이집트도 마지막 여왕 클레오파트라 외에 역사에 남을만한 여제女帝가 없다. 우리 역사에서도 신라의 선덕여왕 등 세 여왕을 제외하면, 어떤 왕조에서도 여왕은 없었다.

남녀평등의 시발점은 정치적인 면, 투표권을 갖느냐 못 갖느냐에서 출발한다.

우리나라는 헌법에 '모든 국민은 법 앞에 평등하다. 누구든지 성별, ……에서 차별받지 아니한다'라고 명시하고 있다. 이를 되짚어 보면 현실적으로 남녀 차별이 존재했었기 때문이라는 평가다.

지금은 당연하게 여기지만 여성이 참정권, 투표권과 피선거권을 갖게 된 것은 그리 오래되지 않았다.

그리고 그것이 공짜로 얻어진 것이 아니라는 데 의미가 있다.

1789년 민주 시민 대혁명으로 불리는 프랑스혁명 당시 내건 기치는 자유와 평등이었으나, 그 평등은 귀족에 대한 일반 국민의 평등 요구였지, 남녀평등은 거론조차 되지 않았다.

프랑스에서 여성에게 참정권이 주어진 것은 그보다 한참 뒤인 1946년에야 이루어졌다. 우리는 정부 수립과 동시에 이뤄졌는데, 햇수로 따지면 불과 2년 앞섰을 뿐이다.

여성이 참정권을 쟁취해 낸 것은 1908년 미국의 여성 섬유 노동자 1만 5천여 명이 뉴욕 거리로 뛰쳐나와 여성참정권과 여성 임금인상과 근로조건 개선을 요구하며 시위를 벌인 것이 계기가 됐다. 그러나 가장 먼저 여성에게 투표권이 주어진 나라는 뉴질랜드로 1893년이었다.

여성은 어렵사리 참정권은 얻어냈으나, 대부분의 나라에서 자신의 이름으로 재산을 소유한다거나 부모로부터의 재산상속권을 갖지는 못했다.

먼 나라 이야기는 그렇다 치고, 우리 역사에서 여성의 평등권은 어떠했을까?

삼국시대부터 고려조에 이르기까지는 여성의 지위는 상당했음을 역사는 기록하고 있다. 그러던 것이 조선조에 들어와서 여인의 삶은 평등이니 불평등이니 하는 단어조차 있지도 않았고, 억압을 넘어 굴욕 속에 지냈다고 할 수 있다.

삼종지의三從之義21)니, 칠거지악七去之惡22)이니 하는 굴레를 씌워 제

---

21) 예전에, 여자가 따라야 할 세 가지 도리를 이르던 말. 『예기』의 「의례儀禮 상복전喪服傳」에 나온다.
22) 예전에, 아내를 내쫓을 수 있는 일곱 가지 허물. 시부모에게 불손함, 자식이 없음,

대로 된 인권이라고는 찾아볼 수 없는 사회였다. 결혼과 성性 문제를 포함해서 자기 결정권이 전혀 없었다.

그 마당에 평등이라는 단어는 생각조차 할 수 없는 사회였다.

삼종지의 : 여자는 어릴 때는 부친의, 결혼 후에는 남편에게, 늙어서는 아들에게 복종하고 뜻에 따라야 한다.

칠거지악 : 결혼 후 여인은 아이를 갖지 못하거나 시앗에게 시샘을 부린다거나 기타 등등 7가지 말도 안 되는 일을 하게 되면 시집에서 쫓겨났다.

'이건 아니다'라는 여인이 없지 않았겠으나, 개인적 일탈로 이에 맞설지언정 조직적으로 항거하거나 대항할 수 없었던 시절이다.

대표적 여인이 어우동이다.

이때 '내 몸은 내가 알아서 사용한다.'라며 반기를 들고 가시넝쿨 울타리를 뛰쳐나온 여성이 바로 그녀다.

종3품 권력자 양반집 딸로 세종대왕의 형 효령대군의 손자에게 시집가 왕손 가의 며느리가 된다.

시앗만 끼고 사는 바람둥이 남편에 열받은 그녀는 '그래 놀려면 놀아라, 누가 이기나 해보자.'라며 맞바람을 피운다.

실록에 기록된 남자만 17명이다. 시종숙媤從叔23)부터 시작해서 왕족을 포함, 전임 병조판서, 대사헌 등 최고 권력자부터 하급 관리, 성균관 생도, 그리고 사노비에 이르기까지 닥치는 대로 섭렵, 관계한 뒤 3

행실이 음탕함, 시기심 많음, 몹쓸 병을 지님, 말이 지나치게 많음, 도둑질.
23) 남편의 5촌 아저씨, 시아버지의 사촌 형제.

명에게는 팔뚝과 등에 자신의 이름으로 문신을 새기도록 했다.

성 문제에서만은 남녀평등을 몸으로 보여줬으나 그것으로 끝, 형장의 이슬로 사라져 절반의 성공에 그친 셈이다.

당시 법으로 따지자면, '꾀어서 간음한 여인에게는 곤장 100대'의 형벌이었다.

그러면 현재는 어떨까?

지금 우리나라에는 '한국여성단체협의회'와 '한국여성단체연합'이라는 두 개의 커다란 여성단체 모임이 있다.

한국여성단체협의회는 1959년에 결성된 국내 최대 여성단체 모임으로, 가입 회원단체는 60여 개 안팎으로 회원 수는 500만 명을 넘는다. 세계여성단체협의회 한국 회원단체다. 대한 어머니회, YWCA 등이 소속돼 있다.

창설 당시는 비정치적 비종교적 이념으로 출발했으나, 세월이 지나면서 보수적 성격을 띤 연합체가 되었다. 김활란金活蘭[24], 이태영李兌榮[25] 등이 유명회원이기도 하다.

---

24) 1899.1.18~1970.2.10 인천 출생. 일제 강점기 대한여자기독교청년회연합회 재단 이사장, 대한기독교 교육자협회 회장 등을 역임. 한국 최초의 여성 대학 졸업자이며 미국에서 석사학위를 받았다. 3·1운동 비밀결사에 참여하고 YWCA를 창설, 여성운동과 개신교 활동에 전념했다. 1937년 중일전쟁이 발발하자 친일 활동에 가담하기도. 해방 후에는 교육자, 여성운동가, 종교운동가로 활약했다.

25) 1914~1998 평안북도 운산 출생. 여성운동가, 한국 최초의 여성 법조인. 해방 이후 국제법률가위원회 부회장, 이화여자대학교 법정대학장 등을 역임한 우리나라 최초의 여성 법조인. 인권 및 여권운동가. 1949년 여성으로는 처음으로 서울대학교 법대 졸업, 1952년 제2회 고등고시에 최초의 여성 합격자가 되었으나, 이승만 정권의 반대로 판사에 임용되지 못하고, 최초의 여성 변호사로 개업. 1952년부터 각종 청원서와 진정서를 통해 가족법 개정 운동을 시작, 1956년 여성 법률상담소(현재 가정법률상담소의 전신)를 창설하여 가족법 개정 운동을 주도하였다.

한국여성단체연합은 국내 민주화운동과 맞물려 1987년 결성된, 처음부터 진보성향의 여성단체 연합체다. 여성 인권 단체라기보다 정치 단체에 가깝다.

여성민우회 등 30개 안팎의 단체가 회원으로 가입되어 있다.

강력한 페미니스트 단체임을 표방한 이들은 남성의 '군대 가산점'을 반대하면서도 여자징집제도는 반대한다. 전 서울시장 박원순 성추행 사건 당시 이들은 가해자를 옹호하고 피해자를 비난하는 지나친 좌파적 정치성을 나타냄으로써 각종 비난에 휩싸이기도 했다.

두 단체는 그동안 호주제 폐지, 재산상속의 남녀평등, 성매매 폐지, 여성의 날 제정 등 여성 인권 보호와 성평등에 관한 각종 보고서와 입법 청원 등 지속적 활동을 이어가고 있다.

그러나 엄청난 조직에 걸맞은 영향력을 행사하고 성과를 이뤄냈느냐 하면 '글쎄올시다'라는 의문부호를 붙일 수밖에 없을 것 같다.

'잘 주는 여자, 잘 먹는 여자' 등 여성 비하를 넘어 여성 혐오 발언을 쏟아내고 책까지 펴낸 탁현민이 문재인 정부 시절 청와대 행정관이 되었으나, '반대한다'라는 한마디로 변죽만 울리고 끝낸 여성단체다.

22대 총선에서는 '이화여대생이 군정 시절 미군에 성 상납'했다고 발언한 민주당 의원 후보 발언에도 소속당 이대 출신 최고위원 서영교는 끝내 입을 다물었다.

이러한 문제에 여성단체든 영향력 있는 유명 여성 정치인이든 그 흔한 결사반대 데모 한번 없었다.

성의 불평등을 깨고 유리 천장을 뚫은 여성 대부분은 여성단체나 조직에 힘입은 결과가 아닌 각자도생各自圖生, 각개 플레이로 이뤄냈다.

이소영 우주비행사, 고졸 여성 삼성 신화 양향자 전 의원, 권선주 기업은행장, 게임계 박지영 컴투스 대표 등이 그들이다.

여성의 지위를 평가하는 방법으로 영국 주간 경제지 「이코노미스트」가 발표하는 유리천장 지수라는 게 있다.

한국은 2024년 OECD 29개국 가운데 꼴찌를 기록했다. 평가가 시작된 12년 동안 어김없이 뒤에서 일등이다.

항목별로 가장 낮은 수치는 소득격차로 남성 대비 여성이 69.9%다. 이를 여성 기준으로 보면 남성이 여성보다 거의 50% 더 받는다는 계산이다.

물론 관리직은 턱없이 적으며, 대신 비정규직은 훨씬 더 많다.

그런데 한국 여성은 이에 대응하는 방법이 아주 기발하다.

모여서 데모를 벌인다거나 월급을 올려달라고 읍소하거나 파업하거나 하는 그런 일은 하지 않는다. 대신 확실하게 대들었고 이에 남성도 정부도 꼼짝없이 당하고 있다.

바로 '아기 안 낳기'다.

이건 농담이나 장난으로 하는 말이 아니다.

유럽이 장기간에 걸친 전쟁으로 가정이 말이 아니게 되자, 여성단체가 나서서 조직적으로 벌인 반전운동이 '남편과의 잠자리 거부'였다.

그것은 조직적이고 체계적이었으나 우리나라 여성의 '아기 안 낳기', '아기 덜 낳기'는 이심전심 여자들이 뭉친 것이다.

출생률 0.7%다.

가임 여성 1인당 평생 낳을 수 있는 아기 숫자다.

60년대 6.0명과 비교하면 1/8.7이다.

만약, 출산권을 여성의 권리 항목으로 선정하고 출산율을 그 기준으로 설정한다면, 오늘날 여성의 권리는 60여 년 전에 비해 8.7배로 크게 높아졌다는 계산이 나온다.

좋은 건 남자 몫이고 나쁜 것은 모두 여성에게 떠넘기는데, '내가 미쳤냐? 고생하며 애 낳고 힘들게 키우고, 혼자 독박 쓰기 싫다는 거다.'

MZ 세대뿐 아니라 젊은 여성 절대다수가 이렇게 말한다.

연애 OK, 결혼 NO. 동거 OK, 결혼 NO, 임신 출산 NO.

남자는 종족 보존에 관한 관심이 보편적으로 여성보다 높다.

국가는 국가 운영상 인구소멸은 막아야 한다.

부랴부랴 정부는 온갖 당근을 쏟아냈다. 출산휴가, 출산축하금, 육아휴직에 집까지 싸게 주겠다 등 두둑한 당근을 퍼부으며 제발 '아기 좀 낳아달라'며 애걸복걸이다.

여성의 완전 KO 승(?)이다.

PS. 메이퀸, 미스 코리아

이화여대梨花女大는 곧 한국 '근대여성사'입니다.

이대가 기혼자 입학 금지와 재학생 결혼 금지라는 '금혼禁婚 학칙'을 폐지한 것은 불과 20여 년 전인 2003년입니다.

말도 안 되는 성차별이지만, 그리고 지금 젊은 세대에게는 그게 무슨 말삼? 하겠으나 그때까지만 해도 그랬습니다.

'사랑이냐, 학업이냐'를 선택해야만 하는 처지에서 누구는 사랑을 위해 학업을 포기했고, 또 다른 누구는 사랑 대신 공부를 택했으며, 또 다른 누구는 혼인신고를 하지 않고 그냥 학교에 다니기도 했었지요. 학교에서는 비밀결혼 학생을 알고도 모른 척 봐주었고요.

그런데 금혼학칙을 처음 제정한 것은 지금과는 거꾸로 여성이 학업을 계속할 수 있게 하는 여성의 권익 보호차원에서 만들어진 규칙이었습니다.

이대가 처음 문을 연 건 조선조 말기인 1887년. 그때는 입학생 구하기가 힘들었던 시절이라 어렵사리 입학한 학생을 끝까지 졸업시켜야겠다는 생각에 만든 것이었다지요.

같은 제도도 시대에 따라 기능이 크게 달라진 것이겠습니다.

이대는 이에 앞서 1978년 대학 축제의 하이라이트였던 메이퀸May Queen, '오월의 여왕' 제도를 폐지합니다.

메이퀸 행사는 그 시대 남녀 젊은이에게 모두 부러움과 시샘의 대상이었지요. 행사가 처음 열렸던 1908년 이래 꼭 70년 만에 없어진 것입니다.

여성의 미美가 겉으로 드러나는 아름다움에만 있는 것이 아니라는 비판과 성차별 상품화 논란에 마침표를 찍은 것이지요.

미스 코리아 선발대회는 한국일보사 주최로 1957년 처음 개최됐습니다.

'대한민국 여성의 진선미眞善美를 세계에 자랑할 미스 코리아'를 뽑아 세계 미인대회인 미스 유니버스 한국 대표로 보내기 위한 대회를 겸하기도 했습니다.

이후 미스 코리아로 선정되면 하루아침에 영화배우나 TV 탤런트로 직행하는 신데렐라가 되는 코스였습니다.

대회 입장권은 불티가 났고 TV 생중계는 최고인기를 자랑했었지요.

그러다가 이대의 메이퀸 제도가 없어지고 여성의 상품화 논란이 끊이지 않자, 결국 2001년 이후 TV 중계는 사라집니다.

그러나 미스코리아대회는 중지되거나 없어지지는 않았습니다. 코로나 시기에도 빠지지 않고 열렸습니다.

톱 탤런트 고현정이 89년 미스 코리아 출신이며, 영화배우로 출세한 '미코'는 셀 수 없을 만큼 많지요.

또 재벌 부인이 되거나 유명 인사 부인, 또는 재벌가 며느리가 된 경우도 적지 않았습니다.

미스 코리아 대회가 크게 인기를 얻게 되자 64년에는 리틀 미스 코리아 대회가 개최되기도 했고, 90년대에는 각종 미인대회가 우후죽순 쏟아져 비난받기도 했습니다.

한편에서는 앤티 미스코리아대회를 개최, 미스코리아대회에 맞불을 놓기도 했고요.

그럼에도, 미스 유니버스, 미스 월드, 미스 인터내셔널 등 세계 3대 미인 대회는 지금도 열리고 있고, 우리나라도 거의 빠짐없이 참가하고 있습니다.

마야의 누드화畵 '옷을 벗은 마하'는 성냥갑에 붙이면 외설이고, 미술관에 걸리면 예술이라는 판결을 받은 바 있습니다.

미스코리아대회가 여성미의 아름다움이라는 예술로 평가받을 수는 없을까 생각해 봅니다.

3. 노동 인권을 찾았다

전태일全泰壹.

한국 노동사에 영원히 남을 이름이다.

그가 분신자살함으로써 그냥 유명해졌다거나 이른 나이에 희생됨으로써 기억되어야 할 그러한 인물이 아니다.

진정 이 나라의 근로자, 특히 가장 밑바닥 인생, 최하급 근로자들의 '노동 인권'을 위해 얼마나 많은 값진 일을 했는지, 국내 어떤 노동운동가도 그를 앞지르지 못할 것이다.

1970년 11월 13일, 그는 온몸에 휘발유를 끼얹어 몸뚱어리가 통째 불덩이가 되어서도 청계천 거리를 내달리며 절규했다.

'근로기준법을 준수하라' '우리는 기계가 아니다.' '일요일은 쉬게 하라' '노동자들을 혹사하지 말라.'라며.

22살 청년 노동자 전태일의 이날 행동은 순간적 울분이라든가 자신의 조그만 이익을 위해서라든가 소영웅심에 벌인 것이 아닌, 기업과 정부, 그리고 온 국민을 향한 진심 어린 호소이자 불꽃이었다.

대구서 나고 자란 그는 초등학교도 졸업하지 못했다. 이유야 불문가지不問可知다.

17살쯤 무일푼으로 서울에 와 청계천 평화시장 의류상가 공장에 재단 보조원, 이른바 '시다'로 취직했다. 임금은 일당으로 따져 100원 안팎이었다. 당시 라면 한 봉지는 20원이었다. 하루 16시간 일해서 버는 돈이 고작 라면 5봉지 값이었다. 그것도 한 달에 쉬는 날이라고는 딱 2일뿐.

창문도 없는 좁은 공간에서 바글바글 모여 일하던 어느 날, 함께 일하던 15살짜리 어린 여자 시다가 객혈을 쏟으며 쓰러졌으나 병원 치료 한번 못 받고 숨을 거두는 사고를 보게 된다.

그는 '이건 아니다' 싶었다. 그러다 누군가로부터 근로기준법이 있다는 이야기를 듣고 책을 구해서 읽었다. 어려운 한자로 된 것이라 이해가 되지 않아 밤새워 들여다보고 좀 더 공부한 동료들이나 대학을 나온 이웃 아저씨를 찾아가 물어물어 내용을 익혀갔다.

69년 그는 공장 동료들과 노조라기보다 동아리 비슷한 모임 '바보 회'를 구성, 본격적인 공부와 노동운동을 시작한다.

'바보 회'란 바보처럼 일만 하는 그들 자신을 지칭한 말이다.

이후 공장주와 노동청 관계 당국에 호소문도 보내고 진정서를 내는 등 나름대로 근로조건 개선을 위해 노력했으나 돌아온 건 공장에서 쫓겨나는 일이었다.

이듬해 정식 재단사로 다시 평화시장에 돌아온 그는 옛 동료들과 노동자 실태조사 결과 보고서를 만들어 노동청에 제출하는 등 보다 체계적인 노동운동을 벌였으나 역시 헛일이었다.

그리고 청와대 박정희 대통령에게 탄원서까지 보냈으나 아무것도 달라진 게 없었다. 이 피 맺힌 탄원서는 대통령에게 전달되지 못했다. 편지 전문은 뒤에 싣는다.

결국, 그는 스스로 온몸을 불사르게 된다.

그래서 우리나라 노동운동은 전태일 이전과 이후로 나뉜다고 말하여진다.

전태일이 몸을 불살라 '밑바닥 근로자'들의 생존을 위해 투쟁했으나 아쉽게도 '오늘 현재' 그 열매는 귀족 노조가 챙겨 먹고 있다는 비난을 면치 못하고 있다. 한국 사회개혁의 제1호 대상이 '노조'라는 것이 이를 말해 준다.

노동운동은 사실 인간이 집단생활을 시작하면서부터 있어 온 투쟁의 역사다.

노동자 권리가 본격적인 사회문제로 대두된 것은 아무래도 산업화 이후라 하겠다. 그러다 보니 산업화가 가장 빨리 이뤄진 미국에서 노조 문제가 사회문제로 크게 부각 되었다.

그 미국의 노동 운동사 중심에는 1870년대 '어머니 존스|Mother Jones|'라는 애칭으로 불리는 노동자들의 대모 메리 해리스 존스Mary G. Harris Jones[26]라는 여걸이 있다.

---

26) 1837년~1930년. 미국 여성 노동운동가의 전설이다. 아일랜드계 미국인으로 평범한

그녀의 명성이 얼마나 대단했느냐 하면 불법 노동쟁의 혐의로 법정에 선 그에게 검사는, '저기 미국에서 가장 위험한 인물이 앉아 있다'라며 소리쳤을 정도였다. 그녀의 자서전에도 바로 이 말 '미국에서 가장 위험한 여성'이라는 부제가 붙어있다.

그는 '세계 산업노동자 연맹'의 공동창설자 중 한 명이기도 한데, 특히 조직의 명수이자 파업 달인이었다. 교사 출신의 평범한 주부였던 그녀는 남편과 자식 모두를 황열로 잃고 광산노동자들과 인연을 맺으면서 그곳에서 어린 아동들이 착취당하는 걸 보고 크게 분개해서 노동운동을 시작한다.

1903년 그는 광산에서 일하는 어린이 100여 명을 이끌고 필라델피아에서 뉴욕을 향해 160㎞를 행진하며 '광산에서 아동노동을 금지'할 것을 요구하는 데모를 벌였다. 당시 루스벨트 대통령에게 면담을 요청, 거절당했으나 파장은 엄청났다.

이후 기업인과 정부는 그녀가 나타나면 손사래를 칠 정도로 무서운 존재였고, 노동자들에게는 둘도 없는 어머니였다. 재판정과 교도소를 들락날락 했으나 93세까지 살았다. 지금도 『마더 존스』라는 잡지가 발행되고 있다.

그녀의 일대기를 그린 『마더 존스』에는 그의 노조 투쟁사뿐 아니라 당시 미국의 노동자 인권 문제 등이 많이 담겨 있다.

록펠러가家의 흑역사도 그 가운데 하나다.

가정주부에서 우연한 기회에 노동운동에 뛰어들었다. 노동자에게는 따뜻한 어머니로, 정부와 기업으로부터는 가장 무서운 인물로 불리었다.

지금은 록펠러 재단이라든가 록펠러 의학연구소 등을 통해 인류문화 발전에 크게 공헌함으로써 노블레스 오블리주의 표본으로 존경받고 있지만, 부의 축적 과정에서는 악질 재벌이라는 비난을 면치 못했다.

석유 재벌 록펠러는 당시 미국 국민총생산의 2% 안팎을 차지할 정도의 부를 쌓고 있었다. 미국 전역의 주유소 95%를 독점 운영했는데, 이 때문에 반 록펠러 법인 '반 트러스트 법'이 생기기도 했다.

석유 광산 등 대기업 소유주들은 성城 같은 저택에 살면서 사병私兵을 고용하여 경호를 맡겼다. 담벼락 곳곳에는 총대까지 설치했다. 자사 노조원이든 누구든 성난 과격 데모대가 일정 거리까지 접근해 오면, 사병들은 그들을 향해 거침없이 난사했다.

경찰은 불법 시위로 데모대를 처벌했고, 기업주들은 정당방위를 이유로 아무런 제재도 받지 않았다.

노동자들이 인간다운 대우를 받기 위해서 이처럼 많은 피와 눈물이 점철된 노동운동이 있었음을 우리는 알고는 있어야 할 것 같다.

PS. 대통령 박정희에게 보낸 전태일의 편지 전문

존경하시는 대통령 각하.

옥체 안녕하시옵니까?

저는 제품(의류) 계통에 종사하는 재단사입니다.

각하께선 저들 생명의 원천이십니다. 혁명 후 오늘날까지 저들은 각하께서 이루신 모든 실제를 높이 존경합니다. 그리고 앞으로도 길이길이 존경할 겁니다. 삼선개헌에 관하여, 저들이 알지 못하는 참으로 깊은 희생을 각하께선 마침내 행하심을 머리 숙여 은미합니다. 끝까지 인내와 현명하신 용기는 또 한 번 밝아오는 대한민국의 무거운 십자가를 국민들은 존경과 신뢰로 각하께 드릴 것입니다.

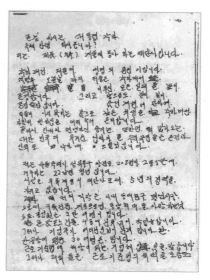
전태일 자필 편지

저는 서울특별시 성북구 쌍문동 208번지 2통 5반에 거주하는 22살된 청년입니다.

직업은 의류 계통의 재단사로서 5년의 경력을 가지고 있습니다.

저의 직장은 시내 동대문구 평화시장으로써 의류 전문 계통으로썬 동양 최대를 자랑하는 것으로 종업원은 2만여 명이 됩니다.

큰 맘모스 건물 4동에 분류되어 작업을 합니다. 그러나 기업주가 여러분인 것이 문제입니다만, 한 공장에 평균 30여 명은 됩니다. 근로기준법에 해당이 되는 기업체임을 잘 압니다. 그러나 저희들은 근로기준법의 혜택을 조금도 못 받으며 더구나 2만여 명을 넘는 종업원의 90% 이상이 평균연령 18세의 여성입니다.

기준법이 없다고 하더라도 인간으로써 어떻게 여자에게 하루 15시간의 작업을 강요합니까? 미싱사의 노동이라면 모든 노동 중에서 제일 힘든|정신적으로, 육체적으로| 노동으로 여성들은 견뎌내지 못합니다. 또한 2 만여 명 중 40%를 차지하는 시다공들은 평균연령 15세의 어린이 들로써 육체적으로 정신적으로 성장기에 있는 이들은 회복할 수 없는 결정적이고 치명적

인 타격인 것을 부인할 수 없읍니다. 전부가 다 영세민의 자녀들로써 굶주림과 어려운 현실을 이기려고 하루에 90원 내지 100원의 급료를 받으며 하루 16시간의 작업을 합니다. 사회는 이 착하고 깨끗한 동심에게 너무나 모질고 메마른 면만을 보입니다. 저는 여기에서 각하께 간구하지 않을 수 없읍니다.

저 착하디착하고 깨끗한 동심들을 좀 더 상하기 전에 보호하십시오. 근로기준법에선 동심들의 보호를 성문화하였지만, 왜 지키지를 못합니까? 발전도상국에 있는 국가들의 공통된 형태이겠지만, 이 동심들이 자라면 사회는 과연 어떻게 되겠읍니까? 근로기준법이란 우리나라의 법인 것을 잘 압니다. 우리들의 현실에 적당하게 만든 것이 곧 우리 법입니다. 잘 맞지 않을 때에는 맞게 입히려고 노력을 하여야 옳은 것으로 생각합니다. 그러나 현 기업주들은 어떠합니까? 마치 무슨 사치한 사치품인양, 종업원들에겐 가까이하여서는 안 된다는 식입니다.

저는 피 끓는 청년으로써, 이런 현실에 종사하는 재단사로써 도저히 참혹한 현실을 정신적으로 받아들이지 못합니다. 저의 좁은 생각 끝에 이런 사실을 고치기 위하여 보호기관인 노동청과 시청 내에 있는 근로감독관을 찾아가 구두로써 감독을 요구했읍니다. 노동청에서 실태조사도 왔었읍니다만, 아무런 대책이 없읍니다.

1개월에 첫 주와 삼 주 2일을 쉽니다. 이런 휴식으로썬 아무리 강철같은 육체라도 곧 쇠퇴해 버립니다. 일반 공무원의 평균 근무 시간 일주 45시간에 비해 15세의 어린 시다공들은 일주 98시간의 고된 작업에 시달립니다. 또한 평균 20세의 숙련 여공들은 6년 전후의 경력자로써 대부분이 햇빛을 보지 못한 안질과 신경통, 신경성 위장병 환자입니다. 호흡기관 장애로 또는 폐결핵으로 많은 숙련 여공들은 생활의 보람을 못 느끼는 것입니다.

응당 기준법에 의하여 기업주는 건강진단을 시켜야 함에도 불구하고 법을 기만합니다. 한 공장의 30여 명 직공 중에서 겨우 2명이나 3명 정도를 평화시장주식회사가 지정하는 병원에서 형식상의 진단을 마칩니다. X레이 촬영 시에는 필림도 없는 촬영을 하며, 아무런 사후 지시나 대책이 없습니다. 1인당 3백 원의 진단료를 기업주가 부담하기 때문입니까? 아니면 전부가 건강하기 때문입니까? 나라의 경제 발전을 위해서는 어쩔 수 없는 실태입니까?

하루 속히 신체적으로 정신적으로 약한 여공들을 보호하십시오. 최소한 당사들의 건강에 영향을 끼치지 않는 정도로 만족할 순진한 동심들입니다. 각하께선 극부이십니다. 곧 저희들의 아버님이십니다. 소자된 도리로써 아픈 곳을 알려 드립니다. 소자의 아픈 곳을 고쳐 주십시오. 아픈 곳을 알리지도 않고 아버님을 원망한다면 도리에 틀린 일입니다.

저희들의 요구는
1일 14시간의 작업시간을 단축하십시오.
1일 10시간~12시간으로,
1개월 휴일 2일을 일요일마다 휴일로 쉬기를 희망합니다.
건강진단을 정확하게 하여 주십시오.

시다공의 수당 현 70원 내지 100원을 50% 이상 인상하십시오.
절대로 무리한 요구가 아님을 맹세합니다. 인간으로서의 최소한의 요구입니다. 기업주 측에서도 충분히 지킬 수 있는 사항입니다.
　-『전태일 평전』에서 -

4. 생명과 재산을 모두 잃었다

우리는 끊임없는 투쟁을 통해 인류 보편적인 가치이자 절대 선善인 자유, 정의, 명예, 성평등, 정당한 노동 권리 등 많은 것을 얻어냈다.

얻는 것이 있으면, 잃는 것이 있게 마련이다.

세상에 공짜는 없으니까.

'자유가 아니면 죽음을……'이 말하듯이 자유의 대가는 목숨이다.

인간에게 가장 귀중한 생명을 잃게 되는 것이다.

이때 죽음과 맞바꾸며 얻기로 한 자유는 대부분 정치적 자유였다.

우리가 간과하기 쉬운 것으로, 종교의 자유도 생명과 맞바꾼 결과다.

또 명예를 지키기 위해 기존의 명예를 생명과 함께 버리기도 한다.

이 가운데 종교의 자유는 그 무엇보다도 희생자가 더 적극적으로 자신의 목숨을 내던진다. 이를 얻기 위해서는 다른 어떠한 대체물이 있을 수 없기 때문이기도 하다.

서울 양화대교 동편에 조그만 언덕이 있다. 절두산切頭山이다. 목을 자르는 산이라는 뜻이다. 지금은 가톨릭 성지다.

조선조 말기 서양 문물과 함께 국내에 들어온 천주교를 믿게 된 신자와 신부들의 목을 자른 장소다. 기록상에는 29명이 순교자로 나와 있으나, 성지 안내원에 따르면, 이름 없이 그냥 희생된 신도는 적어도 300명은 넘지 않았겠느냐고 말한다.

서양의 종교전쟁으로 목숨을 잃은 숫자는 아마도 어마어마하고 무시무시할 것 같다.

16세기 초반부터 17세기 중반까지 130여 년간 이어진 전쟁, 그리고 전쟁 와중에 벌어진 종교재판 등에서 희생된 숫자는 575만 명에 이른다는 주장도 있다.

정확한 수치야 알 수 없겠으나 이 많은 희생자는 그들 스스로 원해서 전쟁에 뛰어든 것이 아니라 강제로 동원된 사람일 것이다. 자신의 종교적 자유나 신념과 무관하게 종교라는 이름으로 희생된 그들이야말로 무고한 생명들이다.

종교가 인간을 위해 존재하는가, 아니면 사람이 종교를 위해 희생해야 하는가에 대한 근원적인 물음을 제기하게 만든 종교계 흑역사다.

자유와 함께 부정, 불의 등 모든 분야에서의 반인간적 권력에 대한 결사반대에는 목숨을 걸지 않고는 아무것도 얻을 수 없다.

그래서 생겨난 것이 앰네스티Amnesty 국제사면위원회다.

사상과 정치, 종교적 신념으로 인한 피해 구제에 힘을 실어주는 UN 산하 기구다. 한국에도 지부가 있다.

정의의 편에 서서 약자를 위한 변론이나 지원으로 노벨 평화상 수상이라는 업적을 갖고 있기도 하다. 그럼에도 이 단체는 각종 의혹과 비판으로 심심찮게 구설에 휘말린다.

우리나라의 경우, 광우병 관련 불법 촛불시위에 정부의 탄압을 중지하라든가, 북한 이념집단의 반정부 시위를 편들어 한국 국가 정체성을 비판하는 등의 행동으로 비판을 받기도 했다.

그들은 '무조건' 반대하는 쪽은 '무조건 정의'라는 편견의 프레임에서 벗어나지 못한다는 비난을 자초한 것이다.

한편, 자유를 얻는 대신 자유를 잃게 되는 역설적 결과도 생긴다.

생명을 곧바로 빼앗기지는 않더라도 신체적 구속 감금으로 자신은 자유를 잃게 되는 경우가 많다는 이야기다.

특히 정치적 자유를 추구하는 시위에서 그 지도자는 이를 억압하고 통제하는 세력으로부터 감방에 갇히는 대신, 그를 따르던 많은 사람에게는 자유를 찾아주는 경우가 그것이다.

인도의 간디Mohandas Karamchand Gandhi[27)]가 그랬고, 남아프리카공화국의 만델라Nelson Rolihlahla Mandela[28)]가 대표적인 역사적 국제적 인물이다.

이러한 불이익은 자유의 투쟁에 한정된 것이 아니다.

27) 1869.10.2~1948.1.30 인도의 정신적·정치적 지도자로, 마하트마 간디(Mahatma Gandhi)로 널리 알려져 있다. '마하트마'는 '위대한 영혼'이라는 뜻으로, 인도의 시인 타고르가 지어주었다. 영국 유학을 다녀왔고, 인도의 영국 식민지 기간(1859~1948) 대부분을 영국으로부터 인도 독립운동을 지도하였다.
28) 1918.7.18~2013.12.5 남아프리카공화국에서 평등 선거 후 뽑힌 세계 최초 흑인 대통령으로, 당선되기 전 아프리카민족회의(ANC)의 지도자로서 반 아파르트헤이트 운동 즉, 남아공 옛 백인 정권의 인종차별에 맞선 투쟁을 지도했다.

특히 정의는 자유와 같은 선상에 놓여있는 선이다. 절대 선이다. 공존동생共存同生하는 사이다.

4·19의 진원이 3·15 '부정' 선거다.

곧, 정의롭지 않은 선거의 발단으로 일어난 4·19다. 정의를 찾고자 하는 범국민적 반대운동이었다.

속이 훤히 들여다보이는 투표함이 있는 투표장의 러시아 대선을 두고 '정의로운' 선거라고 말하는 사람은 푸틴 일당 말고는 없을 터.

이에 대항하던 정치 라이벌은 목숨을 빼앗겼거나 철창신세를 면하지 못했다.

1905년 '을사늑약乙巳勒約'을 결사반대하던 참정대신 민영환閔泳煥은 뜻을 이루지 못하자, 스스로 목숨을 끊어 망국으로 실추된 명예를 지켰다.

명함에 쓴 유서에는 '영환泳煥은 죽어도 아니 죽는다. 사이불사死而不死'라고 쓰여 있었다. 결사決死의 공으로 그는 고종의 묘소에 배향되고, 건국 후 대한민국 건국 공로 훈장에 추서되었다.

그런데 민영환이 자결하기 전 이름도 없는 백성, 돈의문 밖에 사는 평민 배 씨가 사흘 밤낮을 통곡하다 자살한 바 있다. 그러나 그의 죽음은 그것으로 끝이었고, 그 누구도 더 이상 그의 행적에 관심을 표하거나 비석을 세워 준다거나 동상을 건립해 주지도 않았고 훈장도 포상도 어떤 기록조차 없다.

글자 그대로 그는 무명의 백성, 그냥 민초民草니까, 그렇게 넘어갔다.

한편 한일합방을 전후해서 자결한 순국 지사志士는 무려 45명에 이르고, 특히 경북 안동지역에만도 13명이나 된다. 이들은 남들이 알아주든 말든 나라가 훈장을 주든 말든 제 한 목숨 바쳐 자신들의 명예를 그들 스스로가 지켜낸 올곧은 인물들이다.

그나마 역사에 이름이 남아있는 정의로운 희생자는 행운아인지 모른다.

기록도 행적도 없이 사라짐으로써 그 가족과 일가친척은 명예는 둘째치고 가난에 찌들어 사는 경우가 허다했다.

독립운동가를 가장 많이 배출한 안동지역 마을, 하회河回에서 사숙 |私塾 : 사립 서당|을 경영하던 한 독립투사는 일본 황실에 정면 도전하며 항일운동을 벌이다 1년 넘는 옥살이를 했다. 그러나 안동에는 그 정도 독립운동가는 너무 많다는 말도 안 되는 이유로 독립운동가로 인정받지 못하고 비참한 삶을 살다가 생을 마감한 안타까운 사연도 있다.

안동대 교수 강윤정의 「한국 하회마을 사람들의 항일투쟁」이라는 논문 가운데, 재판 기록 자료와 함께 언급된 류시걸柳時杰이 바로 그런 인물 중의 하나다.

그는 1928년 11월, 한국인 순사가 찾아와 '일본 소화昭和 천황 즉위식에 봉축금奉祝金으로 2원을 내라'는 요구를 받고, '소화 그놈이 즉위하는데 금 2원이나 낼 필요가 있나?'며 쫓아 보낸 뒤, 동네 사람들에게 봉축금 납부 거부를 종용했다.

이 일로 일본 경찰에 의해 재판에 넘겨졌고, 법정에서도 '우리 황제가 있는데, 일본 왕실을 인정할 수 없다'라며 꼿꼿한 자세로 항의, 1, 2심 모두 1년 형을 선고받고 복역 후 출소했다. 유치장까지 포함해 1

년 2개월을 감옥에서 보냈다.

출소 뒤 목수 등 셋방살이 하루살이 인생으로 전전긍긍 사느라 자식들 공부도 시키지 못했으며, 타계한 뒤에도 대구 시립 공동묘지에 묻혔다가 묘지조차 흔적 없이 사라졌다.

그의 아들에 이어 손녀까지 국가 보훈처에 여러 차례 독립유공자 신청서를 제출했으나, 이런저런 이유로 지금까지 '유공자로 인정'받지 못하고 있다.

이러한 사례가 류시걸 한 사람만이 아닐 것이다.

6·25 의용 학도병이라든가, 우리의 아픈 근대사 속에서 이름 없이 사라진 정의의 희생자들 말이다.

이들은 단 하나뿐인 자신의 생명과 그 자신은 죽어 없어져도 살아있을 그 가족들에게 필요한 돈조차 남기지 못했다. 결국 가진 모든 걸 잃고 말았다.

현충일 국가현충원을 찾으면 맨 먼저 헌화하고 깊은 존경과 고마움을 표해야 할 대상이 바로 '무명용사의 비碑'라 여겨진다.

이러한 마음은 5·18 유공자처럼 '5·18이라는 모자만 덮어쓰면 무조건 받게 되는' 그런 보상이 아닌, 희생에 합당한 명예와 경제적 보상을 국가가 해줘야 하는 이유이기도 하다.

PS. 4·19와 5·16의 생명 값은?

생명을 돈으로 계산하고자 하면, 상당히 불경스럽게 들립니다.

특히 한국의 양반사회에서는 비인간적 비도덕적 행위이자 파렴치한 것으로 보며 애써 기피 하는 경향이 높았으니까요.

그러나 현실은 그것이 어떠한 죽음이든 그 죽음의 대가를 두고 옥신각신 소송전까지 벌이는 게 다반사입니다. 유산을 두고 형제자매간 눈꼴사납게 싸우는 것도 넓게 보면 죽은 사람의 생명 값을 두고 벌이는 시비입니다.

'인간은 평등하게 태어났으므로 삶도 죽음도 값이 같아야 한다'라는 논리는 하나의 공염불에 지나지 않습니다.

미국 컬럼비아 대학 H. 프리드먼 교수는 당돌하게도 인간의 생명 가격표라는 책을 펴내 인간의 목숨값을 수치화했습니다.

2001년 벌어진 미국 쌍둥이 빌딩 테러 희생자들에 지급된 정부 차원의 보상금을 예로 풀어썼습니다.

보상금은 희생자 모두에게 일률적으로 기본 25만 달러를 지급한다. 인간은 평등하게 태어났으니까. 거기다 부양자가 있으면 피부양자 1명당 10만 달러가 추가 된다. 더해서 희생자별로 소득 기준 금액(앞으로 벌 수 있는 예상 금액, 일반적으로 생명보험에서 적용하는 그러한 기준)을 합쳐 지급한다. 단, 이때 상한선은 연간 23만 1천 달러로 정한다. 상한선이 없다면, 만일 머스크 같은 재벌 희생자가 있었다면, 그에게 지불해야 할 돈은 미연방 한 해 예산을 넘을 테니까.

결국, 보상금은 최소 25만 달러에서 최고 700만 달러가 넘었습니다.

이러한 기준을 두고 말이 많았으나, 숨진 희생자 3,000여 가족의 97%가 동의했습니다.

그러나 저자는 이것이 상당히 불공정했다고 비판합니다.

그렇다면 우리나라는 어떤가요?

'5·18 유공자'에 대한 보상금 및 포상에 관해서입니다.

바로 민주화에 희생된, 정부가 정한 '정의의 목숨값' 말입니다.

그런데 알려진 것이 하나도 없습니다.

이름, 나이, 공적, 포상 종류, 보상 또는 포상 금액, 전부가 '비밀'입니다.

누가 왜 얼마를 받는지 알려고 하면, 그게 범법자가 됩니다.

감방에 가게 됩니다. 법이 그렇답니다.

'악법도 법'이라지만 세상천지에 내용을 밝히지 않는 유공자라니, 말이 나 될 법한 것이냐며, 북한에서조차 있을 수 없는 일이라고 흥분하는 보수주의자의 비판도 일리가 있다는 말입니다.

건국유공자, 독립유공자, 6·25 전사 유공자는 물론 민주 정의의 희생자인 4·19 유공자의 모든 건 다 공개되어 있습니다.

정치인 홍준표는 과거에나 지금이나 꾸준히 요구합니다.

'죄를 지은 것도 아닌데, 떳떳한 유공자명단을 왜 공개하지 않느냐?'

그렇습니다. '그들이 5·18 명단을 공개하지 못하는 건, 유공자가 아닌 범죄자이기 때문'이라는 극우의 비난에서 자유롭고, 더 높은 희생의 가치를 제대로 평가받고 존중받기 위해서는, 많은 사람이 이야기하듯, 반드시 명단공개는 필요하다고 여겨집니다.

그건 그렇고, 나의 몸값은? 각자 계산해 보시길.

B. 사익을 위한 반대로 얻는 것, 잃는 것
1. 경제적 이익을 얻는다

보통 사람들이 반대를, 결사반대를 외치는 가장 큰 실질적 이유는 '돈'이다.

계산서를 놓고 볼 때 '이익 〉손해'라는 공식에서 더 많은 경제적 이익을 얻어내기 위한 손쉬운 현실적 방법이기 때문이다.

반대는 곧 돈을 얻고자 하는 적극적 행위다.

예부터 '우는 아기 젖 한 번 더 물린다'든가, '미운 놈 떡 하나 더 준다'라는 말처럼 달라고 아우성치면 더 많은 것을 얻을 수 있다는 걸 그동안의 생활을 통해 터득해 온 경험에서다.

공짜가 이뤄지지 않으면 반대하고, 첫 번째 공짜를 거부하면 더 큰 공짜를 얻기도 한다.

학습효과다.

2011년의 무상급식, 무상교육, 무상의료 등 이른바 무상복지 3종

세트에 관한 전 국민 대상의 한 여론조사 결과다|2011. 1. 26. 리얼미터|.

'무상복지의 찬성 여부' 질문에 반대는 34.5%, 찬성은 50.3%로 나타났다.

반대를 100으로 놓고 보면, 그냥 달라는 찬성은 145.8로 거의 1.5배다.

무상복지를 늘리려면 재원을 위한 증세가 필요하다. 세금을 더 부담하면서 무상복지를 해야 하느냐는 질문에는 51.6%가 싫다고 답했다. 반면에 기꺼이 세 부담 증가를 감수하겠다는 응답자는 31.3%였다. 이에 대해서 세금을 더 부담하더라도 복지를 늘리자는 응답자를 100으로 했을 때, 세금은 더 내기 싫다는 응답자는 165에 이른다. 1.6 배가 넘는다.

한마디로 '무상복지에는 찬성하지만, 재원 마련 증세에는 반대'한다는 것이다.

또 경제 활성화를 위해 대기업과 부자들을 대상으로 한 감세정책에도 반대가 찬성의 두 배에 달했다.

부자들 돈을 떼어서 복지를 늘려달라, 그러나 내 호주머니에서 돈 나가는 건 싫단다.

이를 기준으로 하면, 질문 사항에는 없으나, 만일 이러한 문항이 있었다면, 아마 이런 응답자가 절대다수였지 않을까 싶다.

"무작정 무상복지만 늘릴 경우, 코헨티나|코리아 + 아르헨티나|나 코리스|코리아 + 그리스|가 될 수도 있는데, 그에 대한 대책은?"

"그건 그때 가서 문제다. 그때는 그들이 알아서 하겠지. 지금 당장

난 공짜 돈이 좋거든."

무상복지는 무조건 좋다는 여론조사 결과는 세월이 지날수록 더하면 더했지, 줄어들 것 같지는 않다.

선거 때마다 등장하는 이러한 진보 좌파식 포퓰리즘, 표票퓰리즘 공약은 언제나 있었고, 항상 효과 만점이었다.

2024년 총선 때 국민 1인당 25만 원씩 무조건 퍼주자는 민주당의 득표율이 50.5%인 걸 보면, 2011년 여론조사 시 무상복지 찬성 50.3% 그대로였다.

쓰레기 매립지가 근처에 있다는 걸 알면서도 근처 신축 아파트에 입주하고 나서는 '쓰레기장 운영 결사반대'를 외치며 이전을 요구한다.

결사반대?

진짜로 목숨과 바꾸겠다며 데모를 벌일까.

당연히 아니다.

그 스스로 거짓말인 줄 안다.

사실은 돈을 내놓으라는 것이니까.

적극적인 거짓말에 적극적인 행동이다.

여기에는 인간이 예부터 지녀온 몇 가지 심리적 요인이 깔려 있다.

가장 크고 강하게 작용하는 것이 공짜 심리다.

인간은 태어날 때부터 공짜를 좋아한다.

인류 역사가 그렇다는 것이다.

유발 하라리에 따르면, 호모 사피엔스라 불리는 초기 인간은 동물

세계의 중심부가 아닌 주변부로 존재했다. 그들은 최상단 동물이 먹다 남긴 음식, 이른바 골수骨髓를 채취해 배를 채웠다.

즉 자신이 어떤 노력이나 대가를 치르고 얻은 것이 아니라, 먹다 남긴 것을 공짜로 주워 먹었다. 대가를 치렀다면 상위 포식자가 먹고 자리를 뜰 때까지 기다렸다는 것 하나뿐이다.

쓰레기장 결사반대도 그렇다.

데모 한 번이면 공짜 돈이 생기는데 마다할 이유가 없다.

인간의 공짜 심리 DNA 원조는 '인간답게' 살기 시작한 '농경 수렵' 사회에서부터 시작되었다는 것이 인류 역사학자들의 견해다.

농경사회보다 약간 앞서는 수렵 사회는 소규모 집단을 이루어 생활했다. 인간보다 덩치 큰 물소를 잡기 위해서는 소속 집단 모두가 힘을 합치게 된다. 잡은 수확물은 '다 같이' 공평하게 나눠 갖는다. 힘을 많이 썼고 위험을 감수한 사람이나 응원한 꼬맹이나 똑같이 나눈다.

물론 아프거나 노인이라 사냥에 힘을 보태지 못한 이들도 예외 없이 차별 없이 같은 몫을 나눠 갖는다.

이쯤 되면, 누군가는 놀다 와서 제 몫만 챙기는 얌체가 있게 마련이다. 완전 공짜로 먹는 것이며, 이러한 공짜 인간은 늘어나게 마련이다.

농경사회로 들어가 보자.

다 함께 씨를 뿌리고 김을 매고 수확하는, 요즘 말하는 집단 농업 시스템이다. 수확이 끝나면 다 같이 공평하게 사람 수대로 나누게 된다.

여기서도 앞서 말한 수렵 사회에서와 같은 공짜 인간이 등장하게 되어있다.

지금까지의 인류 역사를 하루인 24시간으로 본다면, 생산 교환 교역을 바탕으로 한 지금의 자유시장 경제 사회는 불과 마지막 3분이다. 약 1만 년 전부터 시작된 원시 농경사회 이후를 다 합쳐봐야 뒤에서 계산해서 35분에 지나지 않는다는 것이 노벨 경제학 수상자 더글라스 노스라 교수의 말이다.

결국, 이러한 공짜 심리는 인간이 성장하고 사회가 발전하면서 줄어들기는커녕 더 늘어나게 되었다는 논리다.

특히, 우리 한국 사회에는 헌법 위에 사실상 존재하는 예외의 '떼법'이 있어 이 모든 '공짜성 요구'의 결사반대에 처벌이 아닌 돈으로 보상해 주었다.

각종 개발과 관련된 사업도 대부분이 그랬다.

떼법은 물론 성문법이 아니지만, 판례에 해당하는 사례가 있어 악순환은 계속 이어지고 있다.

이것은 비조직적 집단 패거리의 주장에서만이 아니라 조직적 결사반대에 더 취약하다. 철도, 버스, 택시 등 운송노조의 요구 집단 파업은 그 영향은 즉각적이고 광범위하게 나타난다. 당장 출퇴근 아우성에 민심은 험악해지고 노조의 잘잘못, 합법 불법을 떠나 정부와 사업자는 코너에 몰리고 쉽게 항복한다.

파업 한 번에 근로자 임금은 올라간다. 반대함으로 경제적 이득을 얻게 된다.

근로자 파업이 갈수록 강해지고 넓게 퍼진 배경에는 그동안에 쌓인 억울함과 분노의 폭발이 있다.

60년대 산업화 초기 우리 경제는 하루 한시가 급박한 상황에서 파업은 기업이 문을 닫게 하는 지름길이 된다. 정부는 이를 막기 위해 아예 법으로 파업을 금지토록 규정했다.

헌법에 보장된 노동 3법인 근로자의 단체조직법, 단체교섭권, 단체행동권 가운데 핵심인 단체행동권을 빼 버렸다. 단체행동은 무조건 불법이 되었다.

그때까지만 하더라도 대부분 근로자는 '먹고살기에 바빠' 웬만하면 그대로 참았고, 거기다 단순 작업 종사자라 갑을 관계에서 절대적으로 '을'의 위치에 있어 그런대로 받아들여졌다. 지금은 사실상 '갑' 이상의 '을'이 흔하지만.

그러던 것이 90년대 민주화 바람으로 문민정부가 들어서면서 단체행동권 불가라는 족쇄가 풀렸다.

쌓인 분노가 한꺼번에 폭발할 수밖에 없었다.

툭하면 파업에, 자신의 생업 장소인 회사 기물을 때려 부수는 폭력까지 난무하기에 이르렀다.

아무튼, 결사반대는 '이익 〉 손해'라는 대차대조표를 확실하게 해 주었다.

이 과정에서 인간 본연의 공짜 심리까지 솟아날 구멍이 생기다 보니 반대는 돈 버는 손쉬운 수단으로 전락하기도 했다.

물론 지나친 요구로 대박을 노리다 쪽박을 찬 노조 파업도 있었다.

80년대 초 미국의 항공관제사 총파업이 그것인데, 이는 뒤에 나오는

'반대함으로써 잃는 것'에서 다시 다루기로 한다.

직접적인 임금인상을 요구하는 반대가 아닌 우회적인 방법으로서 이익을 챙기는 '떼법'적 반대도 있다.

사기업 직원이 공기업에 파견되어 일했는데, 어느 날 그 공기업에 그냥 정규직이 되었다. '떼법'에 의해서다.

월급도 많아지고 근로조건도 훨씬 좋아졌다.

그러자 비슷하거나 같은 조건의 또 다른 공기업 여러 군데에서도 어쩔 수 없이 모두 정규직으로 신분을 바꿔주었다.

많게는 수백 대 1의 경쟁을 뚫고 들어간 젊은 정규직원들이 반기를 들었다.

'이건 정의가 아니라 불공정이다.'

그러나 그들의 외침은 그것으로 끝이었다. 떼로 밀어붙이기에는 쪽수가 부족했다.

결과의 평등을 바라는 농경시대와 다름없는 이러한 행태는 지금도 우리 사회 곳곳에서 여전히 현재진행형이다.

이러한 떼법 투쟁은 배운 사람, 지도층 인사라고 예외는 아니다.

윤석열 정부에서의 의사 2,000명 증원에 대한 의료 관련 단체의 반대 집단행동을 보면 더 비인간적이고 더 악의적이다.

국민의 생명을 담보로 '나, 그리고 우리만 더 잘 살겠다'며 파업을 벌였다.

돈과 떼법, 떼려야 뗄 수 없는 관계가 되고 말았다.

그런데, '반대 = 더 많은 보상'은 반드시 조직적 떼법에 한정되지 않는다.

1 : 1 구도의 '밀당'에서도 효과를 본다.

특히 프로스포츠나 전문 기술직의 경우, 일대일 임금 협상 면담에서 사실상 '갑'의 위치에 있는 '을'은 '밀리면 손해'라는 그동안의 경험에 따라 경영자 측 요구에 일단은 '노'라는 대답을 내어놓는다. 밀고 당기기 밀당이 시작된다.

처음부터 무조건 오케이 하는 것보다는 대부분 더 많은 이익을 얻게 된다. 하다못해 꿩은 아닐지라도 닭은 얻어내는 효과를 얻는다.

젖먹이 아기의 울음이 모유나 우유 대신 공갈 젖꼭지라도 얻어내는 것처럼.

PS. 바보 같은 질문. 나에게 필요한 돈은 얼마?

톨스토이의 작품 가운데 『인간에게 필요한 땅은 얼마인가』 라는 단편소설이 있습니다.

소작농에서 고생 끝에 자작농이 된 주인공은 더 큰 땅을 갖고 싶었답니다.

마침 어느 지역에 단돈 1천 루블만 내면 원하는 만큼의 땅을 가질 수 있다는 소식을 듣고 도전에 나섰습니다.

조건은 단 하나. 해가 지기 전 출발점에 되돌아올 때까지 걸어갔다가 온 만큼의 땅을 차지한다는 것이고요.

그는 밥도 물도 먹지 않고, 물론 시간이 아까워서 쫓기듯 걷기만 했습니다. 해가 지기 전까지 걷기만 하다 보니 돌아와야 할 시간에 이미 녹초가 되어 그 자리에서 죽고 말았습니다.

그가 차지한 땅은 1.15 평방미터(㎡), 반 평에 약간 못 미치는 무덤이 전부였습니다.

작가 톨스토이는 엄청난 귀족 지주로 그가 부모로부터 받은 유산은 토지 4,000에이커|약 500만 평|에 농노만도 330명이었다고 전합니다.

자신은 넘치도록 많은 땅을 소유하고 있으면서 평범한 사람들의 돈에 대한 끝없는 탐욕을 어떻게 알고 비판했을까? 소설 속의 그것이 땅이 아니고 현금이었다면 결말을 어떻게 내었을까 궁금하기도 합니다.

그렇다면 사람들에게 돈은 얼마나 필요할까요?

심청이에게는 쌀 300석|1석은 80㎏들이 2가마니|을 그걸 살 수 있는 돈이 절대적으로 필요했을 테고요, 흥부는 25명 자식과 아내 등 27식구가 먹어야 할 저녁거리가 당장 있어야 했겠지요.

그렇다면 당신에게는?

사람들은 곧잘 '빵만으로는 살 수 없다'라고 말합니다.

뒤집어 말하면 '빵 없이는 살 수 없다'라는 뜻이지요.

돈은 생활에서 완전 조건, 충분조건은 아니나 절대적 필요조건입니다.

누구에게나 필요한 만큼의 돈은 있어야 하는 것이니까요.

돈이 없으면 우선 불편합니다.

어느 가난한 집안 학생이 서울대학교에 수석합격 했습니다.

그는 인터뷰에서 '가난이 부끄럽지는 않았으나, 몹시 불편했다'라고 한 적이 있잖아요.

돈이 없으면 인간적 인격적으로 대접을 받지 못하기도 합니다.

현실입니다.

돈, 일단은 다다익선多多益善, 많으면 많을수록 좋은 것은 틀림없겠습니다.

단지 인간의 욕망도 효과 체감의 법칙에 따라 일정량 이상 갖게 되면 줄어드는 것도 사실이고요.

불발되긴 했으나, 생각나는 참 좋은 광고가 하나 있었습니다.

어느 그룹의 이미지 광고였습니다.

"'누구나 원하는 만큼의 행복을 누리는 사회'가 되었으면 좋겠다. "

그 기업은 이를 위해 조금이나마 뒷받침하고 싶다는 내용이었습니다.

"귀하는 얼마만큼의 돈이 필요한가요?"

"예, 나에게 필요한 만큼만요."

우문우답愚問愚答이다.

우문현답愚問賢答일 수도 있다.

2. 유명해지고 권력도 잡는다

남들이 다 찬성하거나 동조, 또는 침묵하는 가운데 혼자서 반대를 외치면 우선 눈에 드러난다. 그럴듯하게 보이고 용감하게 생각되며, 무언가 의식 있는 지성인 같은 느낌을 주게 된다.

그래서 유명해진다.

악명일지라도 그 이름을 떨치게 된다.

해서는 안 될 짓을 해서라도 유명해지고 싶어서 집단살인극을 벌이는 극단적 사례도 있다.

우리나라 정치권의 경우, 사이코패스 집단 살상극 못지않은 초 극단적 사례가 있다.

바로 2024년도 조국曺國의 '조국祖國 개혁당' 사건이다.

조국은 법무부 장관 임명 35일 만에 스스로 장관직에서 물러난 바 있다.

가짜 서류에 의한 무시험 입학, 낙제생의 장학금 받기, 대학 총장 가짜 표창장, 논문 제1 저자 가짜 등재, 거짓 인턴십 증명서, 대리시험 등등 그와 부인 정경심, 딸, 아들 4가족이 만들어 낸 각종 허위 또는 가짜 증명서는 모두 사실로 확인돼, 부부는 나중에 모두 실형을 선고받게 된다.

정경심은 2020년 징역 4년에 벌금 5억, 추징금 1억 3천만 원을 선고받고 법정 구속되어 실형을 살다 가석방되었다. 조국은 1, 2심 모두 징역 2년을 선고받았으나 도주 우려가 없다는 이유로 구속되지는 않았다. 그의 딸 조민도 결국 의사면허가 취소되었다.

2년 형을 선고받은 2심 재판에서 반성하지 않는다는 재판관의 경고에도, 조국은 곧바로 검찰에 복수하겠다며 정당 하나를 설립했다.

첫 번째 공약으로는 당시 여당 대표인 '한동훈 탄핵'으로 검찰 복수를 천명했고, 이어서 '윤석열 정부 탄핵'을 기치로 내걸었다. 그리고 대통령 부인 '김건희를 법정에' 보내겠다는 거였다.

한마디로 '결사반대 윤석열 검사 독재정권'을 내걸고 선동에 나섰다. 타깃target은 영부인 김건희였다.

'가자, 마리 앙투아네트 김건희 잡으러.' 조국의 이 한마디에 '와, 와, 무조건 좋소, 옳소.'를 외치며 떼거리로 그에게 한 표를 던졌다. 그리고 희희낙락했다. 그 결과, 조국은 범죄자 신분에서 단번에 국'개'의원에다 당 대표라는 권력, 명예에 돈까지 한꺼번에 쥐었다.

1의 상식이라도 지닌 사람들로서는 도무지 이해 안 되는, 상상도 할 수 없는 결과가 나타난 것이다.

이를 무엇으로 설명할 것인가?

바로 그거다.

한국인의 특성, 어쩌다 한국인으로 태어남으로 지닌 숙명 같이 바탕에 깔린 생각 '내가 배고픈 건 참아도 남이 잘되는 꼴은 못 보겠다'라는 삐딱한 성격이 밖으로 드러난 결과다.

거기다 멍석을 깔아간 준 것이 민주주의의 허점인 1인 1표라는 선거 제도.

더해서 정치 훌리건에게 부화뇌동하는 무뇌아 급의 유권자라는 3박자가 맞아떨어진 결과다.

미국 조지타운대학교 석좌교수 제이슨 브레넌Jason Brennan[29]이 집필한 『민주주의에 반대한다Against democracy』(2016)라는 책이 이를 잘 설명해 준다.

그는 민주주의란 지금껏 인류가 발명한 정치체제 가운데 가장 뛰어난 제도임에는 틀림이 없으나 허점투성이에 엉망진창이라고 말한다.

그 가운데 핵심으로 '절대적 평등'이라는 지금의 민주적 투표권, 누

---

29) 1979년생. 현재 미국 조지타운대학교 맥도너 경영대학원 로버트 J. & 엘리자베스 플래너건 패밀리 석좌교수로, 전략, 경제, 윤리, 공공정책 강의를 한다. 이 학교의 시장·윤리연구소 소장과 철학과 교수도 겸하고 있다. 템플턴 재단이 지원하는 210만 달러(약 25억 원) 규모의 〈시장, 사회적 기업, 효율적 이타주의〉 프로젝트를 총괄한다. 계간지 『퍼블릭 어페어즈 쿼털리』의 편집 주간을 맡고 있다. 오하이오주 클리블랜드의 연구 중심 사립대학 케이스웨스턴리저브대학교와 주립 뉴햄프셔대학교에서 정치학, 철학, 경제학을 전공하고, 2007년에 애리조나대학교에서 철학 박사 학위를 받았다. 브라운대학교 연구원과 철학과 조교수를 지냈다. 저서로 『민주주의』『토론 민주주의』(공저) 『부자가 되려는 것이 괜찮은 이유』『상아탑의 균열』『한계 없는 시장』(공저) 『강제 투표 찬반론』(공저) 『왜 자본주의가 아닌가?』『자유주의, 모두가 알고 싶어 하는 것』『투표 윤리론』『자유의 역사』(공저)를 포함해 18권이 있다.

구에게나 1인 1표가 주어지는 맹점을 날카롭게 지적했다.

그는 자유민주주의 체제하에서 투표권을 지닌 국민을 3가지로 구분했다.

발칸족, 훌리건족 호빗족이다.

발칸족은 영화 스타트렉 출신이다. '우리는 모든 감정을 버리고 이성에 따라 살아가야 한다'라는 지극히 이성적인 고대 종족으로, 현존인간보다 우수하고 능력 있는 존재다. 무엇보다 편향되지 않은 사고를 지녔다.

훌리건은 영국 축구 경기장에서 불량배로 불리는 폭력적 광팬을 일컫는다. 정치판에서는 정치의 광적 팬이다. 따라서 그들은 다른 견해를 받아들이지 못하고 자신의 신념에만 집착함으로써 편향된 방법으로 정치정보를 수용하고 소비한다. 이에 어긋나면 어떠한 논리도 증거도 부정하고 거부한다. 사이비 종교에 광적으로 빠져있는 꼴이다.

문제는 Homo라는 접두어가 붙는 초기 인류 중 하나인, 애칭 호빗으로 불리는'호모 플로렌시아'라는 종족쯤에 해당하는 인간들이다.

그들은 원숭이류에 속하는 원인|猿人 : ape-men|을 지나 초기 인류인 원인|原人 : homo| 가운데 하나로 현존 인간의 조상인 호모 사피엔스 이전 지구에 살았던 왜소한 종족이다.

이러한 호빗족은 J. 톨킨의 소설 『반지의 제왕』에 등장, 보통 사람들에게도 친숙한 이름이다.

작가가 서술한 호빗족의 특성은 이렇다.

키는 평균 107㎝. 체중 25㎏. 뇌 용량 현 인류의 1/3 수준인 400㏄

안팎. 난쟁이보다 땅딸막하지는 않다. 귀는 뾰족 요정 토끼를 닮았다. 가죽 발이라 신발은 안 신는다. 머리카락은 갈색에 짧고, 수염은 없다. 따뜻한 지하 동굴에서 산다. 5만 년 전까지 생존한 것으로 전해진다. 덩치 큰 호모 에렉투스의 소형화된 변종이라는 설도 있다.

호빗의 가장 큰 결점은 뇌의 용량이 너무 적다는 것이다.

따라서 이성적으로 생각하는 능력은 부족함을 넘어 제로에 가깝다.

훌리건이 '이렇다' 하면 '맞아 그렇다' 라든가 '응, 그럴듯한데' 하며 생각 없이 그냥 따라 한다. 때로는 소극적 동조를 넘어 훌리건 보다도 더 적극적으로 열광하는 훌리건으로 변모하기도 한다.

조국이 바로 이와 같은 무뇌아들을 대상으로 선동했고, 그게 먹혀들었다.

'영부인 김건희.'

'예쁘다, 젊다, 똑똑하다, 가방끈이 길다, 돈이 많다, 거기다 대통령 부인이라는 명예'까지 갖고 있다.

보통 사람들, 특히 호빗 같은 여성들에게 그녀는 '부럽다'를 넘어 '질시'의 차원을 지나 무너지는 꼴을 봤으면 좋겠다는 '증오'의 대상이 되었다.

여기에 불을 붙인 조국의 한 마디, '앙투아네트 김건희를 법정에 세우자'였다.

그녀를 단두대까지는 못 보낼지라도 꼬꾸라져 우는 꼬락서니는 봐야겠다는 불붙은 심보에 기름을 끼얹었다.

마리 앙투아네트는 프랑스 루이 16세의 왕비로, 사실 여부를 떠나,

사치의 극을 달린 것으로 묘사되는 악녀다.

이를 주창한 자가 파렴치한이든 강도든 아니 악마라도 상관없다. 오직 김건희만 넘어뜨린다면 무조건 환호하며 조국 만세를 부른 호빗 족속들이다.

이러한 인간류를 호빗족에 비유한 브레넌 교수에 앞서 1944년 노벨 경제학상을 수상한 호주의 석학 F. 하이테크도 진작에 『노예가 되는 길』이라는 저서를 통해 이러한 부류의 인간을 경고한 바 있다.

그는 인간을 지식인과 그 외 모든 인간을 뭉뚱그려 서민 대중으로 구분했다.

그중 서민 대중을 스스로 노예가 되기를 자처하는 원시적 본능만을 지닌 몰상식한 사람으로 규정했다. 그들은 '권력을 탐하는 최악의 인간들이 부추기는 선동과 꼬드김에 넘어가 그들에게 권력을 넘겨주고 스스로 노예가 되겠다'는 이른바 '노찾사|노예의 길을 찾아가는 사람|'들의 어리석음을 비판했다.

한편, 언젠가 우리나라 보수당 대표이자 대선 후보였던 독설가 정치인이 이러한 현상을 두고 '우리 국민은 레밍 같다.'라고 해서 구설에 휘말린 적이 있다.

레밍은 나그네쥐로 불리는 들쥐로, 우두머리나 자신의 집단이 움직이는 대로 그대로 따라 하는 생각 없는 야생 쥐다. 선두 레밍이 길을 잘못 들어 낭떠러지에서 떨어지거나, 잘못 강에 빠져들면 수백 수천 마리가 함께 떨어지거나 빠져 죽는다. 사람들은 이를 두고 집단자살이라고 말하기도 하는데, 스스로 죽음을 택하는 게 아니라 죽는 줄도 모르고 그냥 따라 죽는다.

'호빗족'이나 '노찾사'나 '레밍 족'의 같은 점은 이성이 없는지라 자신이 누구인지 무엇인지조차 모르는 것이라면, 다른 점은 앞의 둘은 인간류에 속하고 다른 하나는 쥐과(科)에 속하는 포유류라는 데 있다.

조국 사태, 조국 현상을 좀 더 짚어 보자.

그가 '조국 신당'을 창당하며 정당 강령에, '대학 입시의 공정한 기회 제공'이라는 항목을 넣자, 사람들은 실소를 넘어 분노했다.

도적이 몽둥이로 덤비는 적반하장도 유분수라며, MZ 세대로 불리는 2030 젊은이들이 하나같이 허탈과 경악과 절망에 어이없음을 토해냈다.

사회관계망 SNS에는 비난과 비판이 쏟아졌다.

'남미 같은 데서나 벌어지는 일', '넷플릭스 속의 드라마냐?', '범죄자가 유력 정치인이라고! 기가 차서.' '제정신 가진 사람이 조국을 지지할 수 있겠는가?' '지금껏 치열한 입시 경쟁을 치른 젊은이로서…… 환멸로 뒤로 넘어갈 것 같다.' ……

그런데 기가 찰 일이 벌어졌다.

선거전 각종 여론조사에서 '조국당'은 20대에서는 0%에서 지역에 따라 많아야 2% 안팎의 지지율을 보였으나, 국민 전체적으로는 20%를 넘나드는 수치를 기록했다.

더 놀라운 건, 총선 전 여론조사에 이어 실제 투표에서도 무려 24.25%의 지지를 받아냈다. 조국을 포함한 전과자 집단 12명이 국회의원이라는 배지를 달게 되었다.

전체 유권자 4,428만 명을 기준으로 하면, 우리나라의 조국 편 호빗 족, '노찾사' 족, 레밍 족 숫자는 무려 1,074만 명에 이른다는 계산이 나온다.

한국의 이러한 무뇌아 급, 부화뇌동 족속은 조국수호대 똘마니만이 아니었다.

이재명의 홀리건 '개딸'을 졸졸 따르는 그들 숫자는 그보다 훨씬 더 많았다.

'이재명이 누군가?'

2024년 4월 현재, 전과 4범에 예비 전과를 합치면 나중 전과가 몇 이나 될지 모르는 파렴치 더하기 패륜 정치인이다.

전과는 그렇다 치고, 그의 죄를 대신 뒤집어쓰고 자결한 부하직원을 '모르는 사람'이라고 하는 인간이기를 포기한 파렴치에, 형수에게 머시 기를 칼로 쑤셔버리겠다는 패륜아다.

그런데 22대 총선에서 그가 대표인 더불어민주당 이름으로 공천장 받은 후보가 전국 254개 지역구 가운데 161석을 차지했다.

정치 역사에도 사전에도 없는 허상 '검찰 독재 윤석열에 반대'한다 는 기치 하나로 전체 득표율 50.5%를 획득했다. 득표율 기준, 총유권 자 수를 계산하면 2,236만 명에 이른다. 정치 홀리건, 개딸을 맹종하 는 부화뇌동 무뇌아 급 숫자다.

그들은 이성이라고는 하나도 없는 대신 감성과 감정만 살아있다. 그 것도 생각의 맨 끄트머리에 있는 말초적 감정뿐이다. 판단하려는 생각 자체가 없다. 아마도 생각의 CPU가 모여있는 뇌의 앞부분 전두엽의

뇌세포가 죽어있거나 일부가 비어있거나 병들었거나, 아무튼 뭐 그런가 보다.

말하자면, 오리지널 호빗족은 덩치도 뇌 용량도 작으나, 우리 국민 중 호빗족은 덩치나 뇌 크기는 보통 사람들과 같은데도 생각하는 힘이 그들과 같은 수준인 게 큰 문제인 것 같다.

김건희를 증오하는 이유 아닌 핑계는 '디올 명품 백'을 받은 것이 불법이니까.

그들에겐 전임 대통령 부인이 '대통령 전용기를 타고 타지마할을 유람한 것'이나, 그녀가 받은 수많은 명품 옷은 별거 아니다. 생각 자체가 아예 없는 무뇌아 급이라 아무렇지도 않은 일이다.

한국의 이러한 족속은 어느 정치인의 말처럼, 부화뇌동, 무뇌아 세 종족 가운데 레밍 족에 가장 가까운지도 모르겠다.

PS. 신은 죽었다Gott ist tot

신은 죽었다.
조국 현상을 보면 확실합니다.
정의의 편인 신이 살아있다면, 그렇지는 결코 않을 테니까 말입니다.
독일 철학자 니체Friedrich Wilhelm Nietzsche[30]는 정의라든가 하는 절대적 가치, 절대적 선의 본질적 의미가 상실됨으로써 느끼는 허무함을

---

30) 1844.10.15~1900.8.25 독일의 철학자. 별명 '망치를 든 철학자'. '영원한 세계'나 '절대적 가치'를 인정하지 않는다는 점에서 관념론적 형이상학에 반대한다. 전체주의, 민족주의, 국가주의, 반유대주의 등을 비판했다.

그렇게 말했지요.

그렇다면 그 위대했던 신을 누가 죽였는가?

바로 우리가 신을 죽여버렸다는 겁니다. 너와 나, 우리 모두 신을 죽인 자들이다. 결국 우리는 살인자 중의 살인자다. 니체의 말입니다.

조국 사태의 경우 호빗, 노찾사, 레밍 종족 같은 무뇌아 급 돌대가리 유권자들이 바로 신을 죽인 범인들입니다.

그들 가운데 무신론자가 있다면, 이렇게 항변할 수 있을지도 모르겠지요.

'처음부터 없던 신을 죽이긴 누가 죽여?. 우리가 신을 죽인 범인이라는 건 너무 가혹한 주장이며 편견이다.'라고.

이러나저러나 정의의 신이 죽고 없음은 명확합니다. 악의 신은 존재감을 과시하며 이 세상, 특히 대한민국에서 여전히 활개 치고 있잖아요.

또 하나, 독일 속담이 있습니다.

'끝이 좋으면 다 좋은 것이다Ende gut alles gut.'

실용성을 중시하는 독일식 사고방식의 표현이겠지요.

마무리가 잘되면 그 과정에서 일어난 잘못은 넘어갈 수 있다는 말의 뜻이기도 합니다.

축구를 좋아하는 그들은 자신이 응원하는 지역팀이 우승 트로피를 들게 되면, 게임 도중 일어난 불미스러운 일을 덮어버립니다.

과격한 태클로 상대방 선수를 다치게 했어도, 옐로카드를 받은 선수가 심판을 밀쳐 쫓겨났어도, 심지어 훌리건들의 폭력이 난무했어도 그만입니다.

곧 목적이 과정을 정당화해 버립니다.

조국 사태에서 그들이 내세우는 핑계이기도 합니다.

'신은 죽었다.'

3. 책임과 외톨이에서부터 벗어난다

이는 개인적으로 반대함으로써 얻을 수 있는 것 가운데 소극적인 것에 해당한다. 누구든 일을 처리하면서 책임을 지지 않아도 된다면, 그보다 더 편할 수 없을 것이다.

특히 공직 사회의 경우 더 그렇다.

그래서 생겨나온 단어가 복지부동伏地不動이다. 납작 엎드려 꿈쩍 않으면 책임질 일이 없다는 말이다.

그동안의 사례를 보면, 어떤 경우든 새 정부의 제 일성一聲은 '개혁'이다.

전 정부의 불합리한 제도, 특히 규제에 대한 개혁을 강하게 추진하겠다며 큰소리친다.

그런데 새 정부가 아무리 강한 톤으로 세게 밀어붙이고 쪼여도 규제개혁은 항상 제자리걸음을 면치 못하거나 후퇴하는 것이 다반사다.

위에서 아무리 강조하고 애써 봤자, 실무부서에서 꿈쩍도 안 하기 때문이다.

꿈쩍 정도가 아니라, 오히려 '반대'하고 나선다.

개혁이 진척될 리가 없다.

그러면 공무원은 '왜?' 복지부동에서 벗어나지 못할까?

벗어나지 못하는 게 아니라 스스로 벗어나지 않는다. 복지부동에 관한 연구보고서가 참으로 많은데, 들어가 보면 대부분 비슷한 내용이다.

이러한 조어도 있다.

NIMT. 님비현상|NIMBY : Not in my back yard|에 빗댄 것으로 Not In My Term의 약자다. 내 임기 중에는 '노'라는 거다.

이유는 간단하다.

책임지기 싫다는 거다.

임기를 조용히 마치고 싶다는 거다. 괜히 일을 건드렸다가 말썽나면 평생 고생한 공무원 '쫑'하는 경우가 나는데, '내가 미쳤나?' 그 꼴을 당하게.

특히 인허가 관련 사항이 그렇다.

신청한 기업으로서는 생사가 달린 경우지만 회사가 죽고 사는 것, 국가 경제의 손실 여부를 떠나 우선 나부터 살자는 자기 보호 심리가 발동하는 것이다.

한마디로, 새로운 어떤 개혁안에 찬성했을 경우, 성과가 좋으면 그걸로 그만이나, 일이 잘못되면 책임에서 벗어날 수 없다. 반면, 반대했다면 '그 봐, 그건 안 된다 그랬잖아. 그래서 내가 반대했잖아' 하면 끝이다.

책임은 항상 결과에 대한 귀결이 누구에게 있는가를 묻는 것이다.

두 가지 예를 들어보자.

하나는 초등교 교사가 스스로 목숨을 끊었다.

그 학교 교장을 포함한 모든 교사와 학부모가 합창하듯 말한다.

"이건 우리 모두의 잘못입니다. 우리 모두의 책임입니다. 다시는 이런……."

모두의 책임이란, 바꿔 말하면 아무에게도 책임이 없다는 말과 다름 없다. 각자가 스스로에 면책 '특권'을 부여하면서 책임을 안 지겠다는 말이기 때문이다.

두 번째는, 어느 직장인이 외톨이 은둔자의 '묻지 마 칼부림'에 목숨을 잃었다.

소속 사회는 모두가 '범인뿐 아니라, 우리 모두의 책임'이라며 애통해한다.

모두의 책임이라면 법률적으로는 그 범죄자와 공동정범共同正犯이라는 이야기가 된다.

그 살인범이 만약 30년의 실형을 선고받는다면 그 사회 구성원은 하나같이 모두가 똑같이 30년 형을 살아야 한다. 법률적으로 말하면.

그러나 현실은 그 범죄자 아닌 그 누구도 처벌받지 아니한다.

군대 내에서 병사끼리의 충돌로 인명피해가 난 총기 사건이다.

가해 당사자 이외 누구까지 책임질 것인가, 문제가 발생한다.

소속 분대장, 소대장, 중대장, 대대장, 연대장, 군단장, 참모총장, 합참의장, 국방부 장관, 국군 통수권자인 대통령까지?

여기서 법적 책임자와 도의적 또는 정치적 책임이라는 용어가 등장한다.

법적 책임이란 범죄혐의가 입증된 자가 지는 것이지, 그 조직의 책임자 장長에게 무조건 책임을 물을 수 없다는 것이다. 따라서 죄가 없는 사람에게는 책임을 물을 수 없는 것이다. 이는 죄형법정주의, 그리고 같은 선상에 있는 무죄추정 원칙에 따른 해석이기도 하다.

죄형법정주의란 어떤 행위가 범죄가 되고, 그에 대해 어떤 처벌을 할 것인가는 미리 성문화된 법률에 규정되어 있어야만 한다는 것이다. 이러저러한 범죄는 이렇게 처벌한다는 딱 떨어지는 조항이 문서로 된 법 조항에 없으면 벌을 줄 수 없다는 거다. 그러다 보니, 우리가 상식적으로 판단할 때, '아니, 저런 반사회적 죄를 저지르고도 무죄라니……' 하는 경우가 적지 않다.

또 확실한 범죄를 저질렀어도 형사사건의 경우, 사법부의 최종 판결이 날 때까지는 무죄로 추정된다는 것이다. 이때 추정이란 반대 증거가 제시될 때까지는 진실로 인정한다는 말이다.

이러다 보니 특정 사건에서 최종 책임자로 여겨지는 수장이 처벌받지 않는 경우가 허다하다. 흔히 말하는 도의적 정치적 책임은 질지 몰라도 죄는 아니라는 것이다.

이와 반대되는 개념이 죄형전단주의罪刑專斷主義다.

권력자가 범죄와 형법을 마음대로 결단하는 것을 말한다. 옛날 고을 원님의 판결이 그런 거다. 원님 변 사또가 춘향이 자신의 수청을 들지 않았다고 기약도 없이 무기한 감옥에 집어넣는 그런 식이다.

하지만, 간혹 보통 사람의 상식과 너무 동떨어진 재판 결과를 대할 때 '차라리 변 사또 재판이 더 합리적'이라는 엉뚱한 생각을 하게 되기도 한다.

아무튼, 반대함으로써 혹시 있을지도 모르는 책임으로부터 자유로워진다는 데야 이를 마다할 이유가 없겠다.

또 하나, 왕따에서 벗어나고 싶어서 어쩔 수 없이 반대를 외치는 경우다.

'포모|FOMO : Fear of missing out|'라는 용어가 있다.

우리말로 '나만 빼고'에 대한 공포다. 왕따가 무섭다는 말이다. 외톨이가 될까, 하는 두려움에 마지못해 동참한다. 남들이 장에 가니까 나는 거름을 지고라도 함께 간다.

'반대한다'도 마찬가지다. 절대다수가 외치는 반대에 동참함으로써 외톨이의 두려움에서부터 해방된다.

2024년 2월, 윤석열 정부는 의사 수를 지금보다 2,000명 늘리겠다고 발표했다. 2025학년도 입시부터 증원된 만큼 의과대생을 더 뽑겠다고 한 것이다.

이에 대형병원 전공의를 중심으로 의사들은 '의사 증원 결사반대'를 주장하며 파업, 태업, 사직 등으로 단체행동에 나섰다. 결국 환자들을 볼모로 한 것이다.

어떠한 논리와 상식을 내세워도 반대할 명분이 하나도 없음에도, 그들은 힘으로 밀어붙였다. 이유는 단 하나, 그들의 밥그릇 지키기였다.

그러나 단체행동을 뒤로하고 묵묵히 환자 곁은 지키는 양심 있는 의사는 있는 법. '다른 생각을 가진 의대생 - 전공의|다생의|'가 그들 중 일부다.

문제는 이들에게 집단행동에 동참하지 않았다는 이유로 양심 없는 반대 의사들은 '악플' 세례를 퍼부었다.

'다생의'들은 '전체주의적 조리돌림과 폭력적 강요를 중단하라'며 자신들에게 반역자라는 딱지를 붙이는 건 민주주의 사회에서 있을 수 없는 일이라고 비판하며 참으면서 견뎌 나갔다.

그러나 격심한 비난과 인격적 모욕이라는 '왕따를 견디다 견디지 못한' 그들 중 일부는 형식상 사직서를 제출하고는 몰래 병원에 나와 환자들을 진료하고 치료하기도 했다.

바로 왕따를 벗어나기 위해 말도 안 되는 '억지 결사반대에 동참'한 것이다.

심리학의 대가 프로이트Sigmund Freud[31]는 말했다.

'인간은 사회라는 바깥세상과 얽매어진 탯줄을 완전하게 끊어 버리지 못하는 한, 혼자일 수 있는 자유가 없다.'

사람은 어쩔 수 없이 사회와의 결합을 통해서만 안정감과 소속감을 갖출 수 있기 때문이다.

그러고 보면, 인간이란 근본적으로 본질적으로 반사회적 존재인지

---

31) 1856.5.6~1939.9.23 오스트리아의 심리학자로 정신분석학의 창시자. 무의식과 억압의 방어 기제에 대한 이론, 환자와 정신 분석자의 대화를 통하여 정신 병리를 치료하는 정신분석학적 임상 치료 방식을 창안했다. 성욕을 인간 생활에서 주요한 동기 부여의 에너지로 새로이 정의했고, 초기 뇌성마비를 연구했으며, 치료 관계에서 감정 전이의 이론, 꿈을 통해 '무의식적 욕구'를 관찰하는 기법을 발명했다.

모른다.

왕따는 무섭다.

과거에는 어린 학생들에게 일어나는 문제였으나, 지금은 어른도 마찬가지다.

보통 어른뿐 아니라 의사 집단 같은 지식인 엘리트도 예외가 아니다.

군중 속에서 혼자만이 외톨이가 되는 '고독한 군중'이 되기 싫은 이유에서다.

인간이 모래알 같은 존재일 수밖에 없다는 주장은 이미 19세기에 나왔다.

프랑스의 심리학자 귀스타브 르 봉Charles-Marie Gustave Le Bon[32]이 1895년 펴낸 『군중심리』라는 책에서다.

그는 '모든 개인은 심리적 군중이 될 수 있고, 심리적 군중 속에 속한 개인은 자의식과 독자성을 거의 유지할 수 없다'라고 말한다. 즉 군중이 된 그들은 무의식적으로 집단이라는 권력에 지배받기 때문이라고 설명한다.

히틀러의 나치 독일에서 보듯이, 무식쟁이고 엘리트고 할 것 없이 그냥 집단 최면에 걸린 것을 보면, 그의 주장에 공감이 간다.

이후, 1950년 예일대 교수 출신의 데이비드 리스먼(David Riesman)[33]이 쓴 책 『고독한 군중』에서 이 문제는 심도 있게 파헤쳐진다.

---

32) 1841.5.7~1931.12.13 프랑스 왕국 외르에루아르주 노장르로트루 출생. 의사, 인류학자, 심리학자, 사회학자, 인류학자, 물리학자. 『군중심리학(Psychologie des foules)』의 저자.

33) 1909.9.22~2002.5.10 미국의 사회학자, 변호사, 교육자. 펜실베이니아주 필라델피아 출생. 하버드 대학교 학부(A.B. 1931)와 로스쿨(LL. B. 1934)을 졸업. 루이스 브랜

산업사회 이후 사람들은 외부 지향형, 곧 타인 지향적 인간이 되었다는 것이다. 가치 기준이 자신이 아닌 남이라는 이야기다. 그가 살아가는 사회, 대중사회에서 다른 사람의 생각이 어떤지를 보면서, 자신이 그들과 동떨어진 외톨이가 될까 두려워한다는 것이다.

고독한 군중이 되는 것이다.

그것은 그들 스스로가 선택한 일이다.

고독한 군중이 되지 않기 위해서, 모래알 군중이 되지 않으려고, 그들은 군중 속에 뛰어들어 보지만, 그럴수록 더더욱 외톨이임을 느끼게 된다.

산업사회 이전 전통사회에서는 인간은 당연히 과거를 따르는 전통 지향적이었으며, 이어진 공업사회에 들어서는 가족과 집단이 행위의 기준이 되었다.

리스만의 역작 『고독한 군중』 이후 거의 1세기가 거의 다 되어 가는 지금의 전자 AI 사회에 이르기까지도 이를 능가할 학술적 이론서가 없는 것 같다. 그만큼 그의 논리는 뛰어나고 혜안은 빛난다고나 할까?

자아 상실, 개인 소외의 이러한 군중심리는 21세기 들어서 갈수록 더 심해지는 경향을 보인다.

오늘날 SNS상에 모인 가상 현실 속 군중들의 외톨이 심리도 여기서

다이스 연방대법관의 보좌관으로 1936년까지 일했고, 1937~1941년 버펄로 대학교 로스쿨에서 법학을 가르쳤다. 1946~1958년 시카고 대학교에서 사회과학 교수로 재직했고, 그 후 모교 하버드 대학교로 돌아와 사회과학 교수로서 학부생들을 가르쳤다. 『고독한 군중』(1950년)을 써서 일약 그 이름이 알려졌는데, 이 책에서 대중사회 시대에 있어서 미국인의 사회적 성격을 '외부 지향적'으로 명명하고, 중간층이 가진 새로운 타입을 명백히 정의하였다.

벗어나지 못하니까, 더욱더 SNS 세상에 빠져드는지도 모른다.

자신도, 사회도 '개딸'이라 부르는 그들 집단 구성원도 이를 기준 해 보면 외톨이 왕따가 두려워 안달하는 불안하고 고독한 군중의 일원이라 할 수 있다.

그런데 군중심리가 무서운 이유는, 혼자 있을 때는 지극히 정상적이다가 군중의 일원으로 휩쓸리게 되면 비정상적인 폭도로까지 돌변할 수 있다는 데 있다.

가장 큰 원인은 익명성 때문이다.

누가 누군지 서로가 모르므로 맘 놓고 일탈하는 행동을 하게 되는 것이다.

반대할 수밖에 없는 이유는 그래서 자꾸 늘어나고, 너도나도 무조건 반대를 외치는지 모른다.

이 기회에 군중과 비슷한 용어 몇 가지를 훑어보자.

'군중' 심리란 그런 겁니다, '대중' 문화라고 깔보지 말라. '민중'은 개나 돼지입니다. '공중' 도덕을 지킵시다. 그들은 선량한 시민이 아닌 '폭도'들입니다.'

우리가 생활 속에서 흔히 듣고 말하는 단어들이다.

이들의 공통점은 많은 사람이 모인 상황을 말하는 것이나, 조금씩 다른 의미를 내포하고 있다.

군중|群衆 : Crowd|은 어떤 일로 같은 장소에 일시적으로 모인 사람들을 말한다. 그들은 서로가 누구인지 알려고도 하지 않고, 알 필요도 없는 사람들이다. 그저 공동관심사가 있어서 거기에 모였을 뿐이다.

선거판 시장바닥에 모인 군중들에게 후보자는 90도짜리 인사를 한다. 또한 야구장에 모인 군중들은 자기가 좋아하는 선수가 등장하면 열광한다.

군중은 익명성의 집단이다. 내가 누군지 서로가 모른다. 따라서 무식할 정도로 용감해지기도 한다. 군중은 또 즉흥적이다. 해수욕장에서 갑자기 거의 벌거벗고 활보하는 것도 그런 이유다.

군중은 그런 이유로 자칫하면 폭도로 변한다. 스포츠 경기에서 팀 간 주먹싸움에 관중들이 폭도화되어 대형참사가 벌어지는 것이 바로 그런 사례다.

그러나 군중은 그 모임이 끝나면 그들도 사라진다.

대중|大衆 : Mass|은 사람들이 무리 지은 집단이기는 하나 그 대상이 군중보다 훨씬 넓으며, 한곳에 모여있지 않다. 대중사회는 전부가 대량이다. 대량 생산, 대량 소비에 언론매체도 매스 커뮤니케이션Mass Communication[34] 시대다.

이러한 대중은 같이 소속된 집단이 없다 보니 각자도생各自圖生, 고립된 존재들이다. 대중매체인 TV를 통해 같은 드라마를 시청하더라도 거주지와 생활 수준 등 모든 게 서로 달라도 그만이다. 바로 이질적인 사람들이다.

20세기가 대중사회의 하이라이트였는지 모른다.

공중|公衆 : Public|은 '여론'이라는 영어 Public opinion의 주인공이라면, 가장 쉽게 와닿는 단어가 아닌가 한다. 또 공중도덕이라는 용

---

34) 비조직적인 일반대중을 대상으로 하여 전달하는 대량의 사회정보 및 전달 상황

어가 잘 어울리는 걸 보면, 공중은 '무언가'를 지닌 무리 같은 뉘앙스를 풍긴다.

공중 역시 대중과 마찬가지로 한곳에 모여있지 않으며, 군중하고는 다르게 한쪽으로 무작정 쏠리지 않는다. 이성적 집단이라는 모자를 씌우면, 너무 후한 평가라고 비판받을지도 모르겠다.

민중|民衆 : People|은 개념 정의하기에 뜻이 좀 묘한 단어다.

영어식 표기로 일반 국민을 의미하는 People을 쓰긴 하나, 딱 떨어지는 단어가 없는 듯하다.

'개나 돼지 같은 민중'이라는 말처럼 국민을 비하 내지 얕잡아 보는 듯한 용어 같다. 왕조시대 어리석고 뭘 모르는 생각 없는 국민을 뜻하는 백성이라는 말과 엇비슷한 감정이 담긴 단어다.

그런데 과거 5, 60년대는 단어 민중은 국민을 높여 부르는 것이었다. 파출소마다 붙어있는 포스터 '경찰은 민중의 지팡이입니다'였다.

세월이 지나면서 같은 단어의 개념도 바뀌어 가는 것으로 보인다.

폭도|暴徒 : Mob|는 글자 그대로 사나운 무리다. 경기장, 콘서트장, 종교행사 등에 모였던 군중이 갑자기 폭도로 변하는 것이 대표적이다.

옛날에는 영화에 많은 사람이 모인 장면이면, 무조건 몹신Mob seen이라 표현하기도 했다.

PS. 무조건 반대쪽에 서라고 해서

흘러오는 이야기 가운데 하나.

옛날 어느 공처가 임금님의 공처가 아닌 신하 찾기입니다.

어느 날 대신들과 연회를 즐기다 얼근하게 취한 임금께서 한 말씀 하셨다.

'공처가는 짐의 왼편에 앉고, 공처가가 아니면 오른쪽으로 오시오'.

눈치를 보던 신하들은 하나둘 왼편으로 몰려들었습니다.

그런데 딱 한 사람이 오른쪽으로 가는 게 아닌가.

반가운 나머지 임금이 소리쳤습니다.

"경은 어찌해서 마누라 손아귀에서 벗어났소? 비결을 공유합시다."

이에 그 신하는 대답했습니다.

"마누라가 항상 그랬습니다. '남들이 우르르 몰리는 데는 절대 가지 말라.'고."

ㅋㅋㅋ

이건 지어낸 이야기가 아니라, 조선조 초기 대학자 서거정徐居正과 그 부인의 사례로, 조선조 실록에 나와 있는 내용입니다. 재미 삼아 주인공이 임금이나 장군으로 바뀌어 내려오고 있다는 것으로, 그 부인은 정말로 대단했던가 봅니다.

4. 개인은 재산과 명예를 잃게 된다

각자가 반대함으로써 얻을 수 있는 가장 큰 실질적 이점은 뭐니 뭐니 해도 경제적 이득이다.

그러나 반대로 손해 볼 수도 있다.

그래서 세상은 공평한지도 모른다.

'반대만 하면 무조건 공짜가 생기는 그동안의 학습효과'에 무조건 반대하고 나섰다가 코가 꿰이기도 한다.

경제적 손실만이 아니라, 때로는 명예에 먹칠을 당하기도 한다.

속담에 나오는 공짜 양잿물을 마시다 혼쭐 난 경우다.

그것도 서울 강남에 사는 부자들이다.

지난 2011년 일이다.

당시 서울시장 오세훈은 초등학생 무상급식 제도에 대해 부자를 제외한 '선별적' 지원방안을 주장했고, 반대 측에서는 부자든 가난뱅이든 할 것 없이 '모든 학생'에게 공짜 점심을 주자고 했다.

'시장직'을 걸고 시민 투표를 했는데, 부자들조차도 공짜 점심에 사실상 한 표를 던지는 바람에 그는 시장직에서 물러났다.

여기서 한가지 눈여겨볼 것이 있다.

투표 전, 14차례 여론조사에서는 선별지원에 과반이 넘게 찬성하는 걸로 나타났다. 물론 강남을 포함해서다.

그런데 막상 투표에 부쳐지자, 강남 포함 부자들 절대다수가 아예 투표에 불참, 투표 자체가 성립되지 못했고, 결국 시장직을 그만두게 되었다.

머릿속으로는 합리적이고 현실적이라고 생각은 하면서도 행동에서는 조그만 공짜에 넘어간 것이다.

그러나 공짜 양잿물을 먹은 부자들은 그 후유증에 한참 고생했다.

후임으로 선출된 시장은 초등생에 한한 공짜 점심 정도가 아니라, 중고교 이상으로 확대하는 등 따따불 공짜 정책을 남발했고, 그 재원은 결국 돈 많은 사람들에게 징벌적 과세를 통해 주머니를 털어 갔다.

소탐대실小貪大失.

공짜 점심 좋아하다 왕창 바가지를 쓰게 된 케이스다.

뒤늦게 '공짜 점심'이 공짜가 아니라는 걸 뼈저리게 느끼게 된 그들은 10년 뒤 그를 다시 서울시장으로 선출했다.

이번엔 대탐대실大貪大失.

미국 항공관제사 파업이 그랬다.

1981년 미국 항공관제사 13,000명은 전면 파업에 들어갔다. 임금

인상과 근로 시간 단축을 정부가 거부하자, 반대 투쟁에 나선 것이다.

불법 파업임을 확인한 대통령 레이건은 48시간 내 복귀명령을 내렸다. 거부하면 파면은 물론 동일 업종 재취업도 금지한다는 원칙을 공고했다. 그러나 파업은 강행했고, 전체 파업자 중 87%에 해당하는 미복귀자 11,359명 전원을 가차 없이 해고했다.

은퇴자, 현역군인, 관제사 등으로 급한 불을 끄고 단축 운행을 하는 등 끝까지 법대로 밀어붙였다. 6개월 만에 운행률 50%를 회복했고, 관제사 재교육 등 2년에 걸친 노력 끝에 완전히 정상화됐다.

'설마' 하다 파면당한 그들은, 당시 탑텐 고임금 관제사에서 쫓겨나 싸구려 일꾼으로 전락했다.

무작정 힘으로 대박을 요구하다 무기력하게 쪽박을 찼다.

윤석열 정부에서의 의사 증원 문제에 무조건 반기를 들었던 적지 않은 의사들은 경제적 손실에 더해서 명예까지 잃었다.

명분 없는 투쟁, 오직 밥그릇 싸움으로 큰 병원은 엄청난 적자로 비틀거렸고, 의사들은 보수를 제대로 제때 받지 못했다.

결국 스스로 권위를 짓밟고 명예까지 저버리는 불이익을 당했다.

의사 '선생님'에서 의사 선'쌍놈', 의사 '개XX'라고

PS. '노 프리 런치'의 원조는?

'No free lunch', 세상에 공짜는 없다는 말입니다.

직역하면 공짜 점심은 없다. 원문은 'There's no such thing as a free lunch|세상에 공짜 점심 같은 건 없다|'인데, 거두절미하고 딱 3단어로 줄인 것입니다.

일반적으로 점심보다는 저녁이 비싼데, 이왕이면 free dinner였으면 더 좋았을 텐데……. '왜' lunch일까요?

이 말의 역사는 거의 200년에 가깝습니다.

1840년대 미국, 술집이나 레스토랑이 손님을 끌기 위해 '점심시간'에 한해 맥주를 마시면 스낵류 중심의 점심을 공짜로 제공했지요. 아시다시피 스낵류는 짭니다. 짜니까 갈증으로 맥주를 더 마시게 되고, 또 공짜 안주가 들어오니 먹고 마시고가 이어진 것입니다.

결국, 고객은 공짜 스낵으로 더 비싼 술을 마시는 꼴, 곧 비싼 공짜(?)가 된 것입니다. 지금도 술집에서 내어놓는 공짜 안주는 모두 소금기가 많습니다.

'No free lunch'라는 말이 공식화된 건 이로부터 100여 년이 지난 1942년 미국의 저널리스트 폴 맬런에 의해서라고 전해집니다. 이어 월트 모로라는 기자가 1949년 'There's no such thing as a free lunch'라는 완전한 문장을 사용했고요.

이어 밀턴 프리드먼Milton Friedman[35]이라는 경제학자는 아예 책 제목으로 이를 썼습니다. 그래서 권위를 인정받는 결과가 된 것으로 경제 용어에서 일반 용어로까지 확대되었습니다.

그렇습니다. 세상에 공짜가 어디 있나. 공짜 좋아하다 비싼 공짜로 바가지 쓰는 거지, 뭐. 그런 겁니다.

---

35) 1912.7.31~2006.11.16 미국의 경제학자이자 대중인 지식인. 자유주의 시장경제 옹호자로 거시경제학을 위시하여 미시경제학, 경제사, 경제통계학에 크게 공헌했다. 1976년에 소비분석, 통화의 이론과 역사 그리고 안정화 정책의 복잡성에 관한 논증 등의 업적으로 노벨 경제학상을 수상하였다. 그러나 세계 진보주의자들로부터는 신제국주의를 효율적으로 실행하기 위한 이론을 만든 '금융 제국주의 앞잡이'라고 비판받기도 한다.

5. 국가와 사회는
천문학적인 경제적 심리적 폐해를 입는다

사익을 얻기 위한 반대주장으로 손해를 볼 때, 그 피해가 본인 한 사람한테만 돌아간다면 자업자득이라 그만일 수 있다.

하지만 자칫 그 폐해는 개인의 금전적 손실을 넘어 소속 집단 모두와 국가 사회 전체를 '꿩도 매도 다 잃게' 만들기도 한다.

죄수의 딜레마 게임Prisoner's dilemma game이라는 게 있다.

'반대'를 소리 높여 외치지 않더라도 심리적인 반대 곧 상대를 불신함으로써, 부정否定하게 되고, 그 결과 자신도 상대도 그들 사회도 모두가 손해를 보게 되는 게임이다.

간단히 설명하면 이렇다.

공동정범 죄수 2명이 잡혀 왔다. 범죄 내용상 각각 5년 형을 받을만한 것이다. 그러나 만약 한 사람이 범죄를 자백하면, 곧 상대방을 배신하면, 그는 풀려나고 나머지 한 사람은 10년형을 살게 된다. 반면 두 사람 다 끝까지 혐의를 부인하게 되면, 증거가 부족한 만큼 각각 1년 형을 받게 된다. 물론 각각 다른 장소에서 조사받는 만큼 상대방이 어떻게 나올지는 서로가 모르는 상태다.

결과는 어떻게 될까? 상대방을 끝까지 믿어 1년 형만 살고 나올까?

아니다. 서로가 못 믿어 '혹시 저 녀석이 자백해 버리면 나만 10년을 썩을 것 아닌가?' 하는 생각에 두 사람 다 자백해 버린다.

결국 두 죄수 모두 각각 5년 형을 받게 된다.

결국 믿음이 없는 경우, 모두 피해자가 되는 그런 결과를 낳게 된다.

철학자 홉스Thomas Hobbes[36]가 말한 바대로 '부정否定이란 존재에 관계되는 것이 아니라 의미에 관계되는 문제'이기 때문이다. 즉 '심리적 요인'이라는 것이다.

죄수의 딜레마에서만이 아니라, 우리는 불신 사회에 살고 있다.

생활 속에서 불신 사회가 주는 폐해를 경험한다.

세계 어느 어촌이나 어민들은 새끼 고기 치어稚魚를 잡지 않기로 약속한다. 그런데 한 어부가 생각하기를, '건너 사는 저 친구 아무래도 몰래 가서 치어를 싹쓸이할 것 같거든, 나만 당할 수야 없지.'

그도 몰래 가서 치어를 한 배 가득 잡아 온다. 결국 치어는 다 없어지고, 다음 해 잡을 고기가 없어 그들은 모두가 고통받는다.

이를 사회 심리학적으로 분석하면, 그들의 행동이 무지의 소치거나

---

36) 1588.4.5.~1679.12.4. 잉글랜드 왕국의 정치철학자이자 최초의 민주적 사회계약론자. 서구 근대 정치철학의 토대를 마련한 책 『리바이어던』(1651)의 저자로 유명하다. 홉스는 자연을 만인의 만인에 대한 투쟁 상태로 상정하고, 그로부터 자연권 확보를 위하여 사회계약으로 리바이어던과 같은 강력한 국가권력이 발생하게 되었다고 주장하였다.

비합리적이 아니라, 합리적 의심하에 벌인 더 합리적 행동이다.

왜냐하면, 남들이 반드시 배신할 것이라 확신하지 않더라도 배신하지 않을 거라는 확신이 서지 않는 한, 자신이 먼저 배신하는 것이 합리적 선택이라는 논리다.

바꿔 말해, 나의 배신으로 남이 피해를 보는 것이 그들의 배신으로 내가 피해를 보는 것보다 나으므로 합리적 선택이 된다는 것이다.

개인의 합리적 선택이 모이다 보면 전체로는 비합리적 결과로 이어지고, 돌고 돌아 결국 개인도 비합리적 결과로 인한 손해를 입게 된다.

유치원생을 둔 부모는 아이들에게 당부한다.

'모르는 사람이 사탕을 준다고 해서 절대 따라가서는 안 된다'라며 어릴 때부터 사회적 불신을 가르친다.

성인이 될 때까지 뇌리에 박혀있는 이러한 불신은 나이가 들고 사회생활이 길어질수록 더 깊게 각인되는 악순환이 되고 있다.

우리나라 국회는 불신의 대상 1순위로 국회의원이 아닌 국'개'의원이라는 비난을 받는 것도 사회적 불신의 한 단면이다.

결국, 우리는 스스로 죄수의 딜레마 게임에 빠지고 있는 것 같다.

또 있다. 한 사람, 또는 극소수의 반대론자들로 인해 그들이 입을 수 있는 손해야 얼마 되지 않는다.

그러나 개인의 무작정 반대가 사회적 문제로 번지게 되면, 그 피해는 가히 천문학적으로 불어난다.

우리나라 첫 경부고속철 KTX 공사 중 경남 양산의 천성산 터널을 둘러싼 도롱뇽 사건이 대표적이라 할 수 있다.

정부는 1990년 경부고속철도 노선을 확정하고 92년 첫 삽을 떴다.

98년 완공 목표였으나 우여곡절 끝에 1차 2004년, 2차 완전 개통은 2010년에야 이뤄졌다.

이 과정에서 겪은 '우여곡절' 가운데 도롱뇽으로 인한 스님이 말썽을 부린 천성산 터널 사건이 자리하고 있다.

도롱뇽 몇 마리 때문에, 엄격히 말해 도롱뇽 때문이 아니라, 녀석들을 핑계로 한 어느 여스님의 무작정 반대 억지 때문에 국책사업이 망가졌다.

노선이 위치한 천성산 터널 예정지 근처에는 도롱뇽 몇 마리가 살고 있었다.

도롱뇽은 개구리와 가까운 양서류에 속하나 조그마한 도마뱀처럼 생겼다.

'터널을 뚫으면 도롱뇽이 다 죽는다'라며 근처 사찰의 스님 지율이 환경단체와 손잡고 공사 중단을 요구하며 태클을 걸었다.

2003년 2월 1차 단식농성을 시작으로, 2006년 1월 100일 단식 투쟁까지 지율스님의 다섯 차례 죽기 살기 단식으로 마침내 공사는 중단된다.

공사, 단식, 중단, 소송, 가처분, 기각, 재상고 등등 우여곡절 끝에 대법원의 최종 결정으로 공사가 재개되었고, 계획보다 4년 1개월 늦게야 철로는 완공됐다.

이로 인한 피해는 직접적인 공사비 수천억을 포함, 이래저래 2조 5천억 원이 넘는다는 게 당시 대한상공회의소와 국토부의 계산이다.

공사에 들어가기 전 근처에 살던 도롱뇽이 수십 마리에 불과 했으나, 뻥튀기해서 100마리였다고 가정하자. 2조 5천억이면 당시 국민형 아파트 전국 평균가가 2억 원대 안팎이었음을 기준으로 하면, 도롱뇽 한 마리 값이 아파트 125채와 맞먹을 만큼 비싼 셈이다.

돈과 멀리하는 부처님 제자의 자비慈悲로 국내 도롱뇽 몸값은 이렇게 까지 치솟았다. 아마도 지구상에서 가장 고가의 도롱뇽으로 기네스북 기록감이 아닌가 한다.

무작정 떼를 쓴 결사 '반대'로 결국 국민의 피 같은 세금 수조 원 손실 외에도 국민의 정신적, 심리적 타격 또한 돈으로 계산할 수 없을 정도다.

스님 지율은 대법원에서 공무집행방해죄로 최종 징역 6개월에 집행유예 2년을 확정받았다.

이쯤 되면, '반대'를 주장했던 스님이나 동조했던 환경단체 관계자들은 상당히 미안하고 죄송하고 또 미안해하고 또 죄송해하고 사과해야 마땅하다고 보통 사람들은 여길 것이다. 그러나 현실은 반대였다.

이와는 별도로 피해액의 근거를 대라며 명예훼손인가 무언가를 걸고 10원 소송을 걸어 이겼다.

그러니까 '그 봐라, 내가 뭘 잘못했는데' 하면서 기고만장이었다.

도롱뇽은 다 어떻게 되었느냐고?

물론 멀쩡하게 다 잘살고 있다.

아직도 반대의 망령이 사라지지 않은 대한민국 사회의 서글픈 한 단면이다.

PS. 늪 바닥엔 도롱뇽 천지, 돌 밑엔 알 품은 가재. 천성산은 '생태 낙원'

초록빛 진퍼리새[37]를 헤치고 질퍽질퍽한 늪 바닥에 발이 빠질세라 조심조심 물웅덩이로 접근했다. 썩은 낙엽으로 인해 옅은 갈색을 띤 물속엔 북방산개구리 올챙이들이 무더기로 모여 꼬리를 흔들어 대고 있었다. 생태학자인 이종남(동물분류생태학) 박사가 물속을 살피더니, 미꾸라지 새끼같은 생명체를 가리켰다. 뒷발로 엉금엉금 바닥을 기다가 뜰채를 가까이 들이대자, 꼬리를 흔들며 헤엄쳐 도망쳤다. 도롱뇽이 낳은 알에서 부화한 유생幼生이다. 길이 1.5~5cm쯤 되는 유생이 한두 마리가 아니었다. 유생이란 알에서 깨어나 완전한 도롱뇽|성체 : 成體|이 되기 전까지로, 변태를 거쳐 성체가 되면 아가미가 사라지고 피부 호흡과 폐 호흡을 하게 된다. 이 박사는 "3~5월에 도롱뇽이 낳은 알에서 부화한 유생으로 돌돌 말려 있는 반투명체는 이것들이 빠져나가고 난 빈 알집"이라고 말했다.

18일 오후 4시쯤 천성산 일대 22개 늪 가운데 원효터널에서 가장 가까운|직선거리로 380m| 대성늪의 첫인상이다. 원효터널은 천성산 아래 해발 101~293m를 관통하는 KTX 경부선 2단계 구간이다. 지율스님 등이 "터널이 뚫리면 지하수맥이 파손돼 천성산 일대 늪이 말라 도롱뇽이 서식지를 잃게 된다"라며 2003년 공사 중단을 요구하는 소송을 내면서 논란에 휩싸였던 곳이다.

하지만 원효터널이 뚫리고, 지난해 11월부터 KTX 열차가 하루 60여 회까지 8개월째 달리고 있지만, 대성늪에는 도롱뇽 유생들이 한가롭게 헤엄

---

37) 외떡잎식물 벼목 화본 과科의 여러해살이풀. 산과 들의 습지에서 자란다. 뿌리줄기는 짧고 굳센 수염뿌리가 있다. 줄기는 곧게 서고 모여 나며 높이가 30~110cm이다. 잎은 길이가 20~50cm, 폭이 2~10mm이고 거의 곧게 서며 표면은 분처럼 흰색이고 잎집과 사이에 희미한 관절이 있으며, 잎혀에 잔털이 줄지어 있고, 잎집은 밑 부분까지 갈라진다.

치고 있었다. 산개구리, 참개구리, 옴개구리들이 올챙이 떼 주변을 맴돌고, 애끊는 듯한 무당개구리 소리도 들렸다. 아래쪽 도랑에선 돌을 들자, 1급수에만 산다는 가재가 꼬리로 알을 둘러싼 채 집게발을 휘둘러댔다. 천성산은 생태계의 보고였다.

원효터널에서 540m 떨어진 법수원 계곡. 도롱뇽 파동이 한창이던 2004~2008년 충북대 강상준 교수팀이 한국철도시설공단의 의뢰로 생태환경 조사를 한 뒤 "원효터널로 인한 환경 변화는 없다"라고 결론 낼 때 포함됐던 조사 대상지다. 도롱뇽 유생들은 버들치, 물방개와 어울려 수영 경기를 하는 듯했다. 너럭바위 위 얕은 웅덩이에서 지름 20㎝쯤 되는 뜰채로 가라앉은 낙엽을 헤집고 바닥을 걸어 올릴 때마다 2~4마리씩의 도롱뇽 유생이 올챙이들과 함께 걸려들었다.

이종남 박사

16, 18일 이틀에 걸쳐 원효터널 인근 늪 3곳과 계곡 2곳을 둘러봤다. 터널보다 해발 100~600m쯤 높은 고산지대였지만 물이 마른 곳은 한 곳도 없었다. 골짜기 물을 끌어다 쓰는 법수원과 안적암의 식수대엔 물이 콸콸 넘쳤다. 8년째 천성산 고산 늪지 모니터링을 해온 이성규(42) 낙동강유역환경청 자연환경 전문 위원은 "빗물에 의한 늪이어서 터널이 뚫리더라도 생태계에 영향이 없다는 걸 미리 알 수 있었을 텐데……."라고 말했다. 지율스님은 연락이 되지 않았다. 그와 가까운 사이로 알려진 이 모 씨는 "당시 소송과 단식 투쟁에 대해 잊어버리고 싶어 하더라. 지금은 경북 예천의 내성천 쪽에서 4대 강 사업 관련 환경운동을 하고 있다"라고 말했다.

<2011년 6월 21일 자. 중앙일보>

IV

40년대 이후 표출된
정치 사회적 반대 이데올로기

1. 반대 이데올로기에 매몰된 사회
– 반대는 늘 정의로웠는가?

인간은 항상 그날, 그 시대에 주어진 '어떠한' 상황에서 살고 있다.

시간이 쌓이면 세월이 되고, 그 세월은 새로운 역사의 한 장을 이루어 놓는다.

그러한 역사 속에서 주어진 한 시대마다 그 당시를 지배하는 이데올로기가 있다. 또 그 이데올로기는 그들이 직접 생성한 것인 동시에, 그들 스스로 지배받는 생활의 이념이기도 하다.

지배 이데올로기에 가장 큰 영향을 미치는 것은 아무래도 '시대적 상황'이라고 말할 수 있을 것이다.

바로 맹모삼천孟母三遷 논리다.

맹자 모친이 아들 맹자를 제대로 키우기 위해 이사를 세 번씩이나 했다는 고사로, 다 아는 내용이지만, 그냥 나온 이야기가 아니다.

한마디로 '인간은 현실 상황 변화에 적응'해 살아간다는 것이다.

맹자는 어릴 때 묘지 근처에서 살았다. 상갓집에서 벌어지는 행동을 흉내 내며 지냈다. 모친은 아니다 싶어 시장 근처로 이사했다. 어린 아들이 매일 보는 건 장돌뱅이들의 나쁜 면, 싸우고, 사기 치고, 거짓말하는 것 등이었고, 흉내 내며 그대로 따라 했다.

이번에는 서당 근처로 집을 옮겼다. 자연스레 공부에 재미를 붙여 나중에 대학자 맹자가 되었다는 이야기 말이다.

이처럼 주어진 사회 여건을 독립변인이라고 할 때, 그 사회의 지배 이데올로기는 종속변인이 될 수 있다.

사회심리학에서 말하는 인간 심리의 3대 결정론 가운데 하나인 구조적 결정론과 같은 맥락이다.

구조적 결정론은 기본적으로 심리적 이론에 바탕을 두고 있다. 시기적으로 특정하게 형성되는 심리 현상은 구체적 상황에 따른 갈등에서 비롯된다는 주장이다. 갈등|葛藤 : conflict|이란 한자로 칡 갈葛 자에 등나무 등藤으로 서로 뒤엉켜 충돌하는 상태를 가리킨다.

심리학 사전은 갈등을 '개인이나 집단이 가지고 있는 두 가지 이상의 목표나 정서들이 충돌하는 현상'이라고 정의한다.

개인의 경우, '사랑을 따르자니 돈이 울고, 돈을 택하자니 사랑이 운다.'라는 식의 두 가지 좋은 것 가운데 무엇을 택할지 진퇴양난의 경우가 하나다.

다음은 드라마에 자주 보는 것 같은 장면 '앞에는 낭떠러지요, 뒤에는 산도적인 두 가지 다 나쁜 상황에서 하게 되는 선택의 고민이다.

또 하나 더, '배는 고픈데 밥해 먹기는 싫다.'라는 식의 좋고 나쁜 것이 뒤섞인 경우에서 갈등을 때리는 문제다.

이러한 개인적 갈등 상황이 아닌, 큰 틀에서 사회적 갈등은 상대에 대한 집단사고가 어떻게 표출되느냐 하는 문제로 진행된다.

이는 곧 상대에 반대하는 의식공동체로 나타나며 이데올로기로 무장하게 된다.

'반대 공화국 대한민국'이라 부를 만큼 이 시대 반대 이데올로기 형성의 역사적 현실이 무엇이었는지, 구체적으로 분석해 보는 배경이다.

지나간 역사를 지금 고치거나 지우거나 되돌릴 수는 없다. 그러나 과거의 사실 그대로를 냉철하게 되새겨 봄으로써 앞으로 우리가 써 내려가야 할 이념의 역사 방향 설정에 밑거름이 될 수 있기 때문이기도 하다.

우리는 그동안 '반대 = 무조건 정의'라는 빗나간 가치관이 정체성의 상실로 이어져 무조건 반대 이데올로기에 지배받은 것은 아닌지 의구심을 갖게 한다.

너무 길고 먼 역사는 뒤로 하고, 해방과 건국의 1940년대 이후 지금까지를 대상으로 논의한다. 그런데 희한하게도 매 10년 단위로 이러한 정치적 사회적 이데올로기에 직간접적으로 크게 영향을 미칠만한 커다란 이슈가 발생했다. 특히 반대 이데올로기를 두고 보면 더 그렇다.

먼저 간단한 표를 그려보고 연도별로 들어가 본다.

연대	반대 이념	상황 요인	갈등 종류	추구 가치	언론 영향
40년대	반일反日	식민/해방	민족/지배층	생존, 독립	민족언론

50년대	반공反共	6·25사변	이념/국가	생존, 애국	올드미디어
60년대	반독재反獨裁	4·19/5·16	정치	민주, 애국	난립 재정비
70년대	반체제反體制	유신체제	자유선거	민주	언론 파동
80년대	반정부反政府	5·18	정통성	자유, 민주화	언론통폐합
90년대	반기업反企業	문민정부	경제적 갈등	절대적 평등	뉴미디어
00년대	반미反美	진보 정부	세대 간	자아실현	뉴뉴미디어
10년 ~ 20년대	총체적 반대	좌우익정부	좌우 이념	정체성	가짜뉴스

2. 40년대 반일反日 이데올로기 시대

1940년대 10년은 우리나라 근현대사에서 역사상 가장 험난했던 10년이다. 전반 5년은 일제日帝가 망하기 전 최악의 발악으로, 우리 민족이 당한 고통은 상상 그 이상이었다. 영혼의 말살부터 생체 껍질까지 찢어지는 아픔을 겪었다. 후반 5년은 혼돈의 시간이었다.

일제로부터의 해방, 처음 당해본 신탁 통치, 남과 북으로 쪼개진 나라, 그리고 독립 대한민국의 건국 등 숨쉬기조차 버겁고 바쁜 변혁의 연속에 이념과 정체성 혼란은 극에 달했다.

이러한 10년간, 민족의 의식 밑바탕에 끊임없이 흐르면서 '대한민국' 국민으로서의 버틸 수 있게 한 동력 가운데 하나가 '반일 정신'이었음을 우리 누구도 부인하지 못할 것이다. 말하자면 당시의 반일은 절대 선善이었고 절대 정의正義였다.

산더미보다 더 많은 일제 35년의 역사에 관한 연구를 여기서 논할 수는 없고, '반일' 이데올로기만 떼 내서 함께 생각해 보기로 한다.

우리가 오랜 세월 오랑캐로 부르며 멸시했던 왜구倭寇 쪽발이한테 나라를 통째 빼앗겼다. 현실이었다.

역사의 기록이 엄연한 삼국시대 이후 조선조 멸망 전까지 일본의 '문화'라는 건 우리를 통해서 전달되었거나 배운 것들이다. 우리는 문화민족, 문화 국민이었고, 그들은 섬나라 오랑캐였다.

한일합방韓日合邦 얼마 전까지만 해도 일본은 조선통신사를 극진하게 모셨고 하늘만큼은 아닐지라도, 뭐라도 하나 더 얻기 위해 조선 사절단에게 무릎을 조아리며 읍揖했던 뒤처진 나라였다.

이러한 역사적 과거는 어제의 일이고 식민지라는 엄연한 작금의 현실에 직면하다 보니 갈등이 생기지 않을 수 없고, 서로가 반대 감정에 몸서리치지 않을 수 없었다.

갈등의 구체적 요인 가운데 가장 큰 것이 바로 이러한 '민족적 갈등'이다.

우리는 '과거'에, 일본은 '현재'의 우월감에 빠져있으니, 민족 간 갈등의 골은 깊어만 갔다.

다음으로 '지배 갈등'이다.

일본이라는 제국의 지배층과 당시 일본 식민국의 백성이 되어버린 피지배층이 되어버린 조선인과의 갈등이다.

일본은 내선일체內鮮一體, 즉 '일본과 조선은 한 몸이다'라는 허울 좋은 이름으로 우리 국민의 일본화를 회유했고, 황국신민화皇國臣民化, 즉 '조선인도 일본 천황의 신하요 백성'이라는 미명 아래에 일본인과 동등한 대우라는 기치를 내걸었다.

나아가 일본은 조선인에게 성姓씨와 이름을 일본식으로 새로 만들고 바꾸라는 '창씨개명創氏改名'을 강요했다. 그것이 일본인과 동등한 대우를 해 주는 것으로 포장했다.

그러나 실제로는 권력을 가진 고급 관리 임명에서 조선인은 찬밥 신세였다.

일제 강점기 '조선인 관료'에 관한 박은경 등의 여러 연구를 종합하면 '고급관료는 일본인, 하급 공무원은 조선인'이었다.

합병 초기 조선 내 공무원의 67.6%가 갑오경장 이후 임명됐던 조선인이었으나 대부분 말단 담당자였으며, 그나마 중요보직자의 경우 5년 내 대부분 퇴직당했다.

조선인으로 최고고위직에 오를 수 있는 자리인 도지사│조선시대 관찰사에서 합병 초기 도장관으로 불렸다가 도지사로 바뀌었다│에는 극소수 친일 인사만 등용되었다.

한일합방이 어느 정도 자리잡힌 30년대에는, 최말단이지만 군국시대 권력의 상징인 순사 시험에 조선인 경쟁률이 20대1을 기록하는 어두운 현실을 보이기도 했다.

이러한 민족적, 지배적 갈등과 함께 경제적, 사회 문화적 갈등은 실생활에서 더 크게 나타날 수밖에 없었다.

일제가 시행한 토지조사령에 따라 조선 정부와 민간인이 소유하던 토지 18만 정보│1정보는 약 10만㎡. 3천 평│가 강제로 총독부로 넘어갔으며, 30년대에는 전 국토의 40%가 총독부 소유가 되었다.

결국 77%의 농민이 하루아침에 소작농 또는 반 소작농 신세로 전락했고, 50%의 농지가 3%의 일본인 대지주에게 귀속되었다.

이때 각 지방의 여러 가문이 갖고 있던 많은 문중 토지도 신고 미비로 인하여 강제로 총독부에 빼앗겼다.

뒤늦게 소송에 나섰으나 대부분 패소하는 아픔을 겪음으로써, 일제에 대한 지방 백성들의 반감은 더욱 높아질 수밖에 없었다.

공장 등 기업에 대한 차별 또한 심했다.

인허가를 내주지 않아 소규모 공장조차 제대로 운영하기 어려웠고, 대부분 소규모 하청업자로 전락했다.

특히 2차대전 말기에 이르러서는 학생들은 학교 수업 대신 산에 가서 솔방울 채취하는 데에 동원되었고, 가정에서는 숟가락, 놋그릇, 심지어 요강까지 군수물자 자재로 빼앗겼다.

백성들의 경우, 기본적으로 먹고사는 문제가 해결되면 이념이나 정치문제에는 조금 둔해지는 것이 일반적인데, 이러다 보니 반일 의식은 앙금으로 더욱 짙어졌다고 하겠다.

또한 사회 문화적으로 겪는 차별과 모욕은 감내하기 어려운 것들도 많았다.

상투를 자르라는 단발령과 창씨개명 명령에 스스로 목숨을 끊는 일까지 비일비재했다.

학교에서의 차별은 학생들에게도 충격이었다.

포스코 영웅 박태준이 일본 중학교 1학년 때 교내수영대회에서 1등을 했지만, '조선인'이라는 이유로 일본 학생에게 우승을 빼앗긴 경험을 말한 적이 있다.

이것이 박태준 하나만의 일은 아니었을 것이다.

비슷한 이야기가 미술계, 음악계 등에서 수도 없이 일어났을 테니까.

일제 지배 속에서 겪은 가장 뼈아픈 사건은 지금껏 숙제로 남아 있는 강제징용強制徵用 배상과 위안부 문제다.

한 자료에 따르면 강제로 징용당한 숫자는 612만 6,180만 명에 이른다.

정부가 60년대 체결한 한일협정 당시 일본 측 자료에 의존한 숫자는 103만 2,684명에 불과했었는데, 이 가운데 사망자만도 2만 1,919명으로 나와 있다. 물론 당시 우리 정부로서는 자료가 전혀 없는 터라 이를 수용할 수밖에 없었다.

어떤 경우든, 이 가운데 종군 위안부의 숫자는 빠져있다. 그들 숫자는 지금껏 공식적이든 비공식적이든 밝혀진 것이 없지만, 적게는 5만에서 많게는 수십만 명에 이른다고 각 관련 단체는 말하고 있다.

그러면 이러한 제 문제가 당시 우리 민족과 국민에게 어떻게 전파, 인지, 공감하게 되어 '반일' 이데올로기에 영향을 미쳤을까?

곧 미디어의 영향 문제를 살펴보자는 이야기다.

당시의 대중매체 매스미디어는 인쇄매체인 신문과 전파매체로는 라디오방송이 주를 이루었다. 말하자면 올드미디어다.

1928년 총독부 조사에 의하면, 우리말 주요 일간지로는 동아일보 40,968부, 조선일보 18,320부, 매일신문 23,946부, 중외일보 15,460부 등 모두 합쳐 10만 부 안팎이 발행되었다. 이들 4개 지는 하나같이 민족지로서, 이 가운데 매일신문은 이승만 등이 주간지 협성회보를 일간지로 전환, 합방 당하기 직전인 1898년 창간한 신문이다.

이들 신문은 너나 할 것 없이 수시로 정간, 폐간, 복간을 되풀이하는 등의 핍박을 받았다.

친일 매체로는 매일신보 등이 있었다.

당시 조선인 인구가 1,700만 명 정도였음을 감안勘案하면 상당히 많은 숫자다.

전파매체로는 총독부가 관장한 조선 방송 공사의 라디오방송이 거의 유일무이했고, 읍면 단위까지 수신이 되었으나, 시골 가정이 라디오를 가진 경우는 극히 드물었다.

당시 신문, 방송 등 대중매체가 국민, 즉 수용자에게 미치는 영향은 참으로 지대했으며, 이를 언론학에서는 매스컴의 대효과론 시대로 말하고 있다. 즉 총알 한 방 맞으면 그 자리에서 죽는 것처럼, 매스컴의 효과는 크다고 해서 붙인 '탄환 이론'이 대표적이다.

이는 전쟁이라는 극히 혼란스러운 상황, 다른 미디어 접근이 자유롭지 못하다는 점, 일방적으로 쏟아붓는 물량작전에 수용자는 주는 뉴스를 그대로 받아들일 수밖에 없다는 설명이다.

일본 당국이 민족언론을 옥죄고 정간, 폐간에 기자와 발행인 등을 수시로 구속했던 이유도 매스컴의 효과가 그렇게 무섭다는 것을 알기 때문이다.

당시 민족지들은 한일합방의 바탕이 된 1895년의 을사조약乙巳條約, 일명 을사늑약乙巳勒約에 항의하여 황성신보皇城新報에 게재된 '시일야방성대곡是日也放聲大哭' 같은 강한 메시지는 내보내지 못했으나, 이러한 정신을 담아내느라 고군분투했다.

동아일보의 손기정孫基禎[38] 선수의 일장기 말살 보도도 그 가운데 하나다.

4대 신문이 당한 정간, 휴간, 복간, 폐간, 발행인 구속 등 끊임없는 일제의 압박과 통제가 이 사실을 반증해 준다.

결국, 40년대 일제하에서 우리 민족은 …… 최후의 일 인까지 최후의 일각까지 민족의 정당한 의사를 쾌히 발표하라 ……는 독립선언문의 공약삼장公約三章 한 구절처럼, 마지막의 한 사람이 남을 때까지 일본에 저항하겠다는 의지를 지니고 있었음을 알 수 있다.

한마디로 40년대 해방을 전후한 우리 민족의 반일 사상은 '좋다, 싫다.' 하거나 '밉다, 곱다.'라는 차원이 아니라, '죽느냐, 사느냐' 하는 생존과 독립된 주권 요구라는 이념으로 뭉쳐있었다고 단언할 수 있다.

PS. 시일야방성대곡是日也放聲大哭 **- 오늘 목 놓아 통곡하노라 -전문**

지난날에 이토 히로부미伊藤博文 **후작이 한국에 오자 어리석은 우리 백성**

---

38) 1912.10.9~2002.11.15 대한민국의 체육인. 일제 강점기 당시 육상 선수로 활동했으며 주 종목은 마라톤이다. 1936년 하계 올림픽 마라톤에서 금메달을 획득하면서 한국인 선수로는 최초로 올림픽 금메달리스트가 되었다. 그는 한국인이었으나, 당시 대한민국은 일제 강점기였기 때문에 일본어 이름인 손 기테이そん きてい라는 이름을 쓰고 일본 국가대표 선수로 출전해야 했다. 그는 이 대회에서 2시간 29분 19.2초를 기록하여 마라톤 올림픽 신기록을 수립했다.

들이 서로 이야기하기를 '후작은 평소 동양 삼국의 안정과 평화를 주선하 겠다고 자처하던 사람이니, 오늘 한국에 온 것은 필경 우리의 독립이 공고 하게 바로 서도록 도와줄 방법과 계획을 적극 알려 주기 위함일 거야.' 여 겨 제물포에서 한양까지 관리와 백성 너나 할 것 없이 거리낌 없이, 환영하 는 것을 보건대 세상만사에는 참으로 헤아리기 어려운 일이 많도다.

천만 꿈 밖에 5조항이 어찌하여 제출되었는가! 이 조항은 단지 우리 한 국만의 문제가 아니라 동양 삼국이 분열하는 조짐을 만들어 낼 터인데, 이 토 후작이 주장했던 본뜻은 어디에 있었다는 말인가! 설사 그렇다 하더라 도 우리 대황제 폐하가 강경하신 뜻으로 줄곧 거부하셨으니, 조약이 성립 하지 않은 것인 줄 이토 후작도 스스로 알아채고 있었을 터이다.

안타깝도다. 저 개돼지만도 못한 이른바 우리 정부의 대신이라는 자들 이 사리사욕에 눈이 멀고 위협에 겁먹어 쩔쩔매거나 벌벌 떨다가 나라 팔 아먹는 도적놈이 되기를 작정한 것인가. 사천 년 살아온 우리 땅과 오백 년 조선의 종묘사직을 남에게 갖다 바치고, 살아있는 이천만 백성을 남의 노예로 몰아넣어 버렸으니 저들 개돼지만도 못한 외무대신 박재순과 각 대 신 놈들을 어떤 말로 꾸짖어야 할지 도무지 알 수 없거니와 명색이 정부의 대표인 참정대신이라는 자는 그저 반대표 하나 적어 냈다고 그럴싸하게 책 임을 모면하고 명예를 지키려 했단 말인가!

김상현 선생처럼 항복문서를 찢고 통곡하지도 못하고, 정온 선생처럼 칼로 자기 배를 찌르지도 못하면서 뻔뻔하게 살아서 세상에 나오다니 무슨 낯으로 강경하신 우리 황상 폐하를 다시 뵈며, 무슨 낯으로 이천만 동포를 다시 본단 말인가. 아아 원통하고 또 분하도다. 노예가 돼 버린 우리 이천 만 동포여, 살았는가, 죽었는가. 단군과 기자 이래 사천만 국민정신이 하룻 밤 사이에 별안간 멸망하고 없어져 버린단 말인가. 원통하고 또 원통하도 다. 동포들이여, 동포들이여.

<1905년 11월 20일 자. 황성신문 사설. 사장 겸 주필 장지연이 썼다>

3. 50년대 반공反共 이데올로기 시대

대한민국은 모태母胎 '반공 국가'로 태어났다.

45년 8월 15일, 일제의 쇠사슬에서 벗어나 48년 8월 15일 독립 대한민국이 탄생할 때까지 3년 동안 한반도는 이념의 전장 터였다.

2차대전의 동맹국이었던 미국과 러시아|당시 소련|는 한반도 정책에서 자유주의냐 공산주의냐를 두고 대립했고, 여기에 중공이 개입한 데다 유엔까지 한반도를 어떻게 처리할 것인가를 두고 논쟁을 벌이게 된다.

강대국들은 해방된 조선을 도마에 올려놓고 자신들의 입맛에 맞는 요리를 준비하고 있었고, 도마에 올려진 조선 인민들은 좌우 이념으로 두 조각난 채 헤매고 있었다.

해방된 조선은 아직 자치능력이 없으니, 일정 기간 강대국|미·소·중·영|의 통치를 받아야 한다는 모스크바 3상 회의 신탁 통치 결정안을 두고

처음에는 모든 국민이 신탁 반대운동을 벌였으나, 어느 날 갑자기 좌익이 찬탁한다고 돌아섬으로써 좌우익 대립은 격화되었고 혼란은 가중되었다.

이후 이 문제는 없던 걸로 되었고 남쪽은 미군정이, 북쪽은 소련의 통치하에 들어갔다.

이런저런 갈등과 혼란 속에서 남측은 48년 유엔 결의에 따라 민주적 선거를 치러 그해 8월 15일 대한민국 정부가 수립되었고, 대통령에 이승만이 취임했다.

북은 흑백 투표라는 공산당식 투표를 통해 같은 해 9월 9일 김일성을 수반으로 하는 조선민주주의인민공화국을 세웠다.

해방 3년이 지나 남측은 자유주의 이념의 민주국가가, 북측은 마르크스 공산당 이념의 공산주의 체제집단이 건립된 것이다.

철저한 반공주의자 대통령 이승만의 국가 운영 철학은 시종일관 반공에 바탕을 둔 미국식 민주주의 정치와 자유시장주의 경제정책에 두었다.

이러한 대한민국은 건국 2년도 안 되어 북측 공산군의 침략을 받기에 이른다.

바로 6·25 전쟁이다.

6·25 사변事變이라 불리기도 한다.

사변이란 한 나라가 선전포고 없이 상대국을 침범해 일어난 난리를 말한다.

반공 국가로 탄생한 나라에서 공산군에 의한 사변이 일어났으니, 그 당시 사회의 반공 이념, 반공 이데올로기는 더 이상 설명이 필요 없을 만큼 강해졌고 공고해졌다고 하겠다.

그렇다고 모든 국민, 모든 시민이 하나같이, 저절로 반공 이념으로 똘똘 뭉쳤느냐 하면, 그건 아니다.

친공 세력, 이른바 일부 공산주의자 게릴라 빨치산들의 끊임없는 테러와 폭력으로 얼룩지는 진통을 거쳐서 보다 확실한 반공 이데올로기가 형성된 것이라 할 수 있다.

대표적 공산주의 테러가 48년 남로당이 벌인 4·3 제주 폭동과 여수 주둔 14연대가 일으킨 여수반란 사건이다.

건국 전후 6·25가 터지기 전 혼란스러운 정국에서 남측 빨갱이들이 일으킨 이념적 테러로 이 과정에서 애꿎은 착한 국민이 희생됨으로써 지금껏 갈등을 겪고 있는 사건이다.

6·25 과정을 잠깐만 살펴본다.

1950년 6월25일 새벽 3시 30분 북한군은 당시 휴전선인 38선을 넘어 대한민국으로 쳐들어왔다. 전쟁은 3년 1개월 2일 만인 53년 7월 27일 휴전에 들어갔고, 그 휴전은 2020년대인 지금까지 70년도 넘게 이어오고 있다.

전쟁에는 한국을 포함한 유엔 연합군 연인원 약 325만 명, 북한을 포함한 중공, 소련 등 공산군은 약 136만 명이 참전했다.

전투병을 파견한 16개국 가운데 미군이 179만 명으로 가장 많았고, 프랑스의 경우, 몽클라르 중장은 스스로 4계급 강등해 중령으로 참전하여 감동을 주기도 했다.

문제는 피해 규모다.

국방부 등 각 기관이 펴낸 「6·25 전쟁」에 따르면, 우리는 군인|경찰 포함| 13만 8천 명이 전사했고, 민간인만도 37만 6천 명이 사망했다. 군인과 민간 합쳐 부상자는 총 69만 명, 실종과 행방불명 34만 명 등 사상자 인적 피해만 총 154만 5천 명에 달한다.

미군을 포함한 유엔군도 사망과 실종 5만 1천 명, 부상 10만 3천 명에 이른다.

더 큰 문제는 전쟁으로 인한 20여만 명의 미망인과 10만이 넘는 전쟁고아, 그리고 650만 피란민에 1천만 이산가족이 생겨났다.

한 집 건너 이웃이 모두 피해자이거나 그 가족과 친인척들이다.

전쟁통에 가족을 잃었거나 헤어진 사람들의 눈물과 그것을 지켜보는 이웃의 아픔은 전쟁을 겪어보지 않은 세대는 가늠하지 못하겠지만, 그들의 북에 대한 분노와 반공 의식은 뼛속 깊이 새겨지게 되었다. 누가 학습이나 강요한다거나 부추겨서가 아니라 저절로 스며들어 형성된 반공 이데올로기다.

이러한 인적 피해 외에 실생활의 경제적 피해 또한 엄청났다.

모든 시설이 초토화된 남한은, 열악하나마 해방 뒤 일본이 남겨 두고 떠난 산업시설 42%가 파괴되었고, 농지 또한 폐허가 됐다. 그때 돈으로 23억 달러라는 통계도 있다.

당시 농업인구가 80%를 웃돌았고, 그 가운데 소작농이 75%를 넘나드는 상황에서 국민총생산량GNP 같은 건 거의 무의미했다.

그나마 통계가 있는 53년부터 보면, 53년 63달러, 55년 64달러, 5

9년 81달러였다. 이는 아프리카보다 못한 수치로, 당시 세계 170여 개국을 놓고 보면 뒤에서 1, 2위를 다투는 수준이었다.

이때 대통령 이승만이 건국 대통령으로서의 초석礎石을 굳건하게 놓는다.

바로 경제면에서의 '토지개혁'과 국가안보 측면에서의 '한미군사동맹' 체결이 그것이다.

먼저 농지개혁으로 불리는 토지개혁이다.

정부는 1차로 국내 농지의 약 45%를 갖고 있던 조선총독부의 토지를 소작인가구당 1,000평 기준으로 15년 할부로 불하拂下해 주었다. 이어 민간이 소유하고 있던 나머지 토지를 기존 지주에게 가구당 3정보|9천 평|를 제외한 전부를 정부가 토지증권을 주고 강제 매입해서 소작농에게 5년 분할로 양도했다.

소작농은 해마다 산출량의 30%를 5년간 정부에 내면 토지주, 곧 농지 주인이 되도록 법으로 정한 것이다. 그동안 소작인은 대체로 지주에게 생산량의 50%를 소작료로 바쳤었다. 이 결과 1951년 말 현재 자작농이 91%에 달했다.

이 대통령은 이 제도를 공산주의자 조봉암曹奉岩39)을 농림부 장관으

---

39) 1898.10.29~1959.7.31 정치인. 일제 강점기에 소련으로 건너가 모스크바 동방노력자공산대학을 2년 수료하고, 1925년 조선공산당 조직 중앙위원장을 지냈으며 고려공산청년회의 간부가 되었다. 그해 공산청년회 대표로 모스크바에서 열린 코민테른 총회에 참석하고, 모스크바 동방노력자공산대학東方勞力者共産大學에서 2년간 수학하고 귀국하였다. 이후 소련, 중국, 만주 등을 오가며 독립운동을 하며 공산주의 운동을 하였다. 1927년에는 임정 요인들을 상대로 민족유일당 운동을 추진하기도 하였으나 실패하였다. 1948년 7월 국회 헌법 기초위원장으로 헌법 제정에 참여한 뒤 대한민국 정부 수립에 참여하였으며, 대한민국 제1대 농림부 장관과 제2대 국회 부의장을 역임하였

로 임명, 추진토록 하는 정치력을 발휘했다.

다음으로 한미군사동맹이다.

법으로 정해진 군사동맹이 없는 나라는, 우크라이나의 예에서 보듯이 외침을 받았을 경우, 속수무책이다.

이승만은 6·25 참전을 계기로 미국에 대등한 조건에서 '한미상호방위조약', 한마디로 군사동맹을 맺을 것을 요구한다. 미국으로서는 말도 안 되는 이야기라며 일축한다. 미국 군사력의 1, 아니 0.0001도 못 되는 한국이 1대1 조건으로 동맹을 요구하니, 미국으로서는 기가 찰 노릇이었다.

이승만은 이때 승부수를 띄운다. 아니 막가파식 깡패를 자임한다. 전쟁 중 잡혀 온 인민군 포로를 일방적으로 석방해 버린 거다. 요구를 듣지 않으면 계속 이럴 거니 알아서 하라며 미국을 압박했다.

결국 서명을 받아낸다. 이때의 군사동맹으로 지금도 우리 한국은 미국의 든든한 지원을 등에 업고 북한과 맞짱 뜨고 있다.

예부터 말하는 정치란 '족식족병|足食足兵 : 먹거리와 국방|'이 전부라는 말을 실행에 옮긴 건국 대통령의 '진면목'을 보여 준 이승만이다.

아무튼, 50년대 10년은 6·25의 상흔傷痕이 그대로 남아있던 시절이라 전쟁, 북한, 반공이라는 이념적 화두는 자연스럽게 생활 속에 녹아 있었다.

전시 중의 국민은 하루하루 전쟁과 주변 상황이 삶과 죽음, 생활과

다. 농림부 장관 재직 당시 농지개혁을 주관하며 북한식 무상몰수, 무상분배를 추진하려다 이 대통령과 갈등을 빚기도 했다. 후에 간첩 혐의로 사형당했다.

직접 맞부딪혀 있는 만큼 미디어 의존도와 그 영향력은 엄청나게 클 수밖에 없다.

정확한 통계가 있을 리 없지만, 라디오조차 없던 시절이라 신문의 의존도가 가장 높았다. 신문도 정기구독 아닌 가판, 신문팔이에 의한 보급이 주를 이루었다.

신문론이 나온 김에 잠깐 옆으로 빠져, 대우그룹 김우중金宇中[40])이 신문팔이하던 어린 시절 소년 김우중 이야기를 만나본다.

우리 나이 15살의 그는 6·25 당시 부모를 따라 대구에서 피란 생활을 했다.

다른 소년들처럼 김우중도 신문팔이로 학비를 보태고 생계에 앞장섰다.

치열한 경쟁 속에서 '누가 한 발짝 빨리' 독자를 만나는가가 승부인 만큼 속도전이 문제였다. 그는 신문을 받아 드는 즉시 대구에서 가장 오래된 시장 가운데 하나인 방천시장으로 내달렸다. 시장 입구에서부터 시장 구석구석 끝까지 달려가 신문을 기다리는 상인들에게 돈을 받지 않고 신문부터 집어주었다. 그리고 되돌아오면서 신문값을 받는 거다. 물론 간혹 떼이는 경우도 생겼다. 그러나 남들보다 월등하게 많이 파는지라 경쟁자보다 더 많은 수익을 올릴 수 있었다.

그도 처음에는 신문 1부와 함께 거스름돈을 계산하며 팔았으나, 시

---

40) 1936.12.19~2019.12.9 대구 출생. 기업인. 대우그룹 초대 회장. 6·25 전쟁으로 아버지가 납북되자, 15세에 홀어머니 아래서 소년 가장으로 가족들의 생계를 도맡았다.

간 싸움에서 지게 되었다. 미리 계산된 잔돈을 잔뜩 준비해서 시간을 절약했으나, 그것도 한계가 있었다. 그래서 나온 아이디어가 후불제後拂制 판매였다. 이 이야기는 '김우중 어록'에 나와 있는, 본인이 직접 말한 내용이다.

한국 경영자로서는 첫 세계 경영을 내세운 대우그룹 창업자 김우중이 어릴 적부터 경영에 남다른 재능을 보여 준 일화逸話라고 하겠다.

다시 50년대 생활 속으로 돌아가 보자.

특히 전쟁 직후부터 9·28 서울수복 이전 3개월간 북한군의 직접 지배하에 들어간 서울과 수도권 시민이 당한 수탈 경험은 그동안의 상상으로는 이해 불가였다.

한가지 예를 들면, 그해 가을 추수가 끝나자, 수확에서 가장 좋은 논의 벼 낱알을 하나씩 세어 이를 기준으로 세금을 떼어가는 악랄함을 보여줬다.

거기다 전쟁 3년 내내 곳곳에서 벌어진 캄보디아 킬링필드 식 공산당 집단학살을 겪게 되자, 북의 공산 학정에 대해 국민은 몸서리를 치게 됐다.

이러니 우리 국민은 정부가 반공을 국가 정책의 기본이념으로 내세우기에 앞서 뇌리 깊숙하게 반공사상이 자리할 수밖에 없었다.

50년대의 키워드인 전쟁, 질병, 가난, 실망, 폐허, 이런 악조건에서도 우리 국민의 문화적, 문학적 욕구는 끊이질 않았다.

53년 전쟁의 와중에 나온 손창섭의 『비 오는 날』을 시작으로 황순원의 『학』, 오상원의 『유예』, 박경리의 『불신 시대』, 이범선의 『오발탄』 등 6·25 주제의 많은 소설이 쏟아졌고, 전쟁 이후 젊은이의 좌절을 그린 손창섭의 『잉여 인간』이나 황순원의 『나무들 비탈에 서다』 등이 줄을 이었다.

영화도 전장戰場이나 전투가 아닌 지리산을 배경으로 한 이념전쟁을 그린 이강천 감독의 「피아골」이 55년 상영되기도 했다. 이는 2000년대 영화 「동막골」의 50년대 판이라 할 수 있다.

무엇보다 보통 사람들에게 어필하는 최고의 방법은, 예나 지금이나 대중가요다.

대중가요를 통한 자연스러운 반공 이데올로기는 어쩌면 생존 차원의 이념이자, 시대가 요구한 애국 사상으로 승화돼 생활의 일부분으로 자리매김했는지 모른다.

PS. 굳세어라 금순아 : 강사랑 작사, 박시춘 작곡, 노래 현인

눈보라가 휘날리는 바람 찬 흥남 부두에/목을 놓아 불러봤다 찾아를 봤다.

금순아 어디를 가고 길을 잃고 헤매었더냐/피눈물을 흘리면서 일사 이후 나 홀로 왔다.

일가친척 없는 몸이 지금은 무엇을 하나/이 내 몸은 국제시장 장사치기다.

금순아 보고 싶구나, 고향 꿈도 그리워진다/영도다리 난간 위에 초생달

만 외로이 떴다.

철의 장막 모진 설움 받고서 살아간들/천지간에 너와 난데 변함 있으랴.

금순아 굳세어 다오, 북진통일 그날이 오면/손을 잡고 울어보자 얼싸안고 춤도 춰보자.

통일행진곡 : 김광섭 작사 나운영 작곡

압박과 설움에서 해방된 민족/싸우고 싸워서 세운 이 나라.

공산군 오랑캐의 침략을 받아/공산군 오랑캐의 침략을 받아,

자유의 인민들 피를 흘린다/동포야 일어나라 나라를 위해,

손잡고 백두산에 태극기 날리자.

살거나 죽거나 이 땅의 겨레/무찌르고 넘어진 용사와 함께,

이북은 부른다, 눈물의 강토/이북은 부른다, 눈물의 강토.

민주 통일 독립을 싸워서 찾자/동포여 일어나라 나라를 위해,

손잡고 백두산에 태극기 날리자.

굳세어라……는 1·4후퇴를 배경으로 한 2014년 제작된 영화 「국제시장」의 주제곡으로 삽입되어 다시 한번 실향민과 꼰대들의 눈물을 자극한 바 있습니다.

통일행진곡은 대중가요가 아닌 군가軍歌입니다. 6·25 사변 이듬해인 1951년 발표된 이 노래는, 그럼에도 70년대 조용필의 '돌아와요, 부산항' 이상으로 당시의 국민가요 급이었습니다. 학교 등하교 시간에 운동장에 울려퍼지는 노래였고, 길거리를 걷는 사람들이 그냥 흥얼대며 부르는 유행가였으니까요. 선술집 탁자에서 막걸릿잔을 놓고 부르는 합창이었고, 그냥 울다가 웃으며 손잡고 불러댄 그런 노래였습니다.

50년대 반공 이데올로기를 대표하는 2개의 노래라 할 수 있겠습니다.

4. 60년대 반독재反獨裁 이데올로기 시대

1960년에 일어난 4·19와 이듬해 발생한 5·16.

60년대 벽두에 일어난 두 혁명은 대한민국 건국 이래 가장 큰 역사의 전환점이 된 의미 있는 중요한 사건이다.

5·16이 혁명이냐 쿠데타냐를 두고 논쟁이 있긴 하지만, 당시 혁명으로 지칭되었으니 여기서는 그대로 따르기로 한다. 또 성공한 쿠데타는 처벌할 수 없다는 검찰의 발표도 있었다. 이를 바꿔 말하면 5·16은 혁명이기 때문이다.

4·19와 5·16은 서로 대치對峙된다. 어쩌면 지구의 정반대 점의 위치인 대척점對蹠點에 있다고 하는 게 더 정확할지 모른다.

그럼에도, 두 혁명적 정신이라 할까, 문제의식의 바탕에 깔린 '진정한' 자유화와 민주화 이념은 일맥상통하며 서로가 보완해 주고 버팀이 되어 준다는 점에서 동일선상에 두고 논할 수 있을 것 같다. 극과 극은 서로 통한다지 않는가.

먼저 4·19다.

신생 대한민국이 건국되고 12년간 대통령은 이승만이었다.

미리 말하지만, 여기서 건국 대통령에 대한 이러쿵저러쿵 잘잘못을 평가하자는 게 아니다.

단지, 누군가가 그에게는 98%의 공功에 2%의 과過가 있을 뿐이며, 그 2%의 허물은 4·19 이전에 스스로 물러나지 못한 것이라고 말한다면, 저자는 이에 전적으로 동의하고 싶을 뿐이다.

폐허에 세워진 신생 대한민국의 50년대 10년은 이승만 정부의 국가건설 터 닦기 기초공사와 설계의 시간이었다.

시간이 지나서 60년 3월 15일의 제4대 정·부통령 선거ㅣ당시는 정·부통령제ㅣ를 앞두고, 자유당 정부는 부정선거라는 무리수를 두게 된다.

이에 첫 번째 반기를 들고 일어선 것이 선거를 앞둔 대구의 2·28 학원 자유화 데모로, 그것이 4·19의 기폭제가 된다.

당시 야당이었던 민주당의 장면 부통령 후보는 이날 대구 수성 천변에서 대규모 대중 연설 집회를 준비 중이었다.

여당인 자유당 후보는 대통령에 이승만, 부통령에 이기붕이었고, 야당 민주당은 대통령 후보 신익희가 갑자기 서거하는 바람에 부통령 후보밖에 없었다.

이에 집권 자유당 정부는 학생들의 집회 참가를 막기 위해 일요일인 이날 기말시험을 앞당겨 치르게ㅣ당시는 4월 신학기ㅣ 하는 등으로 학생들의 참가를 막았다.

그러자 경북고교 2학년생들이 주축이 되어 '학원의 자유를 달라' '학원을 정치도구화하지 말라'는 플래카드를 들고 항의 데모를 벌였다.

대한민국 건국 후 첫 민주화운동이었고, 3·15 마산의거를 거쳐 4·19 혁명의 도화선이자 밑거름이 되었다.

이를 계기로 대구, 경북 도내 각급 고교에서 잇단 항의 시위가 일어났다.

그러나 정부는 3·15 선거를 강행했고, 이 과정에서 데모에 나섰던 마산의 고교생 이주열41)이 경찰이 쏜 최루탄이 눈에 박힌 채 해변에서 시체로 떠오르는 사건이 발생, 시민들의 분노는 격화되었다. 이른바 3·15 마산 의거다.

뒤이어 서울의 고려대학생들이 4월18일 데모에 나섰고, 이튿날 서울대를 포함한 여러 대학과 시민들이 동참하는 대규모 시위로 발전하였는데, 이것이 4·19 혁명이다.

곧 대구의 2·28 학생 데모 → 3·15 마산 항쟁 → 4·18 고대생 데모 → 4·19 민주혁명으로 이어졌다.

이때 들고나온 플래카드는 '민주주의를 사수 하자' '의義에 죽고 참에 살자' '정·부통령 선거 다시 하라' 등이었다.

이어 초등학생|당시 국민학생|까지도 나와 '부모 형제들에게 총부리를 대지 말라'며 항의 데모에 동참하기도 했다.

---

41) 3·15의거는 1960년 이승만 자유당 정권의 3·15 부정선거에 반발하여 마산에서 일어난 대규모 시위다. 김주열은 당시 마산상고 1학년 학생. 김주열 추모비는 마산용마고등학교 내에 있고, 국립 3·15 묘지 유영봉안소에 영정과 위패가 모셔져 있다. 김주열 열사 기념관에는 당시의 모습이 담긴 사진이 전시되어 있다.

이 과정에서 186명의 학생과 시민이 자유 민주주의라는 제단에 그들의 생명을 바쳤고, 6,026명의 시민이 크게 다쳤다.

결국 대통령 이승만은 4월 26일 하야 성명을 발표하고, 곧바로 미국 망명길에 오른다.

이로써 국민의 힘으로, 시민의 힘으로, 건국 후 처음으로 많은 피를 흘리고서 민주혁명을 이뤄냈다.

그러나 당시에는 '정·부통령 선거 다시 하라'가 시위의 주된 요구였지, 어디서도 독재정권 결사반대라는 용어는 없었다.

문제는 다음부터다.

바통을 이어받은 허정 임시정부, 윤보선 민주당 정부는 민주주의 국가를 운영할 만한 능력을 갖추지 못했다.

민주 = 자유 = 방종, 방임, 폭력 = 무책임의 아수라장 사회가 된 것이다.

신문 등 출판이 자유화됨으로써 언론매체의 얼굴을 한 것들의 발행이 우후죽순을 넘어 잡초처럼 솟아났다.

한국신문편집인협회 자료에 따르면, 61년 2월 28일 현재 등록된 전국의 일간지가 124, 주간지 513, 통신사 285, 월간/기타 682 등 1,594개나 되었다.

이러다 보니 진짜 언론사는 몇 개 없고 주소도 기자도 없는 신문 통신사가 시골 구석구석까지 파고들었다.

'사이비 신문 통신의 사기꾼 기자요'라는 명함 한 장만 들고 다니는 사기꾼들의 놀이터가 된 것이다.

반토막 난 조그만 나라에 언론이라는 이름을 단 조직이 1,600여 개나 되었으니, 국민은 피곤했고 원성은 갈수록 높아졌다.

결국, 엄청난 희생을 토대로 그토록 원하던 정의로운 자유 정부를 이뤄냈지만, 민주주의는 뿌리부터 썩어갔던 것이다. 자유 대신 방임과 방종이 그 자리를 차지했고, 민주주의는 이념조차 사라짐으로써 세상은 온통 무법천지로 변해버렸다.

눈뜨면 반대 데모, 해가 져도 반대 데모. 날이 가고 달이 지나자, 전국은 온갖 반대 시위로 몸살로 앓아누울 지경이 되었다. 심지어 몇 안 되는 자가용까지 '우리도 영업하게 해 달라'며 데모를 벌일 정도였다.

사회는 무정부 빈사 상태로 빠져들었다.

앞에는 낭떠러지요 뒤에는 총을 들고 호시탐탐 노리는 북의 위협 속에 이 같은 상황은 1년간 이어졌다.

그러자 이듬해 5·16이 일어났다.

민주주의를 말살하기 위해서가 아니라, 죽어가는 대한민국의 진정한 자유 민주주의를 되살리기 위해 일어난 구국의 군사 혁명이었다.

앞서 말한 4·19와 5·16을 같은 맥락에서 볼 수 있다는 것이 바로 이러한 이유에서다.

5·16이 성공한 뒤 혁명정부는 곧바로 '신문 또는 통신 등의 시설 기준'을 정했고, 이에 따라 그 많던 사이비 언론 대부분은 그달 말 안에 일단 정리되었다. 남은 것은 중앙일간지 15개를 포함, 일간, 주간, 통신 모두 합쳐 164개였다.

'반공을 국시의 제일로 삼고……'

혁명 후 발표된 성명서의 첫 구절이다.

만일 그때 군사 혁명이 없었다면 대한민국은 제2의 6·25로 북한의 밥이 되었을 거라는 우익 정치인과 학자들의 말이 결코 과장되거나 견강부회牽强附會, 억지 발언이 아니었음을 말해 주는 대목이다.

한 북한전공 교수는 말했다.

"북한으로서는 왜 그 같은 절호의 기회를 놓쳤을까 이해가 되지 않는다. 아마도 우리 스스로가 자멸하도록 기다린 것 같은데……. 우리로서야 천만다행이었고."

칼 같은 박정희 군사정부가 들어서자, 이때부터 반 군사정부를 넘어 군사독재라는 프레임을 씌운 반독재운동이 등장한다.

처음엔 순수한 학생, 애국 언론, 시민단체들이 주창하고 나섰지만, 시간이 지나면서 민주화, 내지 민주주의라는 이름을 단 각종 '반민주' 단체들이 줄줄이 늘어난다.

어쨌건, 투표가 아닌 총칼에 의한 군사 정권에 우방인 미국과 국내의 많은 언론은 차가운 시선을 보냈다.

특히 언론의 반독재 이데올로기적 보도 경향은 시민사회의 이념 형성에 은연중 부정적 영향을 미칠 수밖에 없었을 것이다.

그런데 당시 일반 국민은 민주주의에 대한 목마름보다는 사회안정과 지금의 배고픔이 해결되기를 바람이 더 절박했고 갈망하고 있을 때였다.

국가나 국민의 부와 경쟁력을 나타내는 지표로 GDP|국내총생산|, GNP|국민총생산|, GNI|국민총소득| 등을 사용하는데, 그 수치는 거의 엇

비슷하다.

일반적으로 가장 많이 사용하는 GNP를 기준 하면, 50년대 중반인 55년 64달러, 5·16의 해 61년 84달러로, 당시 세계 160여 개 나라 중 끝에서 선두를 다투던 형편이었다.

GNP 1,000달러는 신기루 같은 꿈이었다. 그때는 그랬다. 1만 달러라는 건 달에 걸어 올라가 토끼와 떡방아 찧고 노는 게 더 '현실적'인 꿈이라고 생각할 만큼 환상 속에서도 불가능했던 그런 시대였다.

혁명정부는 '보릿고개 없애기'와 같은 현실적인 경제정책을 최우선 순위에 두고 경제개발에 나섰고 수출에 온 힘을 쏟았다.

그러나 돈이 있어야 생산이고 수출이고 할 텐데 자금이 없었다.

개인이 좌판을 벌이거나 구멍가게를 차리려 해도 밑천이 없는 경우, 남에게 빌리거나 외상으로 물건을 사 와야 한다.

정부는 밑천 마련에 온 힘을 쏟기 시작했다. 가용한 모든 방법을 찾아 나섰다.

서독에 광부와 간호사 수출, 월남파병, 독일에서 경제차관, 일본 대일청구권 협상 등 달러 벌어들이기에 심혈을 기울였다.

전용기가 없던 박정희 대통령은 독일이 내준 전세기를 타고 홍콩과 태국을 거쳐 이틀 만에 서독에 도착했고, 이때 그 유명한 '파독 광부와 간호사, 교포들과 눈물의 연설'이 있었다.

"난 지금 몹시 부끄럽고 가슴이 아픕니다. 대한민국 대통령으로서 무엇을 했나, 가슴에 손을 얹고 반성합니다. 우리 후손만큼은 결코 이렇게 타국에 팔려 나오지 않도록 하겠습니다. 반드시, 정말 반드시."

대통령도 울었고, 육영수 여
사는 간호사들과 부둥켜안은 채
회견장을 통곡의 눈물바다로 만
들었다. 저녁 TV 뉴스를 통해
이 장면을 지켜본 국민도 덩달

박정희 대통령 서독 차관 방문 중 연설

아 울음바다에 빠져들었다.

60년대 대한민국 경제는 글자 그대로 국가와 국민이 똘똘 뭉쳐 '피
와 땀과 눈물'로 이뤄낸 한강의 기적을 만들어 낸 초석이 되었다.

64년 드디어 '수출 1억 불'을 이뤄냈고, 이를 기념해 그해 11월 30
일을 수출의날로 정했다.

그런데 2022년 삼성전자 한 회사의 수출액만 1,200억 달러를 넘었
다. 기적이라는 단어로도 설명이 안 되는 이걸 한국이 반세기 만에 성
취해 냈다.

그러니 60년대, 아직 배고픔에 허덕이던 보통 국민으로서야 권력 게
임이나 정치 사회적 이데올로기에 앞서 먹고 사는 문제가 훨씬 급박한
현실이었다.

사회학자들은 국가 발전을 '성장 – 분배 – 자아실현'의 3단계로 설
명한다.

제1단계는 오직 경제성장|가난을 벗어나는 문제|에 모든 걸 쏟아붓는 단
계로 60년대 한국 사회가 바로 그랬다. 이때는 갈등이 비교적 적어 국
민통합이 상대적으로 쉬웠다.

따라서 60년대 반독재 이데올로기는 일반 사회 전반을 뒤덮은 일치

된 이데올로기라기보다는, 특히 야권이 내세운 정치적 갈등의 표출이라는 게 더 옳을 것 같다.

왜냐면 권력 갈등, 권력 게임은 어떠한 경우, 최악의 사회 조건에서도 항상 일어나게 되어 있는 게 인간의 역사이니까. 비록 민의와 동떨어져 있더라도 그들만의 리그는 펼쳐지고 있게 마련이다.

정치 갈등, 좁게는 기득권의 민간 권력과 새로운 군부의 신 정치권력 집단 주체 간의 갈등으로 인한 반 이데올로기는 끊임없이 형성되고 있었다.

60년대 한국은 여전히 후진국, 좋은 말로 초기 개발도상국이었다. 여러 가지 기준이 있긴 하지만 기본적으로 경제지표인 GNP 1,222달러 이하 나라를 일컫는다. 69년 우리나라 GNP는 겨우 216달러에 불과했다.

앞서 말한 대로, 정부는 65년 경제개발 밑천을 마련하는 방법의 하나로 유무상원조 및 차관 등을 합쳐 8억 달러 + 알파(a)를 받기로 하는 대일청구권 협상과 한일 국교 정상화를 체결한다.

이를 두고 야당은 친일 매국이라며 대대적 공세를 폈고, 대학생들이 이에 동참, 한일 국교 반대를 외쳤으며, 많은 대학에 휴교령까지 내려졌다.

5·16 이후 60년대 말까지 데모 사태로 서울대 4차례 등 대학뿐 아니라 고교까지 수차례나 휴교 조치가 있었을 정도로 학원가는 몸살을 앓았다.

또 하나, 월남파병은 세 마리 토끼를 잡는 정책이나, 쉽게 결정할 사안이 아니었다. 국민이 과연 이를 받아들여 줄 것인가가 가장 큰 문제였고, 야당의 결사반대가 불 보듯 뻔한 마당이라 대통령 박정희의 고민은 깊어 갔다.

당시의 사진 한 장. 담배꽁초가 재떨이를 넘쳐 탁자를 덮을 만큼 쌓인 상태에서도 담배를 물고 서 있는 고뇌에 찬 박정희 사진이다.

월남파병은 첫째, 군의 장비현대화에 절호의 기회였다. 둘째, 전투경험이 있는 군대 양성에 더없는 좋은 기회다. 셋째, 어쩌면 사실상 가장 큰 이유가 될 수도 있겠지만, 경제적 문제다.

차관 20억 달러에 국군 현대화 지원 및 파병 장병 수당 등 22억 달러, 한국 기업 참여 수익 10억 달러 등 50억 달러가 넘는 돈이 파병 조건에 들어있는 내용이었다.

그렇게 말 많고 탈 많은 대일청구권 8억 달러 플러스 알파|α|의 6배가 넘는 엄청난 돈이었다.

67년부터 6년간 파병된 군인은 5만 5천 명, 누적 30만에 이르렀다.

이러한 와중에 북한은 68년, 무장 공비 김신조 일당을 보내 청와대를 습격하는 1·21 사건 등을 일으키며 사회불안 조성을 획책했다.

한마디로 60년대 한국은 모든 게 정리되지 않은 어수선한 사회였다.

5·16으로 집권한 박정희 정권은 군사독재로 규정한 이른바 야당의 끊임없이 이어진 극렬한 반대 투쟁으로 몸살을 앓았다.

이 와중에서도 배고픔에서 탈출하기 위한 경제 발전 계획은 '맨땅에 헤딩'하는 자세로 밀어붙인 결과 건국 이래 처음으로 1억 달러 수출을 이뤄내기도 했다.

그러나 사회는 끝도 없는 어지럼증에 시달렸다.

특히 한일협정을 둘러싼 야당의 반대에 더해 대학가의 데모는 극에 달했다.

대학은 수시로 문을 닫았다 열었다 반복했다.

60년대 대학을 졸업한 세대 그 누구도 4년을 온전히 다닌 사람은 없다고 해도 결코 틀린 말이 아닐 것이다.

이 시대를 꼭 독재정권 시대로 불러야 하는지 의문이 들기도 한다.

PS. 꿀꿀이 죽과 라면

보릿고개, 초근목피, 꿀꿀이 죽…….

60년대 한국의 서민 생활을 가로지르는 길목에 놓여있던 단어들입니다. 가난과 직결되는 말이지요.

보릿고개. 보리가 아직 익기 전 봄철, 먹을 게 없던 춘궁기春窮期를 가리키는 단어인데, MZ 세대를 포함한 젊은이들은 실감하지 못하는 단어겠지요.

어쩌면 다행인지 모르겠습니다. 배고픔을 모른다는 것, 얼마나 큰 행운인지 모르니까 행복한 거지요.

초근목피草根木皮. 글자 그대로 풀뿌리와 나무껍질입니다. 먹을 게 없으니 가난한 사람들은 그거라도 마련해서 배를 채워야 했으니까요. 목구멍이 포도청이라는 말이 실감 나는 시기였습니다. 소화가 안 되는 섬유질 덩어리를 그냥 먹으니, 대변이 딱딱해져 변을 보려면 항문이 찢어지기 다반사라 '똥구멍이 찢어지게 가난했다'는 말이 생긴 거잖아요.

꿀꿀이 죽. 미군 부대를 포함해서 군부대에서 나온 음식 찌꺼기를 모아 끓여 파는 일명 돼지죽입니다. 담배꽁초와 그보다 더한 것도 섞여 나오기 일쑤였으나, 싼 맛에 노동자들은 줄을 서서 사 먹었습니다.

63년 국산 첫 삼양 라면 한 봉지의 값은 당시 돈으로 10원. 꿀꿀이 죽이 5원이었습니다. 담뱃값은 25원, 커피는 30원.

삼양라면 설립자 전중윤은 일본으로 건너가 라면회사 묘조식품 사장 오쿠이를 만나서 기술이전을 읍소했습니다. '왜 잘나가는 보험회사를 그만두고 라면을 만들려고 하느냐?'고 물었고, 전중윤은 대답했습니다. '꿀꿀이 죽을 사 먹는 사람들에게 싼값에 영양식을 제공하고 싶어서'. 이에 오쿠이 사장은 두말없이 모든 기술을 공짜로 제공해 줌과 동시에 자금지원도 아끼지 않았다고 합니다. 후에 라면값 10원은 그래도 너무 싸지 않느냐고 하자, 정윤중은 그래도 꿀꿀이 죽보다는 비싸서 미안한 심정이라고 대답했습니다.

60년대 아직 가난을 벗어나지 못한 나라의 슬픈 자화상 가운데 하나이자 가슴 뭉클한 한일 간 미담이기도 합니다.

또 하나, 지금 보면 참으로 격세지감隔世之感을 느끼는 제도 이야기입니다. 가난 때문에 정부가 '아기 덜 낳기 운동'을 벌였으니까요.

'나라님도 구제할 수 없다'는 가난은 하루아침에 해결될 문제가 아니잖아요.

그래서 나온 대책 가운데 하나가 '딸 아들 구분 말고 둘만 낳아 잘 기르자'였습니다.

60년도 당시 합계출산율이 6.0명으로 2023년 합계출산율 0.7명과 비교하면 무려 8.7배나 높았던 것입니다. 먹을 건 없는데 자녀를 너무 많이 낳았다는 것이지요. '잘 키운 딸 하나 열 아들 안 부럽다'는 슬로건 외에 '덮어놓고 낳다 보면 거지꼴을 못 면한다'는 좀 자극적이고 노골적인 협박성(?) 표어까지 있었습니다.

산아제한이 제도적으로 시행됐고, 80년대 초기까지 이어졌는데, 당시는 셋 이상 아이를 낳으면 페널티, 곧 벌칙을 부과했습니다. 셋째부터는 기업이 주는 학자금 지원이나 의료비 보조 등을 일체 못하게 한 것입니다.

지금은 아이 셋을 낳으면 돈을 준다, 집을 준다 등 요란을 떨고 있으나, 불과 2세대 60여 년 전은 지금과 정반대였으니, 세상 참 알다가도 모를 일이 아닙니까.

5. 70년대 반체제反體制 이데올로기 시대

70년대 대한민국은 격동과 격랑, 그리고 에너지 넘치는 파동의 시대였다.

유신체제, 새마을운동, 경부고속도로, 100억 불 수출, 중동 인력 수출, 사채동결, 7·4 남북 공동성명, 위수령, 동아일보 사태, 그리고 박정희 대통령 부부 서거 등이 키워드로 자리한다.

한마디로 숨넘어가게 바쁜 10년이었다.

정부는 72년 10월 유신維新이라는 새로운 정부 체제를 발표한다. 유신이란 낡은 제도를 새롭게 고친다는 뜻으로, 정치체제를 통째로 바꾸자는 말이다.

꿀꿀이 죽에서 벗어나 '우리도 한번 잘살아 보자'라는 기치 아래 '경제 발전에 올인'하고픈 정부로서는 현실구현에 걸맞은 새로운 정치체제가 필요했다.

대통령 박정희는 혁명 후 10년을 지켜본 대한민국에 과연 '서구식 민주주의'가 맞는 제도인가에 회의懷疑하게 된다. 그래서 등장한 것이 유신체제로, 이른바 '한국적 민주주의'에 대한 이론과 개념이다.

곧 한국적 민주주의이자 한국식 독재체제다.

박정희 스스로 이 제도가 독재체제임을 부인하지 않는다.

무질서와 비능률을 벗어나, 국가와 국민을 위한 독재임을 전제로 추진하는 만큼 신념과 철학이 있었다.

'내 무덤에 침을 뱉어라.'가 이를 말해 준다.

결과를 보고 이야기하라는 말이었다.

하루빨리 가난에서 벗어나기 위해 달리고 달려도 모자랄 판에 야당은 사사건건 발목을 잡으니 도무지 일을 할 수가 없었다.

예를 들어, 경부고속도로 건설의 경우다.

우여곡절 끝에 첫 삽을 뜨는 공사 현장에 나타난 야당 지도자 두 명은 아예 불도저 앞에 드러눕는다. 나중에 대통령이 된 김영삼과 김대중이다.

'부자들이 처첩을 데리고 놀러 가는 길을 왜 만드느냐?'는 거다. 산업 대동맥이라고 아무리 설득하고 소리쳐도 마이동풍馬耳東風이다.

더구나 여소야대與小野大가 된 경우, 필요한 법이 국회에 막혀 아무것도 되는 게 없다.

그래, 한국적 현실에 맞게 바꾸는 거다.

중앙대 법학과 교수 갈봉근이 한국적 민주주의라는 이론 제공에 총대를 멨다.

프랑스 5공화국 헌법에 기초를 두긴 했으나, 각종 독재 정부의 정치 철학을 빌려와 헌법을 확 뜯어고쳤다.

신설되는 통일주체국민회의가 대통령을 선출하며, 대통령이 추천하는 국회의원 1/3도 한꺼번에 뽑는다는 것이 핵심 내용이다. 국회의원 1/3이 사실상 대통령의 지명에 의해 확보되는 만큼 여소야대는 거의 불가능에 가깝게 만들어났다.

거기다 비상계엄에 버금가는 긴급조치권을 법으로 보장함으로써 대통령은 거의 절대권을 갖게 되는 구조다.

야권의 맹렬한 비난과 비판 속에 이러한 개정 헌법안이 국민투표에 부쳐졌다.

결과는 91.9%의 투표율에 91.5%의 찬성이라는 국민의 압도적 지지를 얻었다.

비상계엄하에 실시되긴 했으나, 투표에 그 어떤 부정도 억압도 없는 상태에서 드러난 이러한 안정 추구의 민심은 그간의 반대를 위한 반대 등 기존 정치권에 대한 불신이 표출된 것으로 평가되었다.

그런 한편, 야당과 대학가에서는 목숨을 내걸고 끊임없이 유신철폐를 외쳤다.

그동안 정부 정책에 대한 반대는 있어 왔으나 정부 체제 자체를 부정하는 '반체제' 운동이 처음으로 나타난 것이다. 이러한 충돌과정에서 자유, 민주, 정치 등에 대한 국민인식과 참여의식이 어떠한 방향에서 든 한 단계 업그레이드되지 않았나 여겨지기도 한다.

새로운 헌법에 따라 '통일주체국민회의'의 간접 선거를 통해 제4대 대통령으로 취임한 박정희는, 안정된 정치 환경 속에서 '새마을운동'이라는 범국민 잘살기 운동을 본격적으로 펼치게 된다.

그 뿌리는 이미 60년대부터 시작되었다.

65년 '올해는 일하는 해'라는 캐치프레이즈로, 이듬해인 66년엔 '올해는 더 일하는 해'로 설정하고 근면, 자조, 협동 정신으로 가난을 벗어나자는 자립 운동에 이은 것이라 볼 수 있다.

공식적으로 정부에 의한 새마을운동중앙협의회가 설립된 것은 73년, 처음에는 농촌 계몽운동으로 시작되어 도시, 이후 지역을 넘어 전국으로 확대되었다.

생활환경개선, 소득증대, 의식개혁이 뼈대인데, 구체적으로 초가지붕을 슬레이트로, 구불구불 흙길을 곧은 포장도로로, 농기구 장비 보급, 그리고 구습 타파 등이 주요 실천 내용이었다.

2013년에는 이 새마을운동 기록물이 세계문화유산으로 지정되는 등 '후진국 발전의 모델'로 국제적 평가를 받기도 했다.

야당 등으로부터 온갖 비난과 과격한 반대 투쟁을 감수하고 정부 체제까지 바꿔가면서, 경제개발에 올인 한 정부는 드디어 신기루 같은 꿈이었던 GNP 1,000달러와 100억 불 수출이라는 두 개의 금자탑을 한꺼번에 쌓아 올린다. 그것이 77년이었다.

당시 정부 관계기관에서 100억 수출 달성 기념으로 전 국민에게 담뱃갑 크기의 별 모양 사탕을 한 봉지씩 선물로 주기도 했다.

이 과정에서 사채에 허덕이는 기업을 살리기 위해 초법적인 사채동결 조치를 불사, 지하에 숨어 있던 검은돈을 끌어내 국내 산업 자본화했다. 사채 시장의 큰손들은 중소기업은 물론 삼성, 현대 등에도 '갑'이었다.

또 중동에 건설과 인력 수출로 끌어들인 달러는 중공업을 향한 산업 체질 개선의 밑거름이 되었다. 이에 앞서 70년 7월, 우여곡절과 각종 난관을 뚫고 경부고속도로 전 구간을 완공, 산업 동맥으로서 경제개발에 큰 몫을 담당했다.

당시 10년간 경제 성장률은 연평균 10.5%, 높게는 73년 14.9%, 가장 낮은 것이 75년 7.8%를 기록했다. 명실상부 개발도상국 대열에 합류하는 도약|跳躍 : Take off| 단계에 들어서게 된 것이다.

국민총생산 GNP 역시 오름세를 이어갔다. 70년 253달러에서 74년 562달러로, 77년 1,051달러 79년 1,713달러를 기록했다.

월급쟁이들은 해마다, 어떤 해는 일 년에 두 차례씩 월급이 대폭 올라 주머니가 두둑해지는 것을 피부로 느꼈다.

그리고 처음으로 전 국민의 '자가용 시대'가 열렸다.

75년, 국산 승용차 차 1호 '현대 포니'가 탄생한 것이다.

단군 이래의 그 지긋지긋했던 '보릿고개'가 사라지고 꿀꿀이 죽이 없어졌다. 대신에 등장한 것이 '국산 삼양 라면'이다. 지금은 서민 음식에서 한국의 대표적 K푸드로 세계를 주름잡고 있는 그 라면이다.

1·21 청와대 습격 사건으로 일촉즉발 날카롭게 대립했던 북한과는 72년 이후락 중앙정보부장이 방북 비밀협상을 통해 상호 무력 충돌 방지와 평화통일이라는 원칙을 담은 '7·4 공동성명'을 합작해 냈다. 이로써 겉으로는 북한과 그런대로 조용하게 지내게 되었다.

그런 한편, 앞만 보고 내달리는 유신체제에 대한 반발과 후유증이 나타났다.

서울대 문리대를 시작으로 전국 각 대학에서 반유신 교내시위가 일어났고, 시간이 지나 일부 교수들도 동참했다. 이에, 계엄령에 버금가는 위수령衛戍令42)과 긴급 조치 등이 발동되어 대학은 거의 해마다 문을 닫고 열기를 반복했다.

거기다 유신반대 관련 기사를 게재한 동아일보에 74년 말 광고 탄압이 시작됐다. 이른바 동아 사태가 벌어진 것이다.

계약된 광고가 하루아침에 해약되다 보니, 광고 없는 신문이 발행됐다. 독자들은 십시일반 한 줄짜리 광고를 게재하는가 하면, 푼돈을 모아 신문사에 전달하기도 했다. 이듬해 초에 제재는 풀렸다. 당시 언론의 대국민 영향력은 인쇄매체가 전파매체를 훨씬 앞질렀다.

60년대 시작된 방송은 70년대 들어 공영 KBS와 민영 MBC, TBC 등 3개 방송국이 경쟁체제를 이루었다.

그러나 아직은 흑백 TV에 그쳤고, 신생 FM 라디오도 음악 중심으로, 여론 형성에는 신문을 중심으로 하는 인쇄매체에 역부족이었다.

70년도 TV 등록 대수는 38만 대로, 전체가구의 6.3%에 불과했고, 75년에야 200만 대를 기록했으나, 보급률은 30.3%로 3가구당 1대꼴에 불과했었다.

한 가지 조그만 예를 더 들어보면 이렇다.

---

42) 육군 부대가 계속 일정한 지역에 주둔하여 그 지역의 경비, 질서 유지, 군대의 규율 감시와 군에 딸린 건축물과 시설물 따위를 보호하도록 규정한 대통령령.

정부 각 기관에는 출입기자실이 있었는데, 대국민 최말단 조직인 경찰서 출입기자실에 방송기자들은 출입할 수조차 없었다. 신문사 중심 출입기자단이 파워가 없는 이들의 출입을 막았기 때문이다.

이러한 사회현상하에서 기독교를 중심으로 한 종교단체와 여러 사회단체가 함께 '유신헌법 개정 백만 서명운동'을 펼치는 등 유신반대 운동은 사회 전반으로 퍼져나갔다.

계엄령에도 불구하고 시위는 갈수록 거칠어졌다. 시위 – 폭력 – 강경 진압 – 강경 시위 – 폭력 진압 – 폭력 시위의 악순환이 이어졌다. 사회가 시끄럽고 혼란스러울수록 정치권, 특히 야당의 반대는 갈수록 강도를 높여갔다.

특히 79년 10월 부산과 마산에서는 '부마항쟁'이라 불리는 학생, 시민, 야당의 대규모 시위가 잇따라 발생했다.

그리고 얼마 지나지 않아 이른바 '10·26 사태'가 터졌고, 대통령 박정희는 부하 김재규의 총에 유명을 달리한다.

대통령 박정희는 서거 전날까지도 그의 정치철학을 바꾸지 않았다.

"민주주의는 하느님이 아니다."

그의 정치철학의 뿌리이자 뼈대다. 무결점 무오류의 정치체제는 없다는 거다.

서구 민주주의만이 아니라, 그가 대안으로 내놓은 유신체제 역시 오류와 결점이 있다는 것이다.

그러한 대통령 박정희가 서거하자, 온 대한민국은 한마디로 울음바다였다.

건국 후 첫 국장國葬으로 9일간 치러졌다.

흔히 말하는 '하늘도 울고 땅도 울고 온 국민이 울었다.'

장례식 날, 청와대를 떠난 운구행렬이 광화문, 시청, 서울역을 지나 동작동 국립현충원에 이르는 모든 길에 엎드린 남녀노소의 통곡이 길을 메웠다.

이로써 70년대와 함께 대통령 박정희 시대는 마무리됐다.

그에게 경제개발 대통령, 국가적 가난을 이겨낸 대통령, 선진 대한민국의 토대를 마련한 대통령이라고 부르는 데 이의를 다는 사람은 거의 없다. 지금까지의 각종 여론조사에서 우리 국민이 건국 후 최고의 대통령으로 박정희를 꼽는 게 이를 말해 준다.

누군가가 '박정희는 99% 공功에 1%의 과過'라고 말한다면' 필자 역시 공감한다.

PS. 새벽종이 울렸네, 새 아침이 열렸네……

'새벽종이 울렸네, 새 아침이 밝았네, 너도나도 일어나 새마을을 가꾸세. 살기 좋은 내 마을 우리 힘으로 만드세.'/'초가집도 없애고 마을 길도 넓히고, 푸른 동산 만들어 알뜰살뜰 다듬세. 살기 좋은 내 마을 우리 힘으로 만드세.'/'서로서로 도와서 땀 흘려서 일하고, 소득증대 힘써서 부자마을 만드세. 살기 좋은 내 마을 우리 힘으로 만드세.'/'우리 모두 굳세게 싸우면서 일하고, 일하면서 싸워서 새 조국을 만드세. 살기 좋은 내 마을 우리 힘으로 만드세.'

새마을운동에 진심이었던 대통령 박정희는 이 노래의 가사를 직접 짓고 곡까지 붙였다. 노랫말에 새마을의 충정과 신념을 모두 담았고, 곡 또한 누구나 부를 수 있도록 쉽게 만들었다.

'잘살아 보세, 잘 살아보세, 우리도 한번 잘 살아보세, 금수나 강산 어여쁜 나라 한마음으로 가꾸어 가면, 알뜰한 살림 재미도 절로 부귀영화는 우리 것이다. 잘살아 보세, 잘 살아보세, 우리도 한번 잘 살아보세.'/'일을 해 보세, 일을 해 보세, 우리도 한번 일을 해 보세, 대양 너머에 잘 사는 나라 하루아침에 이루어졌나, 티끌을 모아 태산이라면 우리의 피땀 아낄까보냐, 잘살아 보세, 잘살아 보세, 우리도 한번 잘살아 보세.'

한운사 작사, 김희조 작곡으로 '새벽종이……'와 함께 새마을 대표곡이다.

새마을운동과 함께 더듬어 볼 한 가지 사례가 있다.

이렇게 오직 경제적으로만 잘살아 보자에만 몰두한 것이 아니라 전통문화 발전에도 한몫했다.

새마을운동이 전국으로 퍼져 대한민국 모든 시골이 똑같은 형태로 탈바꿈되기 시작하자, 경북 안동의 하회마을 보존회 이사장이었던 서애 류성룡 종손 류영하는 청와대에 진정서를 올렸다.

'새마을운동에 적극 찬성한다. 그러나 4백 년 역사와 문화를 이어오고 있는 하회마을의 초가와 흙길, 돌담, 삼신당 등 유형문화와 선유줄불놀이, 탈놀이 등 무형문화 전통을 그대로 유지하는 것 또한 새마을운동 정신을 함양하는 것'이라며 외형 뜯어고치기에서 제외해 줄 것을 건의했다.

보고받은 대통령 박정희는 그 자리에서 건의를 수용하는 것은 물론 보존에 필요한 지원까지 지시했다.

종중 지도자와 국가 지도자의 큰 뜻이 한데 어우러져 지금의 하회마을이 유지되고 있어 국내외 관광객들로부터 사랑을 받고 있다.

세계문화유산으로 등재되면서 그 빛을 더 발하고 있다.

6. 80년대 반정부反政府 이데올로기 시대

80년대 반대 이데올로기는 단순 명료하다.

정통성 결여 대통령 전두환 정권과 반정부 이데올로기와의 싸움에서 시작된다.

전두환의 12·12는 권력욕이 앞선 정통성 없는 쿠데타로, 박정희의 5·16이 만신창이가 된 민주주의를 되살리기 위한 혁명과는 출발부터 다르다.

정통성은 왕조시대 이전 고대 씨족사회 부족 국가 때부터 이어진 최고 통치자의 절대 필요조건이었다.

정통성이 없거나 부족한 통치자의 경우, 이를 극복하기 위해 최선의 정치 선정善政을 베풀거나, 아니면 최악의 독재자로 군림하게 된다.

12·12까지만 하더라도 국민은 아직 박정희 향수에 갇혀있는 데다 야당은 모처럼 박정희 그늘에서 벗어나 집권의 기회가 왔다고 미리부

터 김칫국을 마시고 있었다.

김대중, 김영삼, 김종필 3김은 다가오는 80년의 봄을 자기 것으로 만들기 위해 몰두하고 있었다.

이러한 와중에 광주 5·18이 터지고 보안사령관 전두환은 국가보위비상대책위원회를 구성, 위원장이 된 뒤 일사천리로 통일주체국민회의를 통해 80년 8월 제11대 대통령으로 취임한다.

어느 날 갑자기 대통령이 된 전두환의 앞에는 많은 거부와 반대가 진을 치고 있었다. 정통성 없음이 문제였다.

정치권의 강한 반발에 부딪힌 그는 일반인의 생활 속으로 정치를 끌어들여 국민에게 직접 대응하며 기존의 정치권과 정면으로 맞붙는다.

옛날식으로 말하면 선정을 베풀어 정통성 문제에서 벗어나 민심을 얻고자 한 것이다.

가장 큰 것이 통금 해제다.

집권 초인 그해 12월 '통행금지 해제안'을 발표한다.

45년 해방 이후 36년 넘게 이어오던 밤 12시 ~ 새벽 4시 통금을 전격 풀었다. 일상생활의 족쇄가 풀린 것이다.

전 국민은 환호성을 질렀다.

다음으로 해외여행 자유화다.

일반 국민, 보통 사람이 해외여행 한 번 나가려면 6개월 넘게 걸렸고 단수여권單數旅券43)이라 한 번 다녀오면 여권을 반납해야 했다.

이것을 80년대 중반부터 조금씩 풀어 89년 1월 1일부터는 건국 이

---

43) 한 번만 사용할 수 있는 일반여권

래 처음으로 지금과 같은 완전한 '해외 자유여행'에 복수여권複數旅券이 발급되었다. 시행 첫해 한해만 100만 명 넘게 외국 관광에 나서기도 했다.

사교육 없애기 정책으로 과외 금지를 시행했다.

그때나 지금이나 사교육은 골칫거리였다. 가정교사 금지 조치로 고학생들로서는 불만이 많았다.

서민을 위한 '임대차보호법'이 처음 제정 시행됐다.

전세보증금에 대한 최우선 변제 제도가 이때 처음 도입됐다.

최저임금제도도 80년대에 처음 나왔다. 88년 1월 1일 시행된 당시 최저임금은 저임금 직종은 시급 462.5원, 고임금 직종은 487.5원으로 차등 적용되었다.

대통령 취임 전 국보위 시절인 80년 8월부터 전두환은 시민 안전을 명분으로 전국 3대 조직 깡패를 포함 6만여 명에 달하는 부랑자들을 잡아 이 중 4만여 명을 몇 개 사단에 설치된 삼청교육대에 보냈다.

교육 기간은 기본 4개월. 혹독한 지옥 훈련이었다. 잡혀 온 사람 가운데 66.1%는 전과 기록 보유자였으며, 기간 중 54명의 사망자가 발생하기도 했다.

깡패들이 자취를 감춰 시민 안전이 보호되어 좋긴 했으나, 팔에 문신이 있으면 무조건 잡혀갔고, 술에 취해 길거리서 자다 끌려가기도 하는 등 전과 기록이 없는 사례가 많아 비난받기도 했다.

또 그동안 비용 문제로 미뤄오던 컬러 TV를 방영하고 프로야구와 프로축구 제도를 도입, 서민들이 문화생활을 값싸고 쉽게 접근할 수 있게 만들었고, 고급문화 생성을 위해서 예술의 전당을 건설했다. 국풍이라는 전 국민 잔치마당을 마련 국민통합을 모색했고 독립기념관도 지었다.

김포공항에서 곁방살이하던 국제공항을 인천 영종도에 명실상부하게 국제공항으로 건설했으며, 88올림픽을 유치해 세계 속의 한국을 과시하기도 했다.

거기다 그동안 몇 차례나 추진했으나 불발됐던 이산가족 상봉 문제를 해결, 남북 화해 분위기와 함께 수백만 이산가족의 한을 풀어줬다.

6·25 이후 30년이 지나 이뤄진 이산가족 상봉은 85년 제1차 대면 상봉을 시작으로 2018년까지 21차례에 걸쳐 대면 또는 화상으로 만남이 이루어졌으나 이후 단절되었다.

이 모든 조치의 초점은 정치나 거대 담론 아닌 생활 밀착 국민 편의 국민경제 정책으로 국민에게 다가가고픈 그의 의도였고 이를 실천에 옮겼다.

정통성 없음이나 부족을 메꾸고 국민을 위한 제대로 된 정치를 함으로써 태종이 되고 싶은 것이었다.

임금 제도하에서 선대 임금의 칭호는 다음 세대에서 붙여진다.

여기서 '태太' 자 칭호는 건국 황제나 임금에게 붙이는 존칭이다.

그런데 건국 임금이 아님에도 태자가 붙은 왕은 건국 태조 못지않은 실적을 쌓은 임금에게만 허용된다.

당唐 태종도 조선조 태종도 마찬가지인데 둘 다 '장자長子가 아니라는' 정통성이 없다는 약점을 지녔다. 거기다 둘은 형제를 죽이고 부모를 가두는 등의 패악을 저질렀음에도 태종이 된 것이다. 한마디로 백성을 위한 정치는 뛰어나게 잘했다는 말이 되겠다.

전두환의 롤 모델이 아니었나 싶다.

정치평론가들의 말을 빌리면, 전두환은 역대 어느 대통령에도 뒤지지 않는 카리스마와 리더십을 가진 지도자였다. 그의 핵심 참모들은 장세동처럼 하나같이 충성심이 강했다.

지도자에게 10명의 부하가 있다고 하자. 그 가운데 한 명은 절대 충신이며, 한 명은 기회만 노리는 잠정적 반역자이며, 8명은 기회주의자다. 이때 지도자가 강하면 이 8명은 충신이 되고, 반대로 무력해지면 반역과 한패가 된다는 것이 리더십에 관해 전해지는 썰의 하나다.

전두환이 이러한 충신들을 업고 가장 공들인 정책이 지금까지 말한 국민의 먹고사는 문제, 곧 민생 경제정책이었다.

'경제는, 당신이 대통령이야.' 대통령 전두환이 김재익 경제수석에게 한 말이다. 그의 국정 최고책임자로서 용인술 가운데 가장 뛰어난 결정으로 꼽히는 사례다.

다행히 믿고 맡긴 경제 대통령의 추진력에 힘입어 경제는 살아났다.

과정은 쉽지 않았다.

80년대 들어서면서 우리나라는 '고달러, 고유가, 고금리'라는 3고高에 20%를 넘나드는 인플레로 힘들었는데, 긴축 재정을 바탕으로 물가 잡기에 성공했다.

이어 3고 현상이 '저달러, 저유가, 저금리,' 3저低 현상으로 바뀌면서 업계는 호황을 맞게 됐다. 86년 처음으로 무역흑자를 기록하는 등

단군 이래 최대호황이라는 단어가 등장하게 되었다.

80년 GNP는 전년도인 79년 1,713달러에 못 미치는 1,703달러를 기록했으나 이후 크게 늘어, 83년 2천 달러를 넘겼고[2,179달러], 87년 3천 선을, 89년 5,738달러를 기록했다. 초고속 성장기였던 70년대에 버금가는 연평균 8%대의 높은 경제성장을 이뤄낸 것이다.

80년 1월 말 100을 기준으로 시작한 코스피 지수는 89년 12월 말 909.7을 기록, 10년 동안 9배 넘게 뛰었다.

국민 생활과 밀착된 정책으로 가장 큰 것은 87년 국민 의료보험 확대와 88년 1월부터 시작된 국민연금이다. 국민연금은 초기 '용돈'이라는 비아냥을 들었으나, 이제 은퇴자의 노후생활 보장 수단으로 자리 잡았다.

그보다 국민이 대한민국 사람임을 자랑스럽게 여기게 만든 것이 88 서울올림픽이다. 일본 나고야와 유치경쟁을 벌인 끝에 81년 극적으로 역전승, 올림픽 개최권을 따낸 것이다. 6·25 폐허 위에서 40년도 못 되어 지구촌 축제인 88올림픽을 성공적으로 개최함으로써 '세계 속의 대한민국'을 처음으로 전 세계에 확실하게 각인시켰다.

그러면서도 전두환은 지금껏 '가장 욕을 많이 먹고 있는' 대통령이다. 물론 일부 국민은 지금도 그가 준 선의의 열매를 그대로 받아들이지 못하고 있다.

원죄는 정통성과 '광주 5·18'이다.

5·18에 대해서는 여기서 논의를 생략한다. 찐 보수 측에서는 이건 민주혁명도 구국혁명도 아닌 빨갱이가 주동이 된 폭동이라고 말한다.

그렇지 않으면 '왜' 5·18 유공자들의 공적과 이름조차 밝히지 못하는 법까지 만들어 쉬쉬하느냐는 논리적 합리적 의문을 제기하고 있다.

반면, 진보 측에서는 '당시 3살짜리도 반 독재체제 데모에 나선 민주화운동'이라고 주장한다. 그렇다면, 그렇다는 것이다.

그래서 여기서는 논쟁을 생략한다.

아무튼, 사회는 시끄러웠고, 특히 정치권의 반발은 더욱 거셌다.

이 틈을 비집고 들어온 것이 북한의 '주체사상'이다.

주체사상이 뭣이냐를 설명하자면 열두 권의 책도 모자라니, 한두 줄로 요약하면 이렇다.

'북한 김일성의 통치 이념적 바탕으로, 자기 운명의 주인은 자기 자신이며, 그 운명을 개척하는 것도 자기 자신에게 있다는 사상이다. 개인이나 국가나 모든 문제를 자기의 힘으로, 곧 자신이 주체가 되어야 한다.'라는 것이다.

얼핏 듣기에 참 매력적인 말이다.

그러나 여기서 말하는 개인은 일반인이 아니라 김일성 개인을 의미하므로, '모든 인민은 김일성의 주체에 따라야 한다'는 논리다. 바꿔 말하면, 개인은 전체를 위하고 전체는 김일성 개인을 위한다는 전체주의 사상이다.

아이러니한 것은 이 주체사상을 체계화하고 주도해 온 인물 황장엽이, '이것은 사기'라며 월남 귀순해 버린 것이다. 그가 귀순한 것은 97년이었고, 80년대는 주체사상 '주사파'가 대학가를 휩쓸고 있었다.

대학가 동아리는 온통 '주체사상' 관련 모임이 주류를 차지했다.

이때 생겨난 것이 '전대협|전국 대학생 대표자협의회|'이며, 이후 '한총련
|한국 대학생 총연합회|'으로 발전한다.

전대협 초대 의장이 바로 4선 민주당 국회의원 이인영이며, 임종석
은 3기 회장 출신이다. 그들은 종북從北이라는 비난에 스스로 종북은
아니고 친북親北이라고 말하는 '북에서조차 없어진 주체사상에 빨갛게
물든 좌파'들이다.

임수경이 전대협 대표로 불법 방북, 세상을 시끄럽게 한 것도 89년
이었다.

이때 그의 방북과 그 후 민주당 비례대표로 국회의원 배지를 달아
준 데는 전대협 선배 의장 임종석의 뒷배가 작용했다.

임수경은 외대 용인 캠퍼스 불문과 출신인데, 이 대학은 이재명의
정치적 뿌리이자 지원 세력인 경기동부연합의 본산이다.

아무튼, 이러한 친북 좌파 학생 세력이 '민주화'라는 깃발을 내세워
전두환의 정통성 결여에 파고들어 신흥 세력으로 권력을 잡고 2020년
대인 지금까지 활개를 치고 있다.

그들에게는 그것이 주체사상인지 민주화인지 모르거나 알았거나 상
관없이 반정부 투쟁이라는 명분으로 그냥 불만 세력에 기생해서 권력
놀음만 즐기면 되는 것이었다.

법무부 장관 출신이자, 2024년 보수정당 '국민의 힘' 비상대책위원
장 한동훈이 말하는 86세대 비리 정치인 청산론의 대상이 바로 이들이
다.

그러면 당시의 언론은 어떠했을까?

80년대 언론을 비판하는 두 가지 단어로 '땡전 뉴스'와 '보도지침'이 있다.

땡전 뉴스란 TV의 저녁 종합뉴스가 9시 '땡' 하면 '전두환 대통령은……'하고, 첫 뉴스를 시작한다고 해서 붙여진 이름이다.

보도지침은 중앙정보부를 개명한 안전기획부|안기부|가 각 언론사 편집 보도국에 내려보내는 보도 기준을 말한다. 그 지침에는 신문, 통신, 방송의 그날 첫 머리기사부터, 어떤 뉴스는 몇 단 제목에, 어느 정도 크기로, 몇 면에 실으라고까지 시시콜콜 지시했다.

또 각 언론사 편집 보도국에는 언론담당자 1명이 상시 출근해서 동태를 일일이 살폈다. 편집 보도 국장 위에 사실상 편'찜' '뽀'도 국장을 한 꼴이었다.

그런데 이 같은 조치의 배경을 살펴볼 필요가 있다.

박정희 시대가 끝나자 이른바 '서울의 봄'을 기대하는 사회 분위기 속에서 제멋대로의 언론, 언론 아닌 사이비 언론이 활개치기 시작했다. 60년 4·19 이후를 방불케 하는 공갈 언론, 등치기 언론이 난무했다.

그래서 대통령 전두환은 사이비 언론 척결 방안으로 언론사 통폐합을 단행한다. 합동, 동양 통신사를 포함한 6개 사를 모두 통폐합, 연합통신|현 연합뉴스| 하나로 만들었고, 지방신문은 각 시도별로 1개 사만 남기고 모두 없애거나 합쳤으며, 중앙지의 경우 지방 주재 기자를 두지 못하게 했다. 방송사도 통폐합에서 벗어나지 못했고, 이 과정에서 1천 명이 넘는 기자들이 해직되었다. 잡지사 등 정기간행물 172개 사도 문을 닫았다.

사이비 기자에게 시달림을 당하던 지방의 중소기업과 소상공인들은 이러한 조치에 박수를 보내기도 했으나, 이 과정에서 억울하게 해직당한 기자들 또한 적지 않아 나중에 인권 사회문제가 된다.

이후 88년 11월 언론노조가 탄생한다. 명칭은 '전국언론노동조합연맹'이다.

연맹이라는 용어가 왜 붙었는지 모르겠다. 초대 위원장에는 서울신문 노조위원장 권영길이 선출된다.

'언노련'은 12년 뒤인 2000년 '연맹'을 떼고, 그냥 '전국언론노동조합'으로 명칭을 바꿔 지금껏 이어오고 있다. 초대 위원장 권영길은 이후 민주노동당 대표로 대통령 후보가 되어 정치판에 뛰어든다.

이와는 달리 스포츠 문화계에는 전성기가 시작되었다고 볼 수 있다.

82년 처음으로 프로야구가 선을 보였고, 일간스포츠 하나뿐이던 스포츠 전문지는 스포츠서울과 스포츠조선이 각각 창간되어 스포츠 삼국지를 이루며 일일 가판부수만 100만 부를 넘기기도 했다.

또 컬러 TV 방영으로 드라마 전성시대가 열려 TV 배우 탤런트가 스크린 영화배우 이상으로 인기 연예인이 되었다.

어쩌면 정치권은 정치권대로, 일반 사회는 사회대로 따로국밥의 시기가 아니었나 싶다.

이러한 사회현상을 언론 이론으로는 '침묵의 나선형'이라고 말한다. 쉽게 말하면, 다수의 대중은 자신의 견해를 숨기고 침묵하는 가운데 목소리 큰 일부의 주장이 확대 재생산되어 마치 사회 전체의 여론인 것처럼 된다는 것이다.

80년대 한국 사회의 반정부 이데올로기가, 바로 그런 모습으로 풀이될 수 있다.

PS. 대통령 전두환의 과욕

대통령 전두환은 국민 곁에 다가가는 정치, 경제 발전과 서민을 위한 경제정책에 크게 기여했습니다. 통계가 이를 말해 줍니다.

그럼에도 가장 많은 욕을 먹고 있는 전직 대통령입니다.

이유는 정통성 없음, 외에 지나친 권력과 돈에 대한 욕심 때문이라고 할 수 있겠습니다. 정치자금이라는 핑계 아래 너무 많은 돈을 긁어모았던 것입니다. 대통령이란 최고의 명예를 가진 자가 왜 그토록 '쩐錢'을 탐했는지는 이해하기 어렵네요.

전임 대통령 박정희는 국가 경제 발전에 목숨을 던지면서도 그 자신은 돈에 관해서 청렴결백 그 자체였던 것과 너무나 비교됩니다.

전두환이 후일 대법원에서 선고받은 추징금은 2,205억 원. 불법 정치자금으로 받은 추정액 9,500억 원, 당시 추정 자산 3,000억 원 정도를 고려해서 판단한 금액이라고 합니다.

이 가운데 국세청, 검찰 등이 가택수색, 경매, 소송 등 여러 차례에 걸쳐 환수한 금액은 자진 납부를 합쳐 총 1,283억 원에 이릅니다. 미납금 922억 원은 본인 사망으로 결국 회수가 불가능해졌고요.

그가 토해낸 1,238억 원을 그동안의 물가상승률이나 은행 금리를 기준으로 연 3%를 계산하더라도 24년 현재 2,700억 원 정도의 엄청난 금액입니다.

본인이나 처가가 재벌도 아닌데, 천문학적 액수의 그만한 돈을 벌금으로 낼 수 있었다는 것 자체가 부정 축재한 돈이 상상을 초월할 정도였음을 말해줍니다.

영부인 이순자는 장군 이규동의 딸로 돈 보따리와는 거리가 멉니다.

그가 집권 당시 우리나라에는 골프장이 전국을 통틀어 50개 안팎에 불과했는데, 황금알을 낳는 골프장 허가권을 전두환이 정치자금 수익원으로 쥐고 있었습니다. '썰'에 따르면 18홀 기준 허가에 같은 홀 크기의 골프장 건설비만큼 받아 챙겼다고 합니다.

미국에 사는 그의 손자가 느닷없이 나타나, '할머니 집 광에 돈다발이 쌓여 곰팡이가 필 정도였고, 찾아오는 사람마다 현금 보따리를 들고 왔다.'라는 폭로가 마약에 취해 떠벌인 거짓말만은 아닌 것 같습니다.

권력욕도 그렇습니다.

자신이 군대 시절 만든 육사 출신 '하나회'를 군사 권력의 중심에 두어 참모총장, 안기부장, 기무사, 수방사 등 핵심 보직에 앉혔습니다. 그들에게 절대 권력을 나눠주어 경쟁심과 충성심으로 보상받았다고 하겠습니다.

기존 정치권에도 사실상의 정치적 자유를 통제하는 강경일변도의 철권 정치를 했었고요.

거기다 '이심전심李心全心'이라는 신조어가 말해 주듯이 정치권에서 처가 입김이 너무 작용했다는 비판으로부터도 자유로울 수 없었지요.

이와는 별도로, 그가 세상을 떠난 지 수년이 지나도록 유택조차 짓지 못하고 있다는 뉴스는, 삶에 대해 많은 것을 생각하게 합니다.

7. 90년대 반기업反企業 이데올로기 시대

1990년대의 10년은 지난 어떠한 10년과도 다른 의미를 지닌 시간이었다.

20세기를 마무리 지음과 동시에 새로운 21세기를 맞아야 하는 것으로, 그것은 새로운 천 년, 이른바 3번째 밀레니엄 해를 준비해야 하는 시점이기도 했다.

호사가들로서는 더없이 좋은 말장난의 놀이터를 만난 셈이 되기도 했다.

종말론자들은 드디어 때가 왔음을 알리며 난리 블루스를 추었다.

일부 걱정거리를 달고 사는 사람이나 악성 컴퓨터 전문가들은 밀레니엄 버그bug로 인해 2000년 0시 비행기가 추락할 수 있다며 겁을 주기도 했다. 즉 컴퓨터의 00년은 1900년인지 2000년인지 구분 못 하므로 오작동을 일으킬 수 있다는 거였다. 일부 여객기 운행사는 아예 그 시각 비행기를 띄우지 않았고, 또 다른 몇몇 비행기회사 대표는 자신이 그 시각 비행기에 탑승하며 안전을 보여 주기도 했다. 아무튼 그 시간은 무사히 지나갔다.

90년대 대한민국은 오랜만에 순수 민간 정부 시대를 맞이한다.

61년 대통령 박정희 시대부터 전두환, 그리고 민선이긴 하지만, 반군반민半軍半民 노태우 정권을 거쳐 완전 민선 대통령 김영삼YS 시대가 열린다.

90년대 초기, 노태우 대통령은 80년대 전두환 정부가 투자한 열매를 따 먹으며 역대 어느 정부보다 조용한 세월을 보낸다. 88올림픽도 그렇고, 10% 안팎의 경제성장도 그랬다.

이어 노태우로부터 바통을 넘겨받아 93년 문민정부라는 YS 정부로 이어진다.

지난 30여 년간 사회를 시끄럽게 했던 '반정부 민주화'라는 이름의 정치적 데모는 거의 사라졌다.

YS의 초기 인기는 그야말로 하늘을 찔렀다. 93%라는 기록적인 인기도였다.

대통령을 놀림감으로 써도 좋다고 해서 나온 풍자 개그 집 『YS는 못 말려』는 한 달 만에 35만 부가 판매되기도 하며 친근한 대통령의 이미지를 쌓아갔다.

내용 중 하나. YS 일행이 뉴욕 방문 중 조지 워싱턴 다리를 건너게 된다. 이정표에 쓰여있는 George Washington Bridge라는 단어를 본 YS,

"오! **거지** 워싱턴 다리구먼."

"각하, 거지 워싱턴이 아니고, 조지 워싱턴입니다. 영어의 G자는 ㄱ 발음이 아니고, ㅈ입니다."

조금 지나 과속을 경계하는 표지판에 'O! My God'라는 글과 함께 차가 뒤집히는 경고판이 나왔다.

"G는 ㅈ 발음이라고 했지? 그렇다면, 오! 마이 **좆**!"

세상살이는 그런데 정치만이 아니다. 국민으로서야 먹고사는 문제가 정치보다 앞섰다.

YS 말기, 나라 살림이 거덜 나 IMF로부터 초고금리의 구제 금융을 받게 되어 국민경제가 말이 아니게 되자, 그의 인기는 절벽으로 떨어져 8.4%를 찍게 된다. 당시 어떤 여론조사에서 '복제되어서 안 될 인물' 1위로 뽑혔고, 비호감 순위에서도 첫째 자리에 선정되기도 했다.

공자님 말씀처럼 정치는 '족식족병足食足兵'이 기본인데, 경제가 무너졌으니 그럴 수밖에 없었다.

아무튼, 문민정부가 들어서게 되자 반정부 민주화 데모가 사라진 대신 민주화 후유증은 경제계와 산업계로 번져 사회는 또 다른 혼란과 갈등에 휩싸이게 된다.

그동안 정치에 억눌렸던 노동계가 '민주화'라는 이름을 걸고 민주 아닌 폭력화 함으로써 계층 간의 갈등이 그 자리를 대신하게 된 것이다.

'누구는 인삼 뿌리 먹고, 누구는 무 뿌리 먹느냐?'였다.

6, 70년대의 경제 발전에 '올인'한 데 이은 80년대 단군 이래 최대

호황을 맞은 덕에 우리나라는 괄목할 만한 양적 경제성장을 이루었다. 그 덕분에 90년대 GNP는 드디어 1만 불을 넘어섰다|94년|. 가난을 벗어나 확실한 발전도상국Developing Country 대열에 합류하게 되었다. 그러자 96년 성급하게 부자나라 모임으로 인식되는 경제협력개발기구 OECD에 가입하게 된다.

곧 발전의 첫 단계인 양적 경제성장을 지나 두 번째 단계인 질적 성장, 공정한 분배를 요구하는 단계에 이른 것이다. 이때부터 빈부격차, 계층 갈등이라는 경제 갈등이 본격화되는 시기에 접어들게 된다.

또 인간은 원래부터 '결과의 평등'을 요구하는 강한 DNA를 갖고 있는 존재다.

노벨 경제학 수상자인 노스Douglas Cecil North[44]는 인류의 전 역사를 24시간으로 치면, 공동생산, 공동 분배 방식의 삶을 살아온 시간이 23시간 57분이라고 말한 바 있다.

이 기간은 대부분 소규모 집단 중심으로 수렵이나 초기 농사가 생활 방편이었고, 절대적 생존 덕목은 평등이었다. 인간보다 큰 덩치의 사냥감을 잡기 위해서는 사냥에 참여한 모두가 일사불란 보조를 맞춰 협동하는 일이었다. 잡은 먹이는 누가 더 갖고 누가 덜 갖는 것이 있을 수 없으며, 공동 수확한 농산물도 마찬가지로 골고루 똑같이 나눈다.

---

44) 1920.11.5~ 2015.11.23 경제사에 관한 연구로 유명한 미국 경제학자이다. 1993년 노벨 경제학상을 로버트 포겔과 함께 수상했다. 노벨위원회는 노스와 포겔이 '경제적·제도적 변화를 설명하기 위해 경제이론과 양적 방법을 적용해 경제사 연구를 새롭게 했다'라고 평가했다. 로널드 코스 및 올리버 E. 윌리엄슨과 함께 1997년 세인트루이스에서 첫 회의를 개최한 ISNIE|International Society for New Institutional Economics|를 세웠다. 그의 연구는 재산권, 거래 비용, 시장의 제도적 기반, 역사적으로 경제 조직 및 개발도상국 경제 발전을 주제로 하였다.

이를 어기게 되면 그 공동체는 불평과 분노로 해체될 수밖에 없기 때문이다.

인간은 결국 아주 오랫동안 평등이 가장 중요하고 절대적인 선으로 살아 온 만큼, 지금의 인간 뇌 속에도 그러한 생각이 고스란히 남아 있다는 것이다.

이렇게 오랜 세월 뇌 깊숙이 쌓여있는 결과의 평등이라는 기억은 시도 때도 없이 고개를 쳐든다.

'우리는 모두가 평등해야 한다. 회장이든 경비원이든 같은 시간 일 했는데, 왜 이렇게 임금에 차이가 나느냐.'며 본능의 목소리를 높이는 거다.

그러다 보니 정치적 관심을 떠나 경제적으로 많이 가진 자에 대한 반감이 커지고, 이것이 쌓이다 보면 물리적 폭력으로 번지게 되는 것이다.

구체적으로 노사 갈등이 일어나고 계층 갈등, 계급 갈등으로 확대 재생산되어 사회에 갈등 이데올로기를 형성하게 되는 것이다.

이 가운데 가장 큰 것이 노사 갈등이다.

문제의 핵심은 기업은 누구 것이냐는 것인데, 그동안은 기업주의 사유재산으로 여겨져 왔다. 이는 어느 개인, 기업, 근로자나 일반인 모두 그렇게 생각하고 자연스럽게 받아들여 왔다.

여기에 반기를 들고 나선 것이다.

대우그룹 본사 건물 건너편 서울역 광장에서는 '우리는 대우 가족이 아니라 대우 가축입니다'라는 현수막을 걸어놓고 노조가 파업을 벌였다. 당시 대우는 그룹이라는 명칭 대신 대우 가족이라는 표현을 사용했다.

중장비 공장이 많은 창원 공단에서는 자기들이 만든 중장비로 자기 회사 담벼락을 허물어뜨리기까지 하는 폭동형 파업 데모가 벌어지기도 했다.

노조 전성시대, '폭력' 노조 전성시대가 시작된 것이다.

노조가 강성화된 배경에는 그동안 억눌렸던 억울함 등이 한꺼번에 폭발한 것으로 풀이된다. 즉 노조 3권인 단결권, 단체교섭권, 단체행동권 가운데 가장 핵심인 단체행동권이 '5·16' 이후 거의 박탈 당했던 데 대한 분노, 내지 보복 차원의 행동으로 풀이된다.

기성세대는 배고픔을 벗어나야 한다는 일념의 성장제일주의에서의 불평등을 웬만하면 그대로 받아들였다. 그러나 그건 옛날 고리짝 이야기라며 거부하는 당시 신세대의 사회 문화적 변화와의 충돌이 크게 작용함으로써 나타나는 현상이기도 했다.

이러한 경제적 불평등에 대한 갈등 또는 거부반응은 경제적 차원을 넘어 각종 기득권, 정치 및 사회 각 분야의 상류 집단에 대한 반감으로 표출되었다.

즉 가진 자에 대한 반감, 가진 자는 악이요, 못 가진 자는 선이라는 이분법적 사고가 팽배해짐으로써 상대적 박탈감 또한 심화하는 결과를 낳게 되었다.

이 시기 한국 경제는 천당과 지옥을 오가는 10년이었다.

국가 경제 성장률은 연평균 7.3%를 기록했는데, 98년 외환위기 때

−5.1% 역성장을 제외하면 8% 안팎의 괜찮은 수준을 유지했었다. 국민소득도 90년 6,608달러에서 94년 꿈같은 1만 달러를 돌파했으나, 외환위기 때 다시 8,297달러로 뒷걸음쳤다. 그러나 그 이듬해 1만 달러 고지에 다시 올랐다.

'외환위기'는 4글자에 지나지 않지만, 그로 인해 대한민국은 죽었다가 살아났으며, 국민 경제생활은 말이 아니었다. 달러 환율은 1달러당 96년 844원에서 98년 1월, 1,995원까지 폭락했다. 30개 대기업 가운데 11개가 사라졌으며, 부도난 중소기업과 실업자는 그 수를 헤아리기 어려웠고, 그로 인한 자살 등 사회는 한마디로 지옥이었다.

외환위기란 글자 그대로 나라에 외환 즉 달러가 없어 국가가 파산 위기default에 처한 위기 상황을 말한다. 기업이 부도를 막기 위해 은행에 돈을 빌리듯, 국가는 IMF에 구제 금융을 요청하는 것이다.

97년 말 당시 우리 국가가 가진 달러라곤 꼴랑 20억 달러 정도. 한 달 버티기는커녕 하루살이도 모자랄 판이었다. IMF에 '돈 좀 빌려주십사.' 하며 요청한 금액은 기껏해야 200억 달러였다. 참고로 2023년 11월 말 현재 외환보유 액|한국은행 발표|은 4,171억 달러다.

우리말로 국제통화기금으로 불리는 IMF|International monetary Fund|는 당시 우리에게 도움을 주는 천사가 아니라 영혼까지 갈아먹는 악마였다.

돈을 빌려주는 대신 간섭이 말이 아니었다. 국내 금리를 왕창 올려라, 환율을 당시 1$ = 800원대에서 1,800원대 이상으로 높여 원화 가치를 폭락시켜라, 부실기업을 무조건 죽여라, 등······.

정부의 무능으로 빚어진 이 돈을 갚기 위해 국민은 장롱 속에 숨겨 두었던 돌반지와 훈장에 박힌 금붙이까지 떼어내어 갚았다. 남의 나라에서는 이를 두고 '한국인의 저력'이라며 놀라움과 칭찬을 쏟아냈으나, 당한 우리로서는 뼈를 깎고 피를 토하는 상태였다.

이러다 보니, 초기 93% 지지율의 대통령 김영삼의 인기는 8%대로 폭락했고, 그가 한 업적이라고는 '국민학교를 초등학교로 명칭을 바꾼 것뿐'이라든가, IMF란 YS의 경제 F 학점 성적표 'I'm F'라는 비아냥이 나오기도 했다.

'경제는 2류, 행정은 3류, 정치는 4류'라는 비판이 나온 것도 95년 YS가 대통령으로서 한창 전성기를 누릴 때였다.

국내 대표 그룹의 어느 회장이 외국에서 열린 관련 모임에서 한 이 말이 전해 지자, YS는 격노했고, 그 회사는 후폭풍에 곤욕을 치른 바 있다.

경제가 깽판 치기 이전, 대한민국 사회는 꽤 좋은 분위기였다.

X세대라 불리는 신세대의 청바지에 배꼽티의 발랄함이 돋보였다. 반면, 싸가지 없는 놈들이나 버르장머리 없는 녀석들이라는 곱지 않은 시선을 받기도 했다. 거기다 돈 많은, 이른바 강남 오렌지족은 사회의 따가운 눈총을 받았다.

이미자와 조용필로 대표되는 뽕짝 시대에 느닷없이 등장한 '서태지와 아이들'의 힙합과 댄스 뮤직이 대중가요계를 휩쓸었다.

우리말과 영어가 뒤범벅된 긴 기사에 춤인지 노래인지 모를 괴상한 몸짓으로 젊은이들을 열광케 했다.

2020년대 BTS 탄생의 토대를 마련해준, 새로운 음악의 장르를 개척한 것으로 평가받을 만했다.

그리고 90년대 나타난 뉴미디어는 기존의 미디어와는 전혀 다른 새로운 개념을 던져줬다. 바로 디지털 방식이다.

기존의 신문과 방송으로 대표되는 올드미디어의 아날로그 방식과는 차원과 운용체계가 전혀 달랐다.

쉽게 비유하자면, 아날로그 시스템이 생각하는 사람이라면 디지털은 그냥 기계다. 기계니만치 생각이 없고, 0 아니면 1이라 중간이 없고, 따라서 이어짐이 없다.

그 기계의 대표주자가 바로 개인용 컴퓨터PC이며, 내용은 이메일E-mail이다.

또 하나, 올드미디어가 일방통행이라면 뉴미디어는 쌍방통행이며, 시차 없이 즉석에서 이루어지는 특징이 있다.

그러다 보니 옛날 매체인 신문, 잡지 등 발행 부수는 1/10 아래로 미끄럼을 탔고, 공중파 방송 시청률도 크게 떨어졌다.

물론 이것도 21세기 들어와 '뉴뉴미디어'에 왕좌 자리를 빼앗겼다.

요약하면, 60~80년대 사회의 반대 이데올로기는 정치적 이념에 의한 것이었으나, 90년대는 경제 문제가 그 자리를 대체한 것이다.

'정치가 밥 먹여주느냐'는 것이다. 아니 밥을 먹여줘야 할 정치가 밥그릇을 부숴버린 꼴이니, 국민이 분노하지 않을 수 없었다는 게 맞는 표현 같다.

민주가 아닌 방임으로 변질된 문민정부의 허점으로 경제는 망가지고 가진 자, 덜 가진 자, 못 가진 자 간의 갈등은 더 커졌다. 그 후유증은 지금까지도 현재진행형이다.

PS. 한국 기업이 이류二流에 머물 수밖에 없는 이유

'우리나라 기업은 지금과 같은 사회현상에서는 결코 일류가 될 수 없다. 기업이 제아무리 날고뛰어도 어쩔 수 없다.'

이러한 푸념 아닌 푸념은 국민과 국가가 그것을 용납하지 않기 때문입니다.

국가 사회를 구성하는 각 조직이 하나같이 반기업적 정서에 매몰되어 있습니다.

앞서 말한 대로 정치는 4류입니다.

기업의 대물림은 부의 공짜 대물림이라며, 징벌적 세금으로 막아 버립니다.

한 세대 이어질 때마다 기업재산 절반이 세금으로 나가는 마당에 무슨 수로 세계적 일류기업이 될 수 있겠습니까.

정치권 하수인 노릇의 사법부도 마찬가지입니다.

영국 BBC는 한국은 사법부가 물 말아 먹는 나라라고 보도하기도 했습니다.

행정부는 고장 난 컴퓨터 CPU보다 못한 컨트롤타워로 기업을 지원하기는커녕 옥죄지 못 해 안달이고요.

대통령기 추락하라고 기도하는 한국 종교계, 그들 스스로 기업화되어 있으면서 기업계를 위한 기도회조차 갖지 않는 현실입니다.

언론이야 말로 반기업 정서에 항상 앞장서서 부채질합니다. 제4부로서

명明보다는 암暗이라는 인상을 벗어나지 못하고 있습니다.

교육단체야말로 반교육 단체입니다. 전교조는 유치원부터 대학까지 자유시장 경제 아닌 전체주의 사고를 주입하는 반기업 정서 교육의 못 된 뿌리입니다.

악질 노동단체는 기업 경영자를 넘어 대한민국 정부 맨 꼭대기에 앉아 무소불위의 반기업 정서 세력을 떨치고 있습니다.

문화계는 인기 드라마나 소설은 하나같이 재벌가 탄생의 비밀 등을 다루며 반기업 정서 확장에 크게 한몫하고 있고요.

기업을 뜯어먹고 사는 적지 않은 시민단체, 태어나지 말았어야 할 귀태鬼胎로 기업 발전을 가로막는 제3의 공적이 된 지 오래입니다.

무엇보다 국민감정이 기업에 반 우호적입니다.

이건 사촌이 논을 사면 배 아파한다는 우리나라의 못 된 유전적 사고와 무관하지 않은 것 같습니다. 역사적으로 항상 가진 자에 대한 분함과 억울함이 쌓인 결과이기도 하고요. 무전유죄 유전무죄라는 사회적 현상이 이러한 국민 정서법을 만드는 데 한몫했다 하겠습니다.

그렇다 하더라도 국가와 사회발전에 가장 큰 공헌을 하면서도 기업이 '억울'하게 욕먹는 이유는 무엇일까요?

그 답은 기업가와 기업인 스스로 찾아야 할 것 같습니다.

한국의 대표 지성 이어령은 여러 세미나에서 이렇게 말한 바 있습니다.

"실크로드를 누가 만들었나? 장사꾼이 개척했다. 장사꾼은 정직하다. 그리고 언제나 도전했다. 국가의 최종 경쟁력은 경제력이다. 그 경제력을 이뤄내는 자는 기업인이다. 그 때문에, 기업인은 존중받아 마땅하다. 대한민국 여권 파워는 세계 제2위다. 이 힘을 누가 뒷받침했나. 기업이다. 기업인이다. 그들은 존중받아 마땅하지만 존경받느냐 아니냐는 그들 행동에 달렸다."

8. 00년대 반미反美 이데올로기 시대

'양키 고 홈Yankee go home'이 없는 유일한 나라 대한민국이다.

2차 세계대전 전후로 해외 미군기지는 20여 개국에 달했고, 필리핀을 포함한 많은 국가에서 미군 철수를 요구하는 거센 항의가 잇달았다.

그러나 적어도 80년대 이전까지 대한민국에서는 그렇지 않았다.

일본 식민지로부터 조국을 해방 시켜준 나라, 6.25 사변에서 공산주의자들로부터 피를 흘리며 나라를 지켜준 고마운 나라, 건국 후에 많은 지원 물자로 우리의 배고픔을 풀어 준 인정 많은 부자 나라, 그리고 자유 민주주의 사상을 심어준 참으로 감사해야 할 나라였으니까.

그러한 대한민국에서 본격적인 '양키 고 홈'이 터져 나온 것이 21세기가 시작하는 2,000년대부터다. 그 먼저 80년대 중반 대구 미문화원 폭파 및 서울 미문화원 점거 사건 등에서 미군 철수 요구가 없었던 건 아니었으나, 전국적 대규모 시위나 조직적 운동은 아니었다. 간헐적

'사건'에서 전반적 '흐름'으로 나타난 반미는 아니었다는 말이다.

2002년 6월 13일, 경기도 양주에서 일어난 '효순이, 미순이' 사건이 빌미가 되어 양키 고 홈 반미 폭력 시위가 전국적으로 퍼져나갔다.

이 사고는 미군 훈련 중 장갑차에 치인 여중생 미순이와 효순이가 숨지게 된 미군의 과실치사 사건이다.

사고 자체는 단순했으나, 이것이 반미 이데올로기 형성에 가장 크고 직접적인 영향을 미친 중요한 이슈화가 됨으로써 조금 더 들여다볼 필요가 있다.

처음 이 사고는 글자 그대로 미군 훈련 중 사고로 보도되었고, 이 이상 확대되지도 문제가 되지도 않았다. 미군 측에서는 소속 부대 참모장이 즉각 유가족을 찾아와 사과와 함께 조의금과 위로금 외에 나중에 각 2억이라는 보상금을 지급하는 등의 조치로 끝을 맺었다.

이후 사고를 낸 병사들에 대한 11월 군사재판에서 두 병사가 무죄판결을 받게 되자, 이에 분노한 지역 학생들이 추모 촛불 집회를 열었고, 이것이 인터넷을 통해 퍼지면서 전국적인 대규모 시위가 벌어지기 시작했다.

사건을 더 크게 벌인 건 북한과 한상렬 목사였다. 어떤 영문인지 북한은 이들 두 여학생을 평양 모란봉 제1중학교 명예 학생으로 등록시킨 다음, 2005년 불법 방북한 한상렬 목사를 통해 명예졸업장까지 수여했다.

귀국한 목사 한상렬은 미군 철수를 강도 높게 주창했고, 인천의 맥아더 동상 철거 투쟁을 벌이는 등 반미투쟁에 앞장서 선동했다.

이것이 기폭제가 되어 우리나라에서도 본격적인 양키 고 홈이 불어 닥친 것이다.

'양키 고 홈'이 무섭게 번진 이유 가운데 하나는, 그 저변에 진보 좌파적 정부의 친북 반미적 사고가 깊게 깔려 있었기 때문으로 풀이할 수 있다.

YS에 이어 정권을 잡은 DJ 김대중과 그에 이은 노무현 정권의 2000년대 10여 년의 대북對北 정책은 그때까지와는 완전히 색깔을 달리하는 것이었다.

대한민국은 건국부터 반공 국가였다. 6·25를 겪으면서 반공 이념은 더 굳어졌고, 5·16 군사혁명 성명서에 '반공을 국시'로 천명한 나라다.

따라서 북한은 주적(主敵)이었고, 쳐부수어야 할 대상이며, 멸공 통일, 북진통일, 무력 통일의 상대였다.

그러나 DJ 정부가 들어서면서, 그러한 북한에 대한 개념 자체가 확 바뀌었다.

북한은 더 이상 주적도 아니고, 없어져야 할 대상도 아니며, 쳐부수어야 할 상대가 아니라, 함께 살아야 할 민족 공동체의 일원으로 변모된 것이다.

이른바 햇볕 정책이 그것이다.

공산이라는 외투를 벗길 수 있는 것은 찬 바람이 아니라 따뜻한 햇볕을 쬐는 것이라는 논리였다.

남북협력기금이나 통일기금, 민간 조직 등을 통해 무조건 북에, 그것도 되도록 많이 '퍼주기'로 한 것이다.

공식적으로 퍼주기에 제약이 있자, 당시 박지원 국정원장을 통해 불법 대북 송금까지 해 주었고, 이것이 들통나 박지원은 교도소 생활까지 했다. 당시 불법 송금액이 30억 달러니 아니니 말이 많았으나, 일단 4.5억 달러는 인정돼 법원으로부터 실형을 선고받은 것이다.

이런저런 우여곡절 끝에 김대중과 김정일 남북 정상은 2000년 평양에서 만나 6·15 남북 평화 공동성명을 발표하게 된다. 이 덕분에 DJ는 한국인 처음으로 노벨상, 노벨 평화상을 수상한다.

분위기가 이렇다 보니, 한국 사회는 온통 평화통일의 환상에 젖어, 통일은 바람이 아닌 현실이 된 것 같은 착각에 빠져 버렸다.

TV 어린이 시간은 물론 유치원에서부터 일반 사회에 이르기까지 온통 '우리의 소원은 통일'로 도배되었다. 대학의 새내기 축제에서도 '꿈에도 소원은 통일이며 이 나라 살리는 통일'이 대세였다.

'통일 환상곡'이었다.

조사기관에 따라 차이는 있었지만, 당시 국민일보의 여론조사를 보면, 국민의 92.1%가 '곧' 통일이 될 것이라고 응답했는데, 10년 안에 될 것이라는 견해가 45%, 그보다는 좀 더 걸릴 것이나 20년 안에라는 응답이 41.9%였다.

또 '통일이 필요한가?'에 관한 재미(?)있는 여론조사 결과도 있는데, 최근인 2023년 통일부의 조사에서는 72.1%가, 서울대 연구소에서는 43.8%만이 '그렇다'라고 응답한 것으로 드러났다.

아무튼, 2,000년대 시작과 함께 불어닥친 통일 열풍으로 어느 날 갑자기 북한은 '적'에서 '친구'가 되었고, 이에 따라 자연히 우리의 친구인 미국이 '고 홈'의 대상이 돼 버린 것이다.

DJ 정부의 바통을 받은 노무현 정부는 아예 대놓고 양키 고 홈을 외쳤다.

대통령 노무현부터 '왜 미국에 노No를 하면 안 됩니까?'를 시작으로 '전시작전권을 우리가 갖겠으니, 미군은 철수하시오.'라며 목소리를 높였다.

그러자 미국이 대답했다.

"세상이 그랬으면 얼마나 좋겠습니까? 세계 최강 군대를 보유한 우리 미국도 혼자서 불가능하므로 NATO라든가, 여러 나라와 군사동맹을 맺고 있습니다."

거기다 노무현은 '젊은이들이 왜 2년씩이나 군대에서 썩어야 하느냐?'며 미군 철수를 넘어 아예 국군의 필요성조차 부인하는 듯한 발언으로 물의를 일으키기도 했다. 그러나 젊은이들은 환호성을 질렀다.

물론 이는 군 복무기간을 단축하자는 뜻으로 한 말이라지만, 국군통수권자인 대통령의 언어로서는 듣기에 참으로 거북했다.

이를 계기로 한국 사회의 운동장은 확실하게 왼편으로 기울어지기 시작했고 세대 간 갈등은 더욱 벌어졌다.

정치권 언어로는 진보, 보수가 보기에는 좌익, 극우의 시각에서는 친북 또는 빨갱이 정권 10년간 반미 이데올로기는 이렇게 스멀스멀 세상에 스며들었다.

좌편향 정치적 반대 이데올로기가 확장되는 과정에서 새로운 미디어 체계인 뉴뉴미디어 등장과 성장이 크게 영향을 미쳤다.

여기서도 뉴미디어에서도 서툰 꼰대 세대와 완전 새로운 뉴뉴미디어에 익숙한 신세대와의 갈등은 더욱 심해졌다.

전두환 정권이 끝나고 그 당시 채워졌던 언론 족쇄는 모두 풀어졌다.

다시 옛날로 돌아간 언론은 삐딱한 시각에서 보면 고삐 풀린 망아지, 좋게 말하면 완전한 언론자유로, 나쁘게 말하면 무책임, 무분별, 무법천지로의 언론방임사회가 되었다.

그동안 '아싸ㅣ비주류 : 아웃사이드ㅣ' 매체였던 '딴지 일보'가 대통령 노무현의 초청으로 청와대에서 단독 기자회견을 갖는 등 '인싸ㅣ주류 : 인사이드ㅣ'로 자리 잡으면서 기존 언론체계의 벽은 허물어졌다.

'딴지'를 창간한 김어준은 이 기세를 몰아 딴지라디오를 통해 '나는 꼼수다'를 방송, 시청자를 끌어모았고, 서울시가 운영하는 교통방송 TBS에서 '뉴스 공장' DJ로 일하면서 제3지대언론의 맹주가 되었다.

뉴스 공장에서 그는 씨바, 졸라 등 비속어를 그냥 일상용어로 사용하는가 하면 선동, 비방, 좌익, 가짜뉴스를 거침없이 쏟아냈다. 마구잡이 자극적인 사이다 방송에 시청자가 폭발하자, 좌파 정치인들은 이 프로그램에 출연하지 못해 안달이 났고, TBS에서 쫓겨나 그만둔 뒤에도 개인 유튜브 방송을 개설, 좌파 방송을 이끌며 좌파 정치세력의 중심축을 이루고 있다.

2023년, 저 유명한 '청담동 술자리 가짜뉴스'도 딴지를 통해 터무니없이 재생산, 사회문제가 되었으며, 이 파문은 지금까지도 현재진행형이다.

거기다 누구도 간섭하기 힘든 뉴뉴미디어가, 올드미디어를 쫓아내고, 자리를 차지한 뉴미디어를 밀어내고, 새로운 미디어 세력으로 등장함으로써 언론은 지금까지와는 전혀 다른 체계를 구축하게 된다.

뉴뉴미디어라는 용어는 미국 뉴욕의 포드햄대학교 커뮤니케이션 학과 교수 폴 레빈슨Paul Levinson[45])이 2009년 펴낸 저서 『뉴뉴미디어』라는 책에서 제시한 새로운 용어다.

미디어 진화론적 관점에서 다룬 뉴뉴미디어란 21세기 들어 팽창하기 시작한 사회관계망 이른바 SNS|Social Networking Service| 미디어라고 개념을 정의한다.

대표적인 것으로 블로그, 유튜브, 페이스북, 트위터|현 엑스 X| 등을 들었는데, 한국의 카톡이나 중국의 틱톡도 이에 해당한다.

공공 미디어가 아닌 이러한 개인 미디어는 정부나 사회 또는 개인이 통제할 수 있는 범위를 넘어 '통제 불능'에 가깝다는 게 문제다.

언론통제가 극심한 중국에서조차 1억 2천만 명의 개인 방송이 있을 정도로 통제 밖 개인 미디어는 21세기 세계적 추세이자 골칫거리이기도 하다.

우리나라의 경우, 이러한 통제 불능 소셜 미디어가 사회의 반대 이데올로기 형성에 크게 영향을 미치기 시작한 것이 바로 2000년대 들어서라는 얘기다.

DJ와 노무현의 10년간 좌파적 친북적 정치 이데올로기로 인해 남북

---

45) 1947.3.25~ 미국의 미디어 이론가, 소설가, 싱어송라이터, 단편 소설가. 현재 뉴욕 포드햄대학교의 커뮤니케이션 및 미디어학 교수로 재직. 소설, 단편소설, 논픽션 작품은 16개 언어로 번역되었고, 그는 뉴스 기사에 자주 인용되며 주요 뉴스 매체의 객원 해설자로 등장한다.

관계는 겉으로는 아주 평화로웠다. 그것이 돈을 주고 산 가짜 평화 일지라도 말이다.

반면, 100년 우방 미국과는 아주 껄끄러운 관계를 피할 수 없게 되었다.

정치판에서의 이념 문제는 그렇다 치고, 서민들의 생활은 예나 지금이나 먹고사는 문제가 최우선 관심사라 이념 문제가 두드러지게 이슈화되지는 않았다.

IMF 당시 8,083달러로 쪼그라들었던 GDP는 2000년 11,946달러를 회복했고, 2006년 대망의 20,000달러를 돌파한 뒤, 2007년 23,000달러를 기록, 연평균 8% 안팎의 높은 성장률을 이어갔다.

그러다 2008년 리먼 사태로 불리는 미국발 금융위기로 2009년 다시 18,338달러로 고꾸라지고, 원화 환율은 다시 1,800원대로 치솟기도 했다. IMF 위기 이후 10년 만에 우리는 미국 발 금융위기로 또 한차례 곤욕을 치렀다.

새로운 21세기를 시작한 한국의 2000년대 시작 10년은 2009년 대통령 노무현의 자살로 마무리된다.

건국 후 대통령 첫 자살 사건이다.

고졸 출신 인권변호사를 거쳐 대통령이 된 노무현의 성공 신화는 서민과 젊은 층에 신선한 충격으로 다가왔었다. 그러나 임기 후반, 가족과 측근의 돈에 얽힌 비리로 그 자신도 검찰에 소환당하면서 '진보 = 청렴'이라는 공식이 허무하게 깨짐과 동시에 그는 스스로 목숨을 끊은 것이다.

이때 언론보도도 잠깐 시비가 된 적 있다.

그가 스스로 극단적 선택을 하자, 신문 방송은 '노무현 자살'로 첫 보도를 냈다. 그런데 두 번째부터는 '자살'이 '서거'로 바뀌어 나갔다. 서거逝去는 저명인사의 죽음을 표하는 높임말이다.

그가 대통령을 지냈기는 했으나 스스로 목숨을 끊은 것인데, 이를 두고 '자살' 아닌 '서거'라는 용어가 옳으냐 하는 것이었는데, 사자死者에 대한 예우 차원에서 더 이상 왈가불가하지는 않았다.

그는 유언에서 '너무 많은 사람에게 신세를 졌다. (중략) 앞으로 받을 고통도 헤아릴 수가 없다. 여생도 남에게 짐이 될 일밖에 없다. (하략)' 라고 썼다.

극단적 선택을 하기 며칠 전 그는 검찰에 불려 가 이른바 박연차 게이트에 관해 10시간 넘게 조사를 받았다. 부인이 받은 돈, 상품권 등 25억 원 상당의 돈과 억대 손목시계 및 외화 500만 달러에 관한 것이었다.

일주일 뒤 다시 검찰에 나가기로 되어있던 그는 유언에 남긴 것처럼 스스로에 대한 부끄러움, 자괴감, 수치심, 치욕을 못 견디고 극단적 선택을 한 것이다.

검찰은 당사자가 죽음으로서 사건은 '공소권 없음'으로 처리되었다.

공소권 없음은 무죄가 아니다. 단지 당사자가 사라짐으로 그에 대한 죄를 물을 수 없을 뿐을 의미한다.

이후 그의 자살은 갑자기 거룩한 죽음인 서거로 바뀌었고, '범죄혐의는 모두 덮여버리거나 없어져' 버렸다. 대신 오직 민주주의 지도자로서, 적어도 민주당과 그 지지자들 사이에서는 지금까지도, 최고로 존경받는 대상으로 바뀌었다.

개인적으로 볼 때, 그는 '죽음 = 명예 회복'이라는 공식을 가장 효율적으로 활용, 아니면 악용한 셈이다.

노무현 사건은 그렇다 하고, 요약해 보면, 이 기간 10년은 한국 사회에 친북과 함께 반미이념의 뿌리를 깊게 심어준 시간이었다.

동시에, 신구 세대 간 갈등이 증폭된 시간이기도 했다.

PS. 나는 공산당이 싫어요

68년 강원도 울진 삼척 무장 공비 침투 사건에서 발생한, 당시 10살 이승복의 '나는 공산당이 싫어요' 사건이 노무현 정권에서 새삼 재조명되었습니다.

왜냐하면, 사건 발생 41년이 지난 2009년 '나는 공산당이 싫어요'가 진짜다, 조작이다를 두고 법정 공방이 대법원판결로 마무리되었기 때문입니다.

사건을 요약하면 이렇습니다.

3인조 무장 침투 간첩 일당은 68년 12월 9일 밤 이승복의 집에 들어와 '밥을 지어달라' 했고, 이 군 모친은 쌀이 없어 대신 옥수수를 삶아줬습니다.

이어 간첩 일당은 이들 가족을 안방에 몰아넣고 북한 체제를 선전하며 이날 생일을 맞은 10살짜리 꼬마 이승복에게 "남조선이 좋으냐 북조선이 좋으냐? 물었고, 이에 이 군은 '나는 공산당이 싫어요'라고 대답했습니다.

이에 화가 난 간첩 일당은 이 군을 포함한 삼 남매와 모친을 집 뒷산으로 끌고 가 아주 무참하게 살육합니다. 발견된 이승복의 시신은 오른쪽 입술 끝부터 귀밑까지 찢어진 상태였고, 뺨과 귀 근처에 심한 상처가 있었습니다. 승복의 다섯 살 위 형은 36곳을 칼에 찔렸으나 구사일생 죽음 문턱에서 살아남아 나중에 이 사실을 알린 것이지요. 그의 부친은 이웃집 이사를 돕다 귀가 후 간첩들에게 잡혀 다리에 칼을 맞았으나 용케 예비군 초소까지 달아나 신고했습니다.

이러한 내용은 그해 12월 11일 자 조선일보의 강인원, 송종헌 2명의 기자에 의해 특종 보도되었습니다.

이후 이승복 어린이는 북한의 반인륜과 잔악성을 알리는 반공의 표본이 되었고, 전국의 많은 초등학교에 그의 동상이 건립되었습니다.

사건 발생 25년이 지난 92년 계간 저널리즘의 김종배는 '나는 공산당이 싫어요'는 조작된 허위 기사라며 비판하고 나섰습니다. 조선일보 기자들은 현장에 가지 못하고 도중에 앉아 공상 소설을 썼다고 주장한 것이지요. 당시 저널리즘 편집인이 한국일보 기자 출신 김주언으로 사실상 이 기사는 그의 작품인 셈입니다.

5공 때 언론보도 지침 폭로로 당시 반 정부 진보 세력권에서 주가를 높인 장본인 김주언은 98년 부산역 광장에서 저널리즘에 실은 기사를 갖고 '오보 전시회'를 열기도 했습니다. 이어서 「미디어 오늘」과 월간 「말」 등에서 조선일보 기사는 작문이라는 주장을 계속 펼쳐갔고, MBC PD 수첩도 「오보 그 진실을 밝히다」에서 가짜에 힘을 보탰습니다. 이 와중에 경남대 어느 사회학 교수는 '이승복 동상은 없어져야 한다'라며 철폐를 역설했고, 이에 동조한 교육 당국에 의해 각 초등학교에 서 있던 이승복 동상의 70% 이상이 사라지기도 했습니다.

이에 조선일보는 98년 11월 김종배와 김주언을 상대로 '명예훼손' 혐의로 민·형사소송을 제기했습니다. 소송은 10년이 넘는 지루한 공방을 거쳐

2009년 12월 대법원 최종 판결로 끝이 났습니다.

결론은 '조선일보 기사는 사실이다.'라는 것. 그래서 김주언은 민·형사 소송에서 모두 패소했습니다. 민사에서는 벌금을, 형사에서는 징역형에 집행유예를 각각 선고받았지요. 김종배는 사실을 왜곡 보도한 것은 맞지만 의혹성 보도는 언론자유 범위 안에서 용인될 수 있는 정도라고 봐 무죄가 선고되었고요.

명백한 사안을 두고 당시의 정치권 이데올로기에 따라 사실이 거짓이 되고 거짓이 참이 되는 서글픈 현상 중 하나의 사례라 하겠습니다.

9. 10년 ~ 20년대 현재 총체적 반대 이데올로기 시대

2010년 이후 2020년대 중반인 지금까지 대한민국 사회는 아마도 건국 이래 가장 치열한 이념전쟁으로 두 동강 난 사회라는 데 별 이의가 없을 것 같다.

좁게는 친북 대 반북, 넓게는 반자유주의 이념과 반공산주의 이데올로기와의 전쟁터다.

대통령 노무현의 시간이 지나고, 정권은 이명박 – 박근혜 – 문재인 – 윤석열로 이어졌다.

준비된 경제 대통령을 내세운 보수정당 이명박이 대통령에 당선, 취임했다.

'작은 정부 큰 시장'이라는 기치 아래 시장 자유 경제 제일주의를 표방하며 힘껏 내달았으나 경제 상황은 녹록하지 못했다. 취임하자 맞닥뜨린 미국 리먼 사태라는 악재에 임기 시작 첫 해 3.0%였던 성장률이 이듬해는 0.8%로 급락하는 등 임기 내내 고전을 면치 못했다.

국민총생산 1인당 GNP도 이명박 정부 첫해인 2008년 21,350달러에서 이듬해 19,143달러로 떨어진 뒤 임기 말기에야 25,466달러를 기록하는 등 연평균 23,300선에 머무는 등 좀처럼 활기를 되찾지 못했다.

10%를 넘나들던 초고속 경제성장은 옛말이고, 7% 성장도 지난 얘기며, 5% 이하 저성장이 대세가 된 시점이었다. 이명박 5년은 노무현 정권 시 4.7%에도 못 미치는 연평균 3.3%의 성장세를 기록했다. 이어 박근혜 3.0%, 문재인은 2%대로 추락 2.3%를 기록하는 등 계속 하향 곡선을 나타냈다.

거기다 두 차례 연이어 쥐었던 정권을 빼앗긴 민주당 등 진보세력은 이명박 죽이기에 죽기 살기로 덤벼들었다.

미국산 쇠고기 수입을 첫 번째 타깃으로 삼았다.

이른바 광우병 사태 파동이다.

이때 등장한 신조어가 '뇌 송송, 구멍 탁'과 '명박 산성'이다.

'뇌 송송'은 영화 '파 송송 계란 탁'을 패러디한 것으로, 미국 소를 먹으면 인간 광우병에 걸려 뇌에 구멍이 송송 나서 탁하고 쓰러진다는 것.

특히 이 노래는 개그우먼 김미화와 탤런트 김민선이 앞장서 선동하고 나섰는데, 그들은 '미국 소를 먹느니 차라리 청산가리를 먹겠다' 라며 난리를 쳤고, 어린 중학생들은 '나는 15살, 지금 죽고 싶지 않아요' 라며 울먹이기도 했다.

생명공학과 어느 교수는 '광우병 소를 먹어도 괜찮다.'라는 말은 무식無識의 소치所致라고 강변强辯하며, 지금 당장은 아닐지라도 10~20년 지나면 다 죽는다며 공포를 조장하기도 했다.

사건의 발단은 이명박 정부가 들어서면서 미국으로부터 소고기 수입 협상을 타결하자, 반격의 때를 기다리던 야권 좌파는 '반미' 운동의 계기로 삼아 루머를 퍼트리기 시작했다.

때맞춰 MBC-TV는 인기 프로그램 PD수첩을 통해 소가 쓰러지는 장면을 보도하면서 괴담과 공포 궤변을 늘어놓으며 이를 부채질했다.

이에 자극받은 학생들이 광화문에 모여 대규모 '촛불 집회'를 벌였고, 선동전문가 집단인 야권의 부추김으로 집회는 걷잡을 수 없는 악화 일로를 달렸다.

당국은 질서 유지를 위해 경찰차로 방벽을 쌓아 충돌을 막으려 하자, 이를 '명박 산성'이라며 명박 아웃을 외쳤다.

당시 대통령 인기도는 10%대로 떨어지기도 했으며, 3개월 넘게 지속된 촛불 집회로 인한 사회적 피해를 한국경제연구원은 3조 7천억 원으로 추산했다.

그런데 그때나 25년도 더 지난 지금이나 미국산 쇠고기를 먹고 죽은 사람은 단 한 명도 없다. 미국에서도 대한민국에서도.

집권 초 광우병 파동에 시달린 이명박 정부는 그 뒤 4대강 물길 및 제방 공사에 올인|All-in|한다.

한강, 낙동강, 금강, 영산강 등 서울에서 영호남을 잇는 모든 강에 댐과 보, 저수지를 만들어 생태계 복원과 가뭄 및 홍수 예방에 활용한다는 것으로, 임기 내내 공사를 강행했다. 야당은 계획부터 공사가 마무리될 때까지 반대함으로써 정쟁의 제물이 되기도 했다.

이어 2013년 집권한 대통령 박근혜는 임기 5년을 다 채우지도 못하고 탄핵을 당해 물러난 첫 번째 대통령이 됐다.

그는 건국 후 첫 여성 대통령이자 첫 부녀 대통령이라는 영광과 함께 탄핵이라는 불명예를 함께 안은 대통령으로 기록됐다.

그는 그동안의 국가 중심 발전 모델에서 벗어나 국민 행복에 초점을 맞춘 국정운영을 기본으로 출발했다. 행복한 국민, 행복한 한반도, 지구촌 행복 시대를 추구했으나 시작부터 삐끗했다.

나중에 권력 비리 게이트로 번진 개인 박근혜의 친구이자, 멘토인 최순실이 문제가 되었다. 여기에 더해서 취임 1년 뒤 터진 이른바 '세월호' 사건이다.

박근혜 정부는 최순실과 세월호로 시작해서 세월호로 끝났다고 해도 과언이 아닐 정도로 4년간 허송세월 속에 침몰했다.

두 사건은 사실 단순하다.

국가대표 승마선수인 최순실의 딸 정유라가 값비싼 말을 삼성그룹으로부터 제공받은 게 문제가 된 것이다. 이 과정에서 박근혜가 대통령이라는 직권을 남용, 삼성에 압력을 행사했고, 삼성은 이를 로비로 활용했다는 것이 최순실 게이트의 핵심이다.

나아가 최순실은 비선 실세로 여러 가지 국정에 개입, 국정을 농단했다며 범야권이 들고 일어나, 결국은 대통령 박근혜를 탄핵까지 끌고 간 사건이다.

이 말馬은 당시 추정가 7억, 나중에 국고로 압수되어 경매에 넘겨질 때 평가액은 1억 2,500만 원, 최종 낙찰가는 7,300만 원으로 이름은 라우싱.

결국, 라우싱이라는 이름을 가진 이 명마名馬 한 마리가 대통령을 자리에서 끌어 내리고, 한국 최고의 기업 총수를 교도소로 보낸, 이들에게는 명마 아닌 악마惡馬가 된 꼴이다.

세월호는 더 단순한 사건 사고다. 초대형 해상 교통 참사 사고다.

고교 수학여행 학생 325명을 포함 476명을 태운 대형 여객선이 인천을 떠나 제주도로 가던 중 진도 인근에서 침몰, 304명이 사망 또는 실종되는 인명피해가 발생한다.

이를 두고 '반대를 위해 태어난' 극렬 데모꾼과 야권은 '계획된 고의사고'라는 어처구니없는 주장을 제기했고, 이에 동조한 학생과 시민들이 '사건의 진상을 밝혀라.'라고 하며 대규모 촛불 집회를 벌였다.

합동수사본부는 침몰 원인을 과적, 선체 불량, 운전미숙이 원인이라는 수사 결과를 발표했다. 그러나 진상규명 촉구가 계속됐고, 정부는 '세월호 관련 특별법'을 만들어서까지 몇 차례 더 수사했으나 결론은 마찬가지였다. 하지만 그들은 끝도 없이 '진상규명'을 반복하며 집회를 이어갔다.

이 와중에 악성루머는 끝도 없이 퍼져 나갔다. 대표적인 것이 사고 당시 대통령 박근혜는 청와대에서 '연하의 남친'과 사랑놀이에 빠져 현장을 외면했다는 것 등으로 차마 입에 올릴 수 없는 허황한 조작 뉴스가 쏟아졌다.

배가 침몰하는 순간 승객을 외면하고 먼저 달아난 선장 이준석은 최종 대법원에서 무기징역형을 선고받아 현재 복역 중이다.

그러나 이 와중에서도 2006년 국민 1인당 GNP는 꿈의 목표였던 3만 달러 코앞인 2만 9,289달러를 이뤄냈으나 빛이 바랬다.

대통령 박근혜는 결국 2006년 12월, 국회에서 대통령 탄핵소추안이 의결되었고, 이어 2007년 3월 대법원도 탄핵을 결정, 그는 청와대에서 쫓겨나 교도소의 죄수로 수감 되었다.

당시 국회는 여당 숫자가 압도적이었으나 김무성, 유승민 등 62명의 배신자가 탄핵에 앞장서는 블랙코미디를 연출하였다. 그들은 소속 정당에 등을 돌렸고, 당 대표에게 칼날을 꽂았으며, 국민과 국가의 존엄성을 배신하고 짓밟았다.

대법원판결에서도 보수성향의 대법관이 없지 않았으나 결과는 전원일치 판정으로 탄핵 되었다.

한마디로 대통령 박근혜는 좌익 세력의 촛불에 타버렸다.

좀 더 구체적으로 들어가 본다.

박근혜에 대한 탄핵안이 국회에서 발의되자, 광화문광장은 촛불 광장이 되었다.

청소년을 중심으로 한 젊은이들이 삼삼오오 손에 촛불을 들고나와 '박근혜 탄핵'을 외쳤다. 해외에 나가 있는 젊은 부부들은 한국에 있는 부모에게 전화를 걸어 촛불 데모에 동참할 것을 주문하기도 했다.

'박근혜의 잘못이 없는 건 아니나, 그것이 탄핵당해야 할 만큼 큰 과오過誤는 아니'라는 구세대 부모와 촛불 만세를 주장하는 신세대가 국제전화로 입씨름을 벌이는 경우도 허다했다.

젊은 세대의 촛불시위에 맞서 꼰대 세대는 태극기를 들고 '박근혜 탄핵 반대'를 외치며 시청 앞 광장에 모여들었다. 광화문 사거리를 중심으로 북쪽은 촛불로, 남쪽은 태극기로 세대 간 대결이 이어졌다.

국회에서 탄핵안이 통과되자, 광화문광장, 시청광장, 서울역 광장, 종로 일대 등 서울 중심가는 온통 태극기로 덮여버렸다.

이어 헌법재판소가 '대통령 박근혜를 탄핵한다.'라고 판결하자, 서울의 주말은 아예 태극기 부대로 인산인해를 이뤘다. 글자 그대로 사람으로 산을 이루고 바다를 메웠다.

SNS 위키백과의 통계에 따르면, 2016년 11월 12일부터 2017년 4월 8일까지 '박근혜 탄핵 반대' 시위에 참여한 누적 연인원은 주최 측 추산 4천355만 1천 명이다.

이러한 많은 국민의 울부짖음과 몸부림 속에서도 대통령 박근혜는 결국 영어의 몸이 되었다. 결국 전두환, 노태우, 이명박, 박근혜까지 보수 대통령 4명이 모두 교도소 생활을 하게 되는, 불행이 이어진 슬프고 아픈 역사를 기록하게 된다.

이후 2017년, 문재인 정권이 들어서면서 대한민국은 그때까지의 대한민국이 아니었다.

대한민국은 '온전히' 갈등 공화국이 된 것이다.

모든 게 두 동강 난 갈등의 연속이었다.

문재인이 출범부터 끝날 때까지 국민을 갈라치기 한 결과였다.

좌파들의 허무맹랑한 주장과 난동에 가까운 시위, 그들의 꾐에 휩쓸린 무기력한 국민에 의해 '촛불로 박근혜는 타버렸고, 그 촛불로 더불어민주당 문재인이 대통령에 오르게 된 것이다.'

공산주의자 빨갱이, 북의 간첩이 자유대한민국 대통령이 되었으니, 온 나라가 시끄러워질 수밖에 없었다.

대통령 문재인은 공산주의자라고 대법원이 판결했다.

'문재인은 빨갱이다'에 대한 시비는 진작부터 설전이 돼 왔으나, 법적으로 소송이 붙은 건 공안검사 출신 변호사 고영주가 2013년 1월 한 공식 석상에서 '문재인은 공산주의자로 대통령이 되면, 우리나라가 적화되는 건 시간문제'라고 말한 것이 발단이다.

이에 문재인 측은 명예를 훼손했다며 1억 원의 손해배상까지 곁들인 민·형사소송을 제기했다.

1, 2심은 각각 이를 인정, 위자료 3천만 원, 1천만 원을 지급하라고 판결했고, 상고심 대법원은 이를 모두 무죄로 판단, 사건을 고법으로 되돌려 보냈다. |22. 9. 16|

이유는 '공산주의라는 표현이 북한과 연관 지어 사용되더라도 대한민국의 자유 민주주의적 기본질서를 위협할 수 있는 다른 구체적인 사항에 대한 언급이 없는 이상, 그 사람의 명예를 훼손할 만한 구체적 사실의 적시라고 쉽사리 단정할 수 없다'라는 것.

그리고 이러한 주장은 '표현의 자유' 한계를 일탈했다고 평가하는 것은 타당하지 않다고 판시했다.

좋은 말로 진보, 좌파가 잡고 있던 당시 대법원이 이렇게 판결한 것은 자신들의 수장이 빨갱이임을 자랑스럽게 생각한 결과인지 모르나, 하여간 사법부가 그렇다고 '땅! 땅! 땅!' 두드렸다.

이후 2023년 1월 대법원은 최종 무죄판결을 확정했다.

한마디로 '문재인 = 공산주의자'라는 것이다.

또 대법원은 대통령 문재인이 간첩임을 인정했다.

목사 전광훈은 2019년 12월 광화문광장에서 열린 대중집회 기도회에서 '문재인은 간첩, 대통령이 대한민국의 공산화를 시도했다.'라고 발언해, 역시 명예훼손 혐의로 기소되었다.

1, 2심 모두 무죄로 판단했으나, 문 측이 상고, 대법원까지 갔으나, 대법원은 최종 무죄를 선고했다. |2022. 3. 17|

빨갱이 공산주의자와 같은 이유에서다.

결국, '문재인 = 빨갱이, 공산주의자 = 간첩'임을 대법원이 공식화한 것이다.

빨갱이 대통령이다 보니 국가 정책은 하나부터 열까지가 전부 '북한을 위한 북한에 의한 북한 정부'나 다름없었다.

단적인 예 한 가지를 본다.

탈북자 단체가 북한에 풍선을 띄워 전단을 살포했다. 풍선에는 1달러 미국 지폐와 남북한 정치 경제 사회를 비교한 내용을 잔뜩 실어 보냈다.

북한 김여정이 이에 '전단 금지법을 만들어라.'라며 반발하자, 4시간만에 제꺼덕 일명 '김여정 하명법'인 '대북 전단 금지법을 만들겠다'라고 보고하고, 속전속결로 이를 시행했다.

그러나 2023년 대법원과 헌법재판소는 이 법을 위헌으로 판결했다.

대통령 문재인은 이렇게 이념 문제부터 손댔다.

북한을 '적'에서 완전히 제외했다.

북은 적이 아니라 간첩 문재인에게는 상전이었다. 집권 내내 그랬다.

북이 가장 두려워한 우리 정부의 군인은 국방부 장관과 국가안보실장을 역임한 김관진이었다. 북은 그를 총검술과 사격 타깃으로 만들어 군사훈련을 했을 정도였는데, 문 정부는 '적폐 청산의 본보기'라며 그에게 정치 관여 혐의를 씌워 재판에 넘겼고 옥살이를 시켰다.

북에서 자유를 찾아 탈출한 국민을 북측의 '북송하라'는 한마디에 사지死地로 되돌려보냈고, 우리나라 해양수산부 공무원이 어업지도 활동 중 바다에 빠진 것을 북이 사살 후 화형에 처한 것을 두고 '자진 월북'으로 사건을 조작했다.

더 굴욕적인 것은, 이른바 남북 평화협정으로 불리는 2018년의 '9·9 군사 분야 합의서'다.

긴 내용은 생략하고 간단히 말하면, '남측은 무장해제하고, 북측은 핵무장을 포함한 모든 군사 활동을 자유롭게 한다.'라는 것이다.

정부가 이렇게 나오자, 남쪽의 빨갱이 집단은 살판이 났다.

백두칭송위원회라는 집단은 대낮 서울 광화문광장에서 '위인 맞이 환영단' 결성대회를 열고, '김정은 위원장 서울방문 환영 예행연습'을 펼치기까지 했다.

경찰의 보호 아래 집회를 마친 이들은 '김정은 - 문재인'을 연호하며 광화문 일대를 행진하기도…….

'피가 거꾸로 솟는다. 평양 가서 살아봐라.'

보수의 말은 허공에 맴돌 뿐이었다.

이렇게까지 벌거벗고 북에 맹종하며 굴종의 아부를 떨었음에도 그들한테서는 '머저리' '삶은 소 대가리'라는 비아냥을 들었고, 그것조차도 'ㅈ 같은 평화가 전쟁보다는 낫다'라며 북의 2중대임을 자랑스럽게 떠들었다.

문재인 정부는 이러한 반자유주의 친공산주의 이념을 강조 강화하는 한편, 경제정책도 자유시장 경제원칙이 아닌 전체주의 사회주의 이념에 바탕을 두었다.

그동안 듣도 보도 못한 '듣보잡' 같은 '소득 주도 성장론|소주성|'이란 걸 들고나와 나라 경제를 망치고 서민 삶을 더 팍팍하게 만들었다.

'소주성'이란 소득 증가 – 소비 증가 – 기업이윤 증가 – 고용 확대 – 소득 증가를 통해 국가 경제가 성장한다는 가설이다.

마르크스의 영향을 받은 케인스John Maynard Keynes[46] 이론의 한 줄기로, 성장보다 분배에 중점을 둔 '임금 주도 성장론'이 핵심이다.

이에 따라 무작정 최저임금을 올렸다. 집권 전해인 16년 시간당 6,030원이던 것이 22년 집권 말기에는 9,160원이 되었다. 무려 52%나 급상승했다. 어느 해에는 전년 대비 무려 16.4% 올리기도 했다.

OECD 국가 중 같은 기간 임금 상승률을 보면 미국, 영국, 독일, 프랑스, 일본 등은 최저 0%에서 최고 26%였으며, 22년 기준 중위 임금

---

46) 1883.6.5 ~ 1946.4.21 영국의 경제학자. 저서 『고용 · 이자 및 화폐의 일반이론』에서 완전고용을 실현·유지하기 위해서는 자유방임주의가 아닌 정부의 보완책|공공지출|이 필요하다고 주장하였다. 이 이론에 입각한 사상의 개혁을 케인스 혁명이라고 한다.

대비 최저임금 수준은 우리나라가 62.2%로 미국 28%, 일본 46.2%에 비해 월등히 높았다.

최저임금의 급상승에 중소기업과 자영업자는 한마디로 죽을 맛이었다. 정부는 중소기업에 임금을 보조해 주거나 저소득층에 기본소득이라는 이름으로 마구잡이로 퍼주기를 마다하지 않았다.

국고가 없는 마당에 문재인 정부는 이 돈을 빚내 쏟아부었다. 그 결과 임기 5년간 늘어난 국가 채무는 410.1조를 기록, 전임 박근혜, 이명박, 노무현 3개 정부를 합친 채무 517조와 맞먹을 정도의 천문학적 빚더미 국가를 만들어 놓았다. 참고로 2017년도 국가 총예산은 400조 5천억이었다.

그럼에도, 생산 없는 성장 '소주성'의 한계가 드러나 상·하위 20% 간 소득격차는 그동안 대체로 4배 정도를 유지하던 것이 6배 넘게 벌어져 경제적 양극화는 더 심해졌다.

생산성 향상 없이 인위적으로 소득만 올리면 경제가 성장한다는 발상은 어느 경제학 교과서에도 없는 허구이자 사기다.|남일성. 서강대 교수|

소득은 생산의 결과물로 기업 생산이 증가 - 국가 경제가 성장 - 국민경제가 향상 - 국민소득이 늘어나는 것은 지극히 상식적임에도 이를 무시한 거다.

한마디로 '다 같이 잘 먹고 잘사는 경제정책'이라며 내세운 소주성 정책은 결과적으로 '다 같이 못 먹고 못살자.'는 정책이 된 꼴이다.

그런데 인간 DNA에는 1만 년 전 호모 사피엔스 시절부터 있어 온 '절대적 평등'과 공짜에 대한 열망과 욕구가 지금껏 내려오고 있다는 게 학자들의 말이다.

인간의 이러한 욕구를 경제학자 공병우는 원초적 좌파적 사고라고 정의한다.

좌파적 정치 패거리들은 이를 정책으로 악용, 뭐든 공짜로 주겠다며 선동해 표를 끌어모으고 집단적 행동으로까지 유도하는 데 아주 뛰어난 집단들이다.

우리나라 좌파 정당도 이러한 재주는 타의 추종을 불허할 정도로 특출한데, 그 가운데 문재인 정부는 단연 압도적이었다는 평가를 받기에 충분했다.

달콤한 말로 공짜 표 정책을 내세워 집권하고 공짜 정책을 폈으나 실적이 따르지 않자, 아니 따를 수 없는 짓거리만 하다 보니, 국민 생활은 말이 아니게 엉망이 되었다.

그 가운데 가장 문제가 된 것이 주택정책이었다.

주택은 사람이 살아가는 데 절대 필요한 '의식주' 가운데 하나로, 가정이 편안하고 이러한 가정이 모인 안정되고 안전한 사회를 이루는 데 기본 중 기본이라 할 수 있다.

이러한 주택정책조차도 절대적 평등을 추구한다며 부자에게 징벌적 과세를 부과하는 등 기간 중 28번의 규제 일변도 정책을 집값 안정화 대책이라며 내놓았다. 법을 제정한 당사자조차 기억하지 못할 28차례 핀셋 규제 정책의 결과는 허무했다. 안정화 정책은 거꾸로 집값 폭등 정책으로 끝나고 말았다.

집값 부추기기 정책이 됨으로써 '영끌족'을 양산하고, 피폐한 젊은

이들을 더욱 고달프게 만들었다. '영끌족'이란 돈을 빌리기 위해 영혼까지 끌어다 담보로 맡긴다는 자조自嘲를 뜻하는 신조어다.

거기다 94차례에 걸친 통계 조작으로 실제 서민의 삶과 국가 통계는 따로국밥이 돼 버렸다.

정부 불신을 자초했다.

문재인 정부는 전임 두 차례 정권의 모든 정책은 청산되어야 할 적폐라며 입만 열면 '적폐 청산'으로 그들을 비난했다. 그들이 그토록 맹비난했던 5공 시절 '땡전' 뉴스는 저리가라였다.

그런 한편 그들은 새로운 적폐 쌓기에 몰두했다.

정체성을 상실한 종북從北 정책, 죽창가, 무조건 반일이 무조건 애국이라는 대일對日 적대 정책, '소주성'이라는 폭망한 경제정책, '내로남불'이라는 갈라치기, 그리고 그들만의 리그, 권력남용과 호의호식. 언젠가 밝혀져야겠지만, 영부인 김정숙이 대통령 전용기를 혼자 타고, 인도 타지마할을 관광 다니면서도 떳떳하다는 철면피한 군상들의 집단이었다.

훗날 역사가들에 의해 '한국 정부 수립 70여 년 이래 최악의 실패한 정부'라는 꼬리표와 함께 대통령 문재인은 조선조 선조만큼이나 최악의 지도자라는 비난을 면하지 못할 것이라는 게 일부 학자들만의 평가가 아닐 것으로 여겨진다.

이러한 새로운 적폐 가운데 가장 나쁜 것이 내로남불에 의한 갈라치기라 하겠다. '내가 하면 로맨스요, 남이 하면 불륜'이라는 이 신조어는 외국에서도 화제가 될 만큼 유명해지기도 했다.

내로남불의 대표적 사례가 '조국 사태'다.

대통령 문재인은 2019년 서울대 교수 조국을 새 법무부 장관으로 지명한다.

그는 자녀 입학 관련 비리로 검찰의 수사를 받고 있던 터라, 각 대학교를 중심으로 그의 임명철회를 요구하는 시위가 일어났다. 문재인은 그러나 '확인되지 않은 의혹만으로 공직자의 임명을 미루는 것은 나쁜 선례가 될 수 있다'라며 끝내 임명을 강행한다.

드디어 온 국민의 역린逆鱗을 건드린 것이다.

역린이란 용의 목에 거꾸로 돋은 비늘을 말하나, 최고 권력자의 심기를 뒤엎는 것을 의미한다.

그런데 역린이 꼭 임금급에만 있는 게 아니다. 우리나라 국민에게 대학 입학과 관련된 문제는 누구도 범할 수 없는 역린이다. 맹모삼천이 아니라, 자식의 입학 문제라면 위장전입은 불사하고, 열두 번도 더 이사 할 수 있는 게 우리나라 학부모들이다.

조국은 그런데도 '가짜 서류 작성한 적도 없을뿐더러 가짜라고 주장하는 것, 그것이 가짜뉴스'라며 강변했다.

이에 흥분한 국민이 들고일어났다.

시위는 갈수록 격화되었고, 참가 인원은 기하급수적으로 늘어났다. 그해 10월 3일 개천절에 열린 광화문 집회에는 전국 각지에서 버스를 타고 온 지방민을 포함, 주최 측 추산 300만 명이 집결, 조국 임명철회를 넘어 문재인 하야까지 요구하는 격한 분위기가 빚어지기까지 했다. 서울역에서부터 시청, 광화문, 경복궁, 종로 일대 등 서울 중심가에 인산인해라는 단어로는 표현이 부족할 정도의 초대규모 인원이 집결한 것이다.

결국 조국은 임명 35일 만에 스스로 장관직에서 물러났고, 이후 1, 2심 재판에서 모두 2년 형을 선고받았으나 22대 총선에서 '조국 혁신당'을 창당, 국회에 진출하는 '내로남불'의 전형을 다시 한번 더 보여주는 뻔뻔함을 보였다.

대한민국을 이념적으로 완전 두 동강 낸 문재인 정부는 경제도 '소주성 정책'으로 상하 양극단으로 갈라놓았다. 거기다 코로나19라는 악재가 덮쳐 1인당 GNP는 3만 달러 진입과 동시에 발이 묶였다.

언론 또한 정상적 제도권 언론과는 거리가 먼, 언론 아닌 언론 언더그라운드 사이비 언론이 판을 쳤다. 뒤에 논의하겠지만, 이때부터 우리나라는 가짜뉴스, 가짜 언론, 가짜 민주주의 세상으로 변모했다.

결과적으로 문재인 정부는 처음부터 끝까지 반자유 국가, 반자유 시장 이데올로기에 올인, 국민을 반대 이데올로기에 몰입하게 만들었다.

문재인 정부에 이어 2022년 3월 대선을 통해 보수당인 국민의힘 윤석열 정부가 들어섬으로써 대한민국 지배 이데올로기는 또다시 새로운 국면을 맞은 현재진행형이다.

건국 전후와 6·25 사변의 4, 50년대 못지않은 좌우 이념이 첨예하게 대립한 채, 지금도 치열한 각축을 벌이고 있는 그야말로 총체적 반대 이데올로기 시대가 된 것이다.

대통령은 바뀌었으나 하루아침에 야당이 된 더불어민주당이 위성정당 포함 180석, 국회의원 전체 300석 가운데 60%라는 절대다수의 의석을 차지한 상황이라 새 정부 여당은 야당 국회에 끌려가는 신세가 되었다.

거기다 2024년 치러진 22대 총선에서 민주당은 지역별 선거에서 득표율 50.5%로 국민의 힘을 5% 안팎 앞섰으나, 비례대표를 포함 175석을 갖게 되었고, 범야권을 합치면 192석을 차지해 전보다 더 강력한, 절대적 힘을 갖게 되었다.

개헌과 대통령 탄핵을 제외한 모든 입법을 마음대로 할 수 있는 숫자다.

그래서 나온 새로운 조어가 '여의도 대통령'이다. 야당 대표 이재명에게 붙이는 별칭이다. 제도권 언론에서조차 사용하는 용어가 되었다.

그러나 그는 일주일의 절반 이상을 검찰과 법원에 불려 다니고 있으며, 그가 속한 더불어민주당은 여의도 대통령의 '깜빵' 행을 막기 위해 총력 방탄에 매달리느라 민생을 팽개쳤다.

민주당은 숫자를 앞세워 툭하면 특검법에 탄핵 카드를 남발했고, 이에 맞서 윤석열 정부는 거부권을 행사함으로써 정국은 힘겨루기 소용돌이에 빠져들었다.

윤석열 정부는 취임과 동시 그동안 고질적 병폐였던 건설 및 운송노조의 막무가내 파업을 종식하여 기업과 국민으로부터 큰 박수를 받았다.

이어 전임 정부로 인해 멀어진 미국과의 한미 동맹을 복원했고, 일본과의 관계 개선에 힘을 쏟아 한일 국교 정상화를 이루어 냈다.

또 문재인 정부가 말살시켰던 원자력 발전 기술을 다시 일으켜 세워 유럽과 중동 수출에 성공했고, K 방산防産 기술로 유럽 시장을 장악했다.

그러나 이러한 경제적 외교적 성과는 '채상병 사건'47)과 '영부인 김건희 여사 디올 백 사건'48)이 정치 쟁점화됨으로써 빛을 잃었다.

또 하나, 짚고 넘어가야 할 것은 2020년대 총체적 반대 이데올로기 바탕에는 색깔론이 자리한다는 것이다.

제22대 총선을 통해 민주당과 범야권은 비례대표제도를 악용해 대한민국의 정통성을 송두리째 부정하는 극단적 진보 좌파, 공산주의자들을 대거 국회에 입성시켰다.

특히 조국이 만든 조국혁신당을 통해 입성한 빨갱이는 하나둘이 아니다.

국민의 힘이 이를 저격하자, 민주당은 '또 해묵은 색깔론'이냐며

---

47) 채상병 사건: 2023년 7월, 폭우로 넘쳐난 경북 예천군 내성천 일대에서 실종자 수색 작업을 벌이던 해병대 채○근 일병이 급류에 휩쓸려 실종, 사망했다. 군검찰의 사고 수사 과정에 국방부 또는 그 윗선에서 수사 관련 외압이 있었는지, 여부를 놓고 쟁점화된 사건이다.

48) 디올 백 사건: 2022년 9월, 대통령 부인 김건희 여사가 재미동포 목사 최재영으로부터 300만 원 상당의 명품 디올 파우치를 받은 사건이다. 친북 목사인 최재영은 이 과정을 '몰카'를 통해 녹화하고, 1년 뒤 이 사실을 폭로하면서 정치 쟁점화되었다.

반격한다.

그러나 '색깔론'은 그냥 넘어갈 일이 아니다.

우리 대한민국은 오늘 현재 남북으로 반토막 난 국가다.

색깔론이 일어날 수밖에 없는 구조다.

국가 정체성 문제이기 때문이다.

색깔론은 정치적으로 자유주의 대 전체주의, 경제적으로 자유 시장제도 대 통제 경제 제도, 본질적으로 개인의 자유 인권 대 국가의 통제라는 대결 구도다.

대한민국은 색깔론에서부터 자유로울 수가 없다.

자유로워서도 안 된다.

'결코' 벗어나서도 안 된다.

자유 대한민국이 존재하는 한, 자유 대한민국이 살아가야 하는 한, 북한이 눈을 부릅뜨고 호시탐탐 적화통일을 노리고 있는 이 마당에, 대한민국에서 색깔론은 사라질 수가 없다.

오히려 더 강조되고 더 강화되어야 한다.

그것은 우리가 자유 대한민국으로 영원히 존재하기 위해서이다.

북한에서 미사일 ICBM 핵심 연구원으로 일하다가 탈북한 국민의힘 국회의원 박충권도 우리에게 색깔론은 '당연한' 것이라 역설한다.

한마디로 2020년대 대한민국은 이념적으로 두 진영으로 나누어진 국가다.

반일反日, 반미反美, 친북親北, 친중親中 VS 반북反北, 반중反中, 친미親美, 우일友日 세력의 대결이다.

어떻게 굴러갈지는 두고 볼 일이다.

PS. 세 도시 이야기

"최고의 시절이자 최악의 시절, 지혜의 시대이자 어리석음의 시대였다. 믿음의 세기이자 의심의 세기였으며, 빛의 계절이자 어둠의 계절이었다."

문학 작품 속의 가장 멋진 첫 문장으로 꼽히는 찰스 디킨스의 소설 『두 도시 이야기』에 나오는 글입니다. 디킨스가 누군지 아는 사람은 드물어도 그가 만들어 낸 소설 속의 인물 구두쇠 '스크루지'를 모르는 이는 없지 않나 싶습니다.

그의 작품 두 도시 이야기는 1789년 프랑스혁명 당시 런던과 파리를 무대로 사회의 빛과 그림자를 그려낸 소설이지요.

'만약' 그가 2020년대 전후 문재인 정부 시절 대한민국에 살았다면, 위의 글에 서울을 포함한 '세 도시 이야기'로 다음과 같은 문장을 덧붙이지 않았을까 생각해 봅니다.

정의를 내세웠으나 불의가 판쳤으며, 평등을 주창했으나 차별의 사회였다. 자유가 넘친다고 했으나 보이지 않는 억압뿐이었고, 풍요를 꿈꿨으나 빈곤에 허덕였다. 희망 대신 절망만이 존재했고, 상식 아닌 몰상식이 지배했다. 기대는 상실로 바뀌었고, 공정은 사라지고 불공정이 그 자리를 차지했다.

국민 아닌 그들만을 위한 정치에 자존감 아닌 패배 의식만 늘어갔다. 순수는 찾아볼 수 없고 불순만 보였으며, 진짜보다 가짜가 우위를 점거했다. 기쁨보단 슬픔의 사회가 되니, 활기 대신 우울증이 일상화됐다. 자존감 아닌 자기 비하에 우월감 대신 열등감에 사로잡히게 되었다. 진보 아닌 퇴보로 보은은 사라지고 보복만 팽배했다.

문명사회인가 했으나 원시사회로 되돌아갔고, 인심 아닌 수獸심으로 가득 찬 세상이 되었다. 종교 지도자조차 기원 대신 저주를 읊조리니, 감사 대신 원망과 멸시에 허우적대는 세상이 되었다.

지성과 양심은 옛말이 되었고, 본능과 거짓이 행세했다. 양보 대신 갈취가, 주기 아닌 뺏기가 일상화하니, 내 탓은 없고 네 탓만이 활보한다. 파렴치한 정치가 만들어 낸 '내로남불'이라는 말이 생활언어가 되었다.

신뢰가 무너진 불신의 시간이었고, 따라서 절대 선은 소멸하고 절대 악만이 존재했다. 진정한 민주와 자유가 유실된 채 민주를 가장한 의회 독재와 정책 최고 결정권자의 폭정으로, 마침내 빛은 사라지고 암흑으로 뒤덮인 악마의 세월로 흘러갔다.

오스트랄로피테쿠스

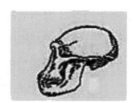

호모 에렉투스

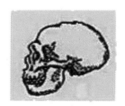

호모 네안데르탈렌시스

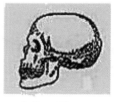

호모 사피엔스

V
좋은 결사반대를 위하여

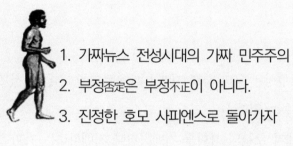

1. 가짜뉴스 전성시대의 가짜 민주주의
2. 부정否定은 부정不正이 아니다.
3. 진정한 호모 사피엔스로 돌아가자

1. 가짜뉴스 전성시대의 가짜 민주주의

오늘날까지 형성된 우리 사회 지배 이데올로기를, 지금 와서 고치거나 없애버릴 수는 없다.

문제는 21세기 오늘의 사회를 지배하거나 지배하려는 가짜 이데올로기를 어떻게 정상화할 것이냐다.

일상화된 가짜뉴스가 왜곡된 여론을 조작함으로써 사회에는 거짓 이데올로기가 형성되고 강화되어 가짜 민주주의를 활개 치게 하는 밑바탕이 되고 있다.

이러한 가짜뉴스의 주된 온상은 뉴뉴미디어인 사회관계망 SNS다.

먼저, 가짜 뉴스란 무엇인가?

영어로 페이크 뉴스Fake news로 불리는 가짜뉴스는 사실 다양한 형태로 존재한다.

언론인이자 정치학자인 서옥식49)은 그의 저서 『가짜뉴스의 세계』에서 이를 이렇게 분류하기도 한다.

오보|誤報 : misreport|, 허위 보도|虛僞 : False report|, 왜곡 보도Distorted, 날조 보도Fabricated, 편견 보도Biased, 불공정 보도Unfair, 과장 보도Exaggerated, 부정확한 보도Incorrect, 모호한 보도Ambiguous, 쓰레기 보도Junk, 비윤리적 보도Unappropriated, 사이비 뉴스Pseud, 루머 뉴스Rumor, 속임수 보도Hoax.

전 미국 대통령 트럼프는 '자신에게 불리한 보도는 모두 가짜'라는 가짜뉴스에 대한 새로운 개념 정의 하나를 추가하기도 했다.

오보는 자칫 실수로 인해 가장 흔히 일어나는 잘못된 보도다. 악의로 오보를 내지 않는 이상 자칫 잘못Mistake에 의한 것으로 볼 수 있다. 기사에 숫자 0을 하나 더 붙인다거나 사람 이름을 잘못 게재하는 등이다. 외신 기사에서 오역으로 벌어지는 해프닝Happening이 심심찮게 보도되기도 한다.

과장 보도는 뻥튀기 보도다. 잘못해서 0을 하나 더 붙이는 게 아니라, 독자나 시청자의 관심을 끌거나 자극하려 일부러 그러는 것이다.

대규모 시위에서 주최 측과 경찰 추산 참가 인원이 천차만별이 그런 것들이다.

이 둘은 그나마 어느 정도 뵈줄 수 있는 가짜뉴스라 할 수 있겠다.

왜곡 보도는 외교 관계에서 가끔 심각한 문제를 일으키기도 한다.

---

49) 1944.5.13~ 언론인이자 정치학자. 1973년 동양통신사에서 외신부와 사회부 기자로 일했고, 1981년부터 2002년 5월까지는 연합뉴스에서 외신부장, 북한 부장, 편집국장, 논설고문 등으로 근무했다. 기자 시절에는 언론통제가 극에 달하였을 때, 사건기자로 활동하면서 주로 긴급 조치 위반 사건 등 시국사건을 취재, 보도했다.

2022년 민주당 이재명 대표와 유럽 연합 대사간 비공개 대화를 가진 바 있다.

이때 EU대사는 '북한이 한반도 정세를 불안하게 하는 이 같은 행동을 멈추고 대화를 재개해야 한다'라고 말했다. 이를 김의겸 대변인이 브리핑을 통해 …… 수위를 높여가고 있는데……. '현재 윤석열 정부에서는 대화채널이 없어 대응하는 데 한계가 있는 것 같다'라고 없는 말을 덧붙였다. 거기다 '김대중, 노무현 대통령 때에는 대화채널이 있었기에 교류를 통해 해결책을 찾을 수 있었는데, 지금은 그렇지 않다'라며 해설 성 말씀까지 조작해서 언론브리핑을 했고, 언론은 이를 대서특필했다.

그러자 다음날 EU 측 대사는 공식적인 항의와 함께 유감을 표한다고 밝혔다.

김의겸은 다음날에야 '공개 면담 후 브리핑 과정에서 EU 대사께서 말씀하신 내용과 다르게 인용했다. 대화 중에 과거 정부와 현 정부의 비교하는 대화는 없었다'라며 공식적으로 사과했다.

지난 2024년 총선 당시 민주당 후보가 '이화여대생들이 미군정 당시 성 상납을 했다'라는 발언이 구설에 올랐고, 이때 M 방송사는 보도 중에 민주당 아닌 국민의 힘 로고를 그 후보자 뒤에 크게 붙여 보도했다. 속임수 보도다.

박근혜 탄핵 시위가 한창일 당시 SNS에는 '세월호 사건 당시 대통령 박근혜는 청와대에서 연하남과 어쩌고 하느라 현장을 가지 않았다'라는 내용이 떠돌아다녔다. 날조에 비윤리적 쓰레기 같은 보도다.

10여 년 전에 발생한 중국 톈진 항 폭발 사고를 마치 방금 일어난 사고처럼 오염비를 조심하라는 내용의 가짜뉴스가 SNS를 달구기도 했다. 사이비 뉴스다.

특히 정치판에서는 '아니면 말고' 식 부정확한 보도는 끝없이 나오고, 편견과 불공정 보도는 일일이 예를 들 수 없을 만큼 많다.

가짜뉴스는 정치적 문제가 주류를 이루나 개인이 직접 당하는 스팸 문자와 메신저에 의한 경제적 피해 또한 굉장하다.

2019년 200억 원에서 이듬해 587억, 그다음 해 1,265억 원으로 해마다 2배 이상 급증한다. 당국이 집계한 스팸 문자는 최근 들어 연 2억 건|23년 상반기 1억 1천만 건|을 넘어선다.

더욱 심각한 문제는 악의적인 가짜뉴스들이다.

유언비어를 넘어선 '허위' 보도다.

정치 사회적으로 부정不正의 이미지를 제공함으로써 반대 이데올로기를 심어주는 텃밭에 밑거름 역할을 하게 된다.

세상을 떠들썩하게 만든 '청담동 술자리 보도'가 그 대표적이다.

사건의 요약은 이렇다.

"22년 7월 20일 밤 1~3시, 서울 강남 청담동의 모 술집에서 윤석열 대통령, 한동훈 법무부 장관, 이세창 전 자유총연맹 총재, 김앤장 소속 변호사 30여 명이 모여 술판을 벌였다. 그 자리에서 윤석열 대통령은 첼로 연주에 맞춰 '동백 아가씨' 노래를 불렀고, 한동훈 장관은 윤도현의 노래를 불렀다."

김의겸 민주당 대변인이 그해 10월 국회 국정감사장에서 이러한 내용이 담긴 녹음테이프를 튼 후, 한동훈 장관에게 사실이냐고 물었다.

한 장관은 사실이 아니라고 펄쩍 뛰며 '나는 장관직을 걸 테니, 김 의원은 무얼 걸겠느냐'며 격하게 반응했다.

이러한 내용은 더탐사라는 유튜브 방송을 통해 사정없이 일파만파 퍼져 나갔다.

내용 모두가 물론 가짜다.

문제가 된 녹음은 당시 첼로 연주자가 그 시간의 공백을 남자 친구에게 핑계 대느라 꾸민 거짓이었음을 당사자가 경찰에 나가 진술까지 했다.

누가 들어도 뻔한 거짓말을, 그러나 그들은 사실이라고 우기며 계속 논란을 키워나갔다.

대통령, 장관, 전임 반공 단체장, 거기다 초대형 로펌 변호사 30여 명이 술판을 벌이겠다며 한자리에 모인다는 것 자체가 말이 된다고 생각한다면, 그것부터가 정신 나간 소리다.

그런데 문제는 이에 대한 국민의 반응이다.

모든 내용이 가짜뉴스로 밝혀진 뒤인 그해 12월 전 국민 대상 여론조사 결과다.

'청담동 술자리가 사실'일 것이라는 응답이 39.6%, 거짓말일 것이라는 대답이 40.3%, 모르겠다와 무응답이 20.1%였다. 이 가운데 민주당 지지자만 놓고 보면 사실이 69.6%에 거짓은 11.5%에 불과했다. 광주 호남지역은 사실 55.1%, 거짓 20.1%로 나타났다.

명명백백 멀쩡한 거짓말을 두고도 사람들은 '사실'일 거라 믿는 사람이 적지 않다는 현실은 무엇을 의미할까? 특히 민주당 지지층 10명 중 7명이 진짜라고 응답한 속셈은 따로 있는 것이 아닐까?

그들 스스로 가짜임을 알면서도 그게 진짜였으면 하는, 그렇게 믿고 싶은 바람 때문에 '진짜'라고 답변하고, 그렇게 행동하는 것이라는 게 심리학자의 분석이다.

이러한 가짜가 활개 치는 중심에 뉴뉴미디어가 있다.

전통적 미디어 자리를 대신 차지한 SNS 1인 미디어 숫자가 늘어나는데 비례해서 가짜뉴스도 증가하고 그 폭과 영향력도 커진다.

SNS의 왕좌를 차지하고 있는 유튜브의 하루 시청자는 전 세계 인구의 1/4인 20억 명으로 추산한다.

그 가운데 미스터 비스트라는 이름의 유튜버는 2024년 2월, 공식 기록상 2억 4,000명 구독자에 연 수익금 9,300억 원으로 세계 1위다. 구독자 수로 보면 전 세계 신문구독자를 훨씬 뛰어넘는 천문학적이라 그 영향력은 가늠하기 어려울 정도다.

SNS 1인 미디어가 가장 많은 나라는 인구 대국 중국으로, 15억 인구 가운데 12명 중 한 명꼴인 1억 2천만 명에 이르는 것으로 보도된 바 있다. 중국 당국도 이들 통제에 애를 먹고 있다.

우리나라는 기본 구독자 1,000명에 연간 누적 시청 4,000시간 이상 수익성을 갖춘 전업 유튜브 채널은 9만 8천 개|2000년 12월 기준|로 인구 530명당 하나꼴로 세계 1위다.

유튜브 채널 분석사이트 플레이보드에 따르면, 23년 12월 말 현재 정치 유튜브 상위 랭킹 10에는 진성호 방송을 선두로 오마이 TV, 신의 한 수, 매불 쇼, 유시민의 알릴레오, 뉴스타파, 배승희 변호사, 딴지 방송, 서울의 소리 등이다.

1위인 진성호가 182만, 10위 서울의 소리가 124만 명의 구독자를 갖고 있다.

진보 보수로 구분하면 진보 7에 보수 3으로 진보 구독자가 압도적으로 많다.

거기다 구독자 절대 수에 있어서는 보수의 진성호가 1위지만, 그 영향력은 진보의 김어준이 훨씬 더 앞선다. 김어준 방송 출연자들이 내뱉는 극단적 용어와 혐오성 내용을 담은 노이즈 마케팅 발언은 공중파나 지상파의 뉴스가 되어 한 번 더 확대 재생산하는 효과를 얻기 때문이다. 반면, 진성호 방송 내용이 지상파 뉴스를 탄 적은 거의 없다.

현역 정치인으로는 민주당 대표 이재명 유튜브가 24년 4월 구독자 100만 명을 돌파, 국내 현역 정치인 유튜버로는 처음 골드버튼 대상자가 되었다. 이어 대구 시장 홍준표의 홍카콜라는 70만 명을 넘나든다.

SNS 개인 미디어는 유튜브 외에도 페이스북, 엑스|X : 옛 트위터, 인스타그램, 위키피디아 등을 통해 그 영향력을 행사하고 있다.

순수 국산인 카톡 앱의 월간 이용자는 4,500만 안팎이다.|24년 기준|

미국 하원이 24년 3월 중국의 초대형 SNS 앱 카톡 '금지법'을 통과시켰고, 바이든 대통령은 곧바로 이에 서명했다. 틱톡은 미국인 1억 7천만 명이 사용하는 것으로 알려져 있다.

중국은 이미 2009년부터 미국의 유튜브 채널을 공식적으로 금지 조치한 바 있어, 이에 대한 보복성 조치라는 평가도 있다.

미·중 간의 틱톡과 유튜브 금지 조치만 보더라도 SNS의 영향력에 대한 우려가 얼마나 큰지를 짐작할 수 있다.

이러한 뉴뉴미디어의 가장 문제가 되는 핵심은 '견제 장치'가 제대로 작동할 수 없다는 데 있다.

정통 언론의 기자는 어떠한 전문직업인 못지않은 시험과 훈련을 거쳐야 했고, 작성된 기사는 여러 차례 확인, 검토, 수정, 보완 등 게이트 키핑 과정을 거쳐 활자화되거나 전파를 타게 된다.

그러나 이러한 개인 미디어는 혼자서 북치고, 장구 치는 시스템이라 어떠한 견제나 통제를 받지 않는다. 거기다 정부도 무조건 금지 시킬 수 있는 제도나 기술적 장치를 만들기도 사실상 어렵다.

유시민은 알릴레오를 통해 '검찰의 노무현 재단 비밀 자금 추적'이라는 허위 보도를 했었고, 민형사 소송 끝에 그는 유죄 판결을 받았으나, 이미 사람들의 머릿속에는 '아! 검찰이 나쁜 짓 했구나.' 하는 편견이 심어진 뒤였다.

루머에 유언비어성 가짜뉴스 보도를 누군가는 '쓸어도 쓸어도 어딘가에 숨어 있다가 계속 나오는 바퀴벌레' 보도라고 비판 한 적이 있기도 하다.

민주주의의 기본인 민주 주권이 이러한 SNS의 무분별한 또는 가짜뉴스로 인해 훼손되거나 왜곡되는 경우가 일상화된 것이 현실이다.

'민주주의는 죽었다.' '민주주의에 반대한다.' '어떻게 민주주의는 무너지는가.' '가짜 민주주의가 진짜 민주주의를 내쫓았다.' 라는 비판이 나오는 이유 가운데 하나가 바로, 이러한 가짜뉴스로 인한 영향을 무시할 수 없다는 이야기다.

지금까지 논의한 이러한 가짜뉴스를 자세히 들여다보면, 거기에 '뉴스 피싱'이라는 이름을 붙이면 딱 좋을 것 같다.

보이스피싱Voice phishing이란, 가짜 음성을 상대방에게 보낸다. 이어 말을 통해 공포를 조성하거나 협박한다. 상대방의 정신적 혼란을 이용해 금품을 사취하는 3단계 수법이다.

뉴스피싱News phising도 마찬가지다.

가짜뉴스를 일반 대중 혹은 특정인이나 집단에 보낸다. 이를 받은 수용자는 무조건 받아들이거나 적어도 흥미를 느끼게 된다. 상대방의 혼란스러운 정신상태를 악용해 악질 정치인은 권력을 얻어내고 금융사기단은 금품을 뺏어낸다.

그런데 사람들이 피싱에 걸려드는 이유는 심리적 밑바탕에 불신이 존재함을 말해 준다. 참眞이 아닌 거짓말을 믿는 자체가 불신 사회라는 이야기다. 이러한 피싱은 인공 지능 AI가 발전하는 이상으로 그 기술도 발달하고 있다.

그런데 순전히 돈을 탐하는 보이스피싱보다 권력을 탐하는 뉴스피싱에 사람들은 더 쉽게 걸려드는 경향도 있다.

이는 속아서가 아니라 거짓인 줄 알면서, 낚시 미끼를 무는 경우가 더 많아서라고 풀이할 수도 있겠다.

말하자면, 가짜뉴스에 등장하는 내용에 속아서가 아니라 그 대상이 미우니까, 시샘이 나니까 속는 척 받아주는 것이다.

청담동 가짜 술자리 뉴스를 다시 한번 들여다보자.

'언제, 어디서, 누가, 무엇을, 어떻게, 왜'라는 뉴스 원칙에서 어느 것 하나도 받아들일 만한 내용이 없다. 요즘 말로 상식이 1이라도 있다면.

그럼에도, 사실이 아님이 만천하에 드러난 지 6개월이 지나서도 지역에 따라 10명 중 7명이 사실이라고 믿는다는 여론조사가 이를 설명해 준다.

사실이라서 믿는 것이 아니라, 그랬으면 하는 내용이 자기 맘에 쏙 들어서 '옳소' 하며 믿는 척 박수를 쳐 주는 것이다.

'조국 현상'도 마찬가지다.

범죄자 조국曺國은 윤석열 정부가 들어서자, 곧바로 '검찰독재 국가'라는 프레임을 씌워 반정부 캠페인을 벌였고, 총선을 통해 국'개' 의원이 됐다.

역사상 경찰국가는 있었으나 검찰국가는 단어 자체가 없다. 국어사전에도 없다.

실체가 없는, 허구의식에나 존재하는 가짜를 뉴스화해서 부화뇌동 유권자를 통해 악의 권력을 거머쥐었다.

앞으로 이러한 악의적 가짜뉴스, 뉴스피싱이 얼마나 더 기승을 부릴지, 그리고 그로 인해 얼마나 많은 사회적 피해가 발생할지가 염려스러운 현실이 안타깝다.

PS. 다시, 가짜뉴스를 위대하게

'다시, 가짜뉴스를 위대하게'.

어느 종합일간지가 보도한 기사 제목입니다.

누가 봐도 트럼프 전 미국 대통령의 정치 슬로건 '미국을 다시 위대하게 Make America Great Again'를 패러디한 것임을 알 수 있습니다.

트럼프는 '나에게 불리한 내용은 전부 가짜이며, 자신에게 유리한 기사는 모두 진짜 뉴스.'라는 새로운 개념을 내린 가짜뉴스의 달인이잖아요.

그는 지난 21년 대선에서 '가짜뉴스'로 톡톡히 재미를 본 덕택에 득표자 숫자에는 졌으나 대통령에 당선된 경험을 되살려, 이번에도 가짜에 온 힘을 쏟고 있음을 비판하는 내용입니다.

민주주의의 정통성과 본질인 민주 주권을 훼손시켜 가짜 민주주의의 확산을 부추기는 그의 '가짜뉴스 악용'은 우리에게도 타산지석이 될 것으로 여겨집니다.

기사 후반부를 그대로 싣습니다.

"수치로 검증된 가짜뉴스 효과."

"트럼프 전 대통령은 2024년 대선 운동을 2021년 임기를 마칠 때와 똑같은 방식으로 시작했다. 부정확한 주장을 수도 없이 쏟아내는 것 말이다."

미국 CNN 방송은 2022년 11월 15일 트럼프 전 대통령이 출마를 선언하면서 내놓은 연설을 분석해 모두 20가지의 '가짜뉴스'를 골라냈다.

예를 들어 트럼프 전 대통령은 당시 연설에서 아프가니스탄 철군과 관련해 "850억 달러 규모의 군사 장비를 버려두고 왔다"라며, 조 바이든 대통령을 질타했다. 방송은 "850억 달러란 수치는 아무런 근거가 없다. 국방부는 버려진 장비가 71억 달러 규모로, 이 가운데 일부는 사용 불가능한 상태라고 밝힌 바 있다"라고 짚었다.

트럼프 전 대통령이 재집권 전략으로 가짜뉴스와 갈라치기를 다시 전면에 내세운 이유는 명확하다. 2016년에도 성공적으로 먹혀들었기 때문이다. 오하이오주립대학 연구팀이 2016년 대선 운동의 과정과 결과를 분석해 2018년 3월 펴낸 보고서를 보면 이를 잘 알 수 있다.

연구팀은 대선 당시 트럼프 전 대통령 쪽이 퍼뜨린 숱한 가짜뉴스 가운데 △힐러리 클린턴 민주당 대선 후보 건강 이상설 △클린턴 후보 국무장관 재임 시절 이슬람 극단주의 무장 세력에 무기 판매설 △교황 프란치스코의 트럼프 후보 지지설 등 세 가지가 유권자에 어떤 영향을 끼쳤는지 추적했다.

이를 위해 1,600명을 상대로 여론조사를 했는데, 이 가운데 585명은 2012년 대선 때 민주당 후보로 나선 버락 오바마 전 대통령 지지자였다.

클린턴 후보 건강 이상설을 '사실'로 받아들인 유권자는 전체의 25%였다. 무기 판매설과 교황 지지설에 대해선 각각 35%와 10%가 '사실일 것'이라고 답했다.

오바마 전 대통령 지지층에선 △건강 이상설 12% △무기 판매설 20% △교황 지지설 8% 등으로 평균보다 낮았다. 그럼에도 파급은 컸다.

연구팀은 "오바마 전 대통령 지지층 가운데 세 가지 가짜뉴스를 모두 믿지 않은 유권자의 89%는 클린턴 후보를 지지했다. 반면 한 가지를 사실이라고 믿은 쪽은 61%, 두 가지 또는 세 가지 모두 사실이라고 믿은 쪽은 단 17%만 클린턴 후보에게 표를 주었다."라고 전했다.

"이번에도 먹힐까, 가짜뉴스!"

미국 대선은 인구에 비례해 주별로 할당된 '선거인단'을 해당 주에서 단 1표라도 더 얻은 후보가 차지하는 '승자독식' 구조로 치러진다. 격전지일수록 선거 결과에 영향을 끼치는 '가짜뉴스'의 위력이 클 수밖에 없다.

2016년 대선에서 오바마 전 대통령 지지층 가운데 77%만 클린턴 후보를 지지했다. 4%는 소수정당 후보를 지지했고, 8%는 투표에 참여하지 않았다.

그리고 10%는 아예 트럼프 전 대통령 지지로 돌아섰다.

최종 개표 결과 트럼프 전 대통령|6,298만여 표|은 클린턴 후보|6,585만여 표|보다 얻은 표는 적었지만, 30개 주에서 승리를 거두며 무난히 당선됐다.

가짜뉴스의 '위대한 승리'였다. |23. 7. 18. 한겨레신문|

여기에 한 가지 덧붙이고 싶은 것이 있습니다.

'청담동 사건'을 우리나라 대학, 언론학회, 언론 관련 단체 등이 이러한 추적연구를 통해 '청담동 가설 또는 청담동 이론'으로 제시해 줬으면 하는 것입니다.

2. 부정否定은 부정不正이 아니다

반대는 늘 정의로운가? 대답은 '아니다'.

그러면 반대는 늘 정의롭지 않은 것인가? 그것 역시 아니다.

부정否定한다는 것이 옳지 않다는 부정不正이 아니기 때문이다.

반대는 부정적 언어negative term이며, 긍정적 언어positive term가 아닐 뿐이다.

부정은 무언가를 받아들이지 않겠다는 말이며, 긍정은 받아들이겠다는 언어다.

곧 현실이라기보다는 심리적 상태를 표현하는 것이다.

바로 위에서 언급한 바처럼, 반대가 '늘' 정의로운 것은 아니라고 해서 반대나 부정적 이데올로기가 '늘' 나쁘다는 것 또한 아니다.

사회는 무언가를 부정하는 갈등을 겪으면서 변화하고 발전하기 때문이다.

이 같은 발전론에 한몫하는 것이 갈등이론이다.

사회학에서는 갈등이론을 변증법적 갈등이론과 구조주의 갈등이론으로 구분 설명한다.

여기서는 변증법적 갈등론을 중심으로 논의한다.

왜냐하면 두 가지 갈등론 모두가 '사회는 필연적으로 갈등 요인을 안고 있다'라는 본질에 대해서는 맥을 같이 하고 있어서다.

그렇다면 헤겔의 변증법이 무엇인지부터 간단하게 짚어 본다.

변증법적 발전론에 따르면 사회가 변화하고 발전하는 것은 대립과 갈등이라는 모순이 있기 때문이다. 만약 사회가 그 어떤 모순도 없이 오직 조화와 안정만 있다면, 그 사회는 항상 동일한 상태에서 정체되어 머물고 만다. 이처럼 어떤 사회 내에서의 대립하는 힘, 곧 모순이 변화와 발전의 원동력이 된다는 것이 갈등론의 핵심이다.

사회의 낡은 것이 부정되어 사라지고 그 대신 새로운 것이 출현하며, 새로운 것 또한 언젠가는 낡은 것이 되어 부정되고, 또 다른 새로운 것이 나타나게 된다. 이렇게 연속적인 부정의 부정이라는 과정을 거치면서 사회는 더 좋은 방향으로 발전하게 된다는 것이다.

변증법에서는 이를 '부정의 부정 법칙'이라고 말한다.

곧 정|正 : Thesis| → 반|反 : Antithesis| → 합|合 : Synthesis|의 과정이다.

정正이란 어떤 주장이나 명제를 내세우는 것, 즉 정립|定立 : 바로 섬|을 의미한다.

반反이란 주장이나 명제에 반대주장이나 새로운 명제를 내세우는 것, 즉 반정립을 말한다. 그리고 합슴이란 대립의 두 주장 중에서 하나를 완전히 배제하거나 폐기하는 것이 아니라, 부정적인 측면만 제거하고 긍정적인 측면을 수용하여 업그레이드된 새로운 주장이나 명제를 내세우는 것, 즉 종합을 의미하는 것이다.

즉 정正의 긍정적인 면 + 반反의 긍정적인 부분 = 새로운 정正, 합슴이 된다.

따라서 변증법은 업그레이드 합을 향한 지양止揚과 지향指向 과정이라고 할 수 있다. '지양'은 부정적인 것을 버리는 과정이며, '지향'은 긍정적인 것을 찾아가는 과정이 된다.

프랑스 철학자 가스통 바슐라르Gaston Bachelard50)는 『부정의 철학』이라는 저서를 통해 부정을 이렇게 정의했다.

「부정이란 무엇이건 아무 때나, 그리고 방법을 가리지 않고 반대하는 것을 의미하지 않는다. 곧 부정의 철학은 반대한다는 뜻만을 의미하지 않는다. 부정의 철학은 모호한 궤변을 불러일으키는, 그리하여 근거도 없이 다만, 반대를 위한 반대 정신을 의미하지 않는다. 부정의 철학은 규칙에 순응하는 것을 자랑스럽게 여긴다. 그러므로 귀납적인 정신을 출현시키는 매우 잘 정의된 상세한 진술들로 이루어진다.」

말이 좀 어렵긴 한데, 쉽게 말하자면, '부정'이란 '반대를 위한 반대'가 아니라 '긍정을 위한 부정'일 때 가치와 의미가 있다는 설명이다.

그렇다면 그동안 서술해 온 반대 의식, 반대 이데올로기의 문제점과

---

50) 1884.6.27~1962.10.16 철학자. 프랑스의 과학철학자이자 문학비평가. 구조주의構造主義의 선구자이며 시론詩論과 이미지 론論으로도 유명하다. 디종대학과 소르본|파리대학|에 초빙되어 과학사, 과학철학을 강의했다.

그 한계에 대해서 논의할 차례가 온 것 같다.

40년대 반일 이데올로기를 예로 든다.

우리는 반일, 그걸로 끝이었다.

반대 이데올로기에서 한 발도 더 나아가지 못하고 그냥 거기에 머물러 있었다. 정正 : 일제日帝 → 반反 : 반일反日 → 반反 : 반일反日로 끝났다는 것이다.

변증법적 갈등론 정반합正反合에서 기준으로 할 때, 우리는 정|正 : Thesis|에서 반|反 : Antithesis|으로 와서 머물렀을 뿐 합|合 : Synthesis|에 이르지 못했다.

일본은 같은 하늘 아래에서는 죽어도 함께 살 수 없다는 불구대천不俱戴天 원수라면, 반일 다음에 무언가 끝맺음이 있어야 한다.

'때려잡자, 일본'인 제일制日이든가, 원수를 넘어 웬쑤지만, 어쩔 수 없이 화해해서 같이 살자는 화일和日이라든가, 이것도 저것도 아니라면 그건 그대로 두고, 현실적으로 일본과 파트너로서 지내자는 우일友日이라도 해야 했다.

그러나 40년대 당시로서는 이러한 생각은 허황한 꿈이나 공상에 불과했는지 모른다. 당장 죽느냐 사느냐의 절박한 상황에서 '살아야 한다'라는 일념 이외 그 어떤 것도 생각할 시간도 생각할 여유도 없었다.

따라서 당시 우리로서는 반일에 이른 것 그 자체만으로도 최상이자 최선의 정의이자 이데올로기였으며, 아주 훌륭한 버팀목이었다고 할 것이다.

다행인 것은 윤석열 정부 들어서 반일에서 한 발짝 나아가 우일이라는 합을 이뤄낸 것은 아주 평가 받을만하다고 하겠다. 물론, 민주당과 좌익단체들은 지금도 죽창가를 외치며 끝없는 반일, '정반반'을 주장하고 있지만 말이다.

40년대는 그렇고, 50년대 이후는 어떠한가?

50년대 반공은 그때나 지금이나 달라진 게 없다. 달라질 수가 없는 문제다.

합습으로서 좌파 정부가 평화통일을 추구해 봤지만 헛것이었다. 결국 반공은 더 나아가 멸공 그 자체가 반이자 합이라 하겠다.

이후 60~80년대는 오로지 독재적 정치권에 대한 반대, 곧 민주화를 합으로 내세운 반대 이데올로기였다. 그러나 지금껏 '진짜 민주화'라는 합에 이르지 못하고 계속해서 정반반에 머물고 있다.

여기에는 '민주화'라는 개념에 진보좌파와 보수우파 사이에 자리하는 커다란 갭이 문제라고 할 수 있다.

즉, 진보 좌파는 '주사파'식 민주화, 곧 북한식 민주화를 목표로 하고 있고, 보수우파는 자유주의적 민주화를 지향하므로 방향 자체가 다르다.

북한의 유엔 공식 명칭은 '조선민주주의 인민공화국'이다.

그들도 민주주의 국가임을 내세운다. 그러나 민주의 주인인 인민은 국민이 아니라, 오직 '김일성과 그 가족'을 말한다.

북한학 세미나에서 발표되는 북한은 한마디로 공산주의를 넘어 '김일성 주의 국가'다. 김일성이 곧 국가요, 인민이다. 모든 길은 김일성 일가로 통할 뿐이다.

그러다 보니, 대한민국에서 민주화에 대한 합이 이뤄질 수가 없다.

최근 세계적 SNS 사전인 위키백과에 '더불어민주당은 더불어공산당'이라는 해설이 이러한 현실과 무관하지 않은 것 같다.

그렇다. 더불어민주당에는 민주도 자유도 없다. 오직 더불어 개딸만 있는 이재명 사당私黨인 탓에 이런 평가를 받는 것 같다.

90년대 반기업 이데올로기도 합을 이루지 못함은 여전하다.

어쩌면 이는 영원히 이뤄질 수 없는 명제인지도 모른다. 지금까지 인간 역사에 절대적 평등은 존재한 적이 없었고, 앞으로도 지속될 숙제이자 과제다.

어떤 이념을 지녔든 간에 불평등 해소를 위한 개선책인 합을 향해 꾸준한 합리적 노력은 이어져야 할 것이다.

2,000년대 이후 합을 찾기 위한 정치 사회적 반대 이데올로기 갈등은, 지금도 진행 중이라 결과를 지켜봐야 할 대상이므로 논쟁은 여기서 유보한다.

사회학자 송복은 『한국 사회의 갈등 구조』라는 저서에서 이렇게 비판한다.

한국 사회는 예부터 반대할 줄도 모르고 반대를 받을 줄도 모른다고

무언가에 반대하면 한편에서는 정직하다 하고, 다른 편에서는 반대에 무조건 또 반대하면서 싸움질로 번질 뿐 합을 찾을 수 없다고 지적한다.

말하자면, 이러한 토론 문화의 부재가 합을 이뤄내지 못하는 중요 요인 중 하나로 이어지고 있다는 평가다.

결론적으로 한 번 더 강조하자면, '부정'이란 '반대를 위한 반대'가 아니라 '생산적이고 건설적인 반대' 곧 합리적인 바탕 위에 '긍정을 위한 부정', '합을 위한 반대'일 때 철학적 의미가 있다는 것이다.

PS. 반 컵의 물이 묻는다

좀 부드럽고 가벼운 이야기로 PS를 마무리하고자 합니다.

긍정적이냐 부정적이냐, 소극적인가 적극적인가에 대한 너스레입니다.

여기 물이 반이 든 컵이 있습니다.

누구는 '반밖에' 안 남았다고 합니다.

또 다른 누군가는 물이 '반이나' 남아있다고 얘기합니다.

많은 경우, 전자를 부정적 사고思考를 가진 사람이라고 말합니다.

그리고 후자를 긍정적인 생각을 지닌 사람이라고 평가합니다.

과연 그럴까요?

반대로 생각할 수도 있다고 여깁니다.

물이 반밖에 안 남았으니까 '채워야겠다'라고 생각하는 편이 오히려 긍정적이고 적극적인 사고방식을 지닌 사람일 수 있습니다.

반면 반이나 남아 있다고 하는 경우, '채울 필요가 없다'라는 부정적이고 현실에 안주하는 사람이라고 말할 수 있지 않을까 하는 것입니다.

어느 기업의 실적이 같은 업종 기준, 중간 정도의 성과를 냈다고 할 때, 경영자가 어떻게 생각하느냐에 따라 기업의 내일이 달라지겠지요.

이것과는 조금은 다른 차원이지만, '옳다 그르다, 좋다 나쁘다'가 아닌 동서양의 생활 습관과 사고의 차이에 이런 것이 있습니다.

우리가 4시50분이라고 말할 때 미국인들은 10분 더 가면 5시｜It's ten

to five|라고 표현합니다.

우리는 4시라는 '과거'에 기준을 두고 50분이 지났다고 말하는 반면, 미국은 '미래'인 5시를 기준으로 해서 앞으로 10분을 더 가야 한다고 하는 것입니다. 과거지향적이냐 미래지향적이냐 하는 차이겠습니다.

또 거스름돈을 계산할 때도 그렇습니다. 80원어치 물건을 사고 100원을 내어놓으면, 우리는 100에서 80을 빼서|-| 남은 20원을 거슬러 줍니다|100 - 80 = 20|.

미국은 80원에서 100원이 될 때까지 보탠|+| 만큼의 돈을 돌려줍니다|80 + 20 = 100|.

말하자면, 우리는 '뺄셈의 법칙'이 자연스러우나 반면에 미국은 '덧셈의 법칙'에 익숙해 있습니다.

무조건적인 긍정과 긍정을 위한 부정적 긍정, 가벼운 이야기를 한다면서 꽤 딱딱한 얘기가 되고 말았습니다만, '어느 것이 더 긍정적인지' 생각해 볼 만하다고 여기지 않습니까.

3. 진정한 호모 사피엔스로 돌아가자

역사는 인류사회의 나我와 남非我의 투쟁 기록이다. |신채호|

자연 상태에서 '인간은 만인에 대한 만인의 투쟁'으로 사람은 사람에 대하여 늑대다. |홉스|

모든 인간의 역사는 '계급투쟁의 역사'다. |마르크스|

역사는 도전과 응전의 기록이다. |토인비|

세계적 철학자를 비롯한 많은 역사학자와 사회학자의 말을 한마디로 뭉뚱그리면 '인류 역사는 반대의 기록'이라고 할 수 있을 것 같다.

지금까지 논의한 것처럼, 인간이 끝도 없이 반대를 외치는 건 뭐니 뭐니 해도 '얻는 것 〉 잃는 것' 때문이다.

그것이 가장 인간적인 것에 대한 요구, 공적인 철학적이고, 추상적인 가치에 대한 욕구이든, 개인의 물질적 이익이든 간에 그렇다.

이렇게 볼 때, 개인적 이해관계와 공적 이익이 같은 선상에 있거나 추구하는 목표가 같으면, 이념화되어 그 사회의 지배적 이데올로기가 된다.

그것이 반대 이데올로기로 결집 되고 점철될 때 사회는 불신과 갈등이 지속되는 불안정한 상태가 된다.

그럼에도 역사는 발전했고, 지금도 더 나은 방향으로 진화하고 있다.

그것은 첫 장에서 얘기했듯이, 인간은 원초적으로 착한 호모 사피엔스 적 이성과 함께 반대를 일삼는 폭력적인 호모 비오랑스 같은 이중적 본성을 지닌 데서 나온 결과다.

이러한 이중성 가운데 폭력적인 호모 비오랑스가 겉으로 더 많이 나타남으로써 사회는 마치 반대 이데올로기에 지배된 것처럼 보였을 것이라 할 수 있다.

말하자면, 내면의 호모 사피엔스와 외면의 호모 비오랑스 두 개의 수레바퀴가 사회를 이끌어 왔고, 그 결과가 발전된 역사라는 기록으로 남게 된 것이다.

기존의 틀이나 사고방식에 반대하고 투쟁함으로써 무언가 새로운 것을 찾게 되고, 이것이 쌓여 발전된 새로운 역사를 만들어 냈다는 이야기다.

인간의 성선설과 성악설을 제기한 동서양 학자들의 공통된 주장이 있다.

인간이 착하게 태어났으면 착한 대로, 악하게 태어나는 게 인간이라면 또 그런대로 바른길, 착한 길로 나아가게 이끌 수 있다는 것이다.

그래서 무조건 반대에 폭력을 일삼으며 나쁘게 살면 '얻는 것 < 잃는 것'이라는 것을 체득하고 확신이 설 수 있게 교육적 제도적 뒷받침이 필요하다고 강조한다.

가정 교육에서부터 학교 교육, 사회교육을 통한 인간성 회복 교육과 폭력에는 상응하는 처벌이 따른다는, 이른바 당근과 채찍이 필요하다.

우리는 현존하는 인류의 조상인 호모 사피엔스는 영리했고 지혜로웠으며 인정 많은 '인간다운 인간'이라고 말한다.

그럼, 여기서 말하는 인간다움이란 무엇인가?

생각하는 힘, 곧 지식과 지혜, 그리고 동물과 다른 인성을 지녔다는 말이다.

공자가 말하는 사람으로서 도리인 '인의예지仁義禮智'를 두루 갖춘 인간이라는 말과 같은 의미다.

인의예지는 그럼 구체적으로 어떤 것인가?

끝에서부터 간단히 풀어본다.

지智는 시비지심是非之心이다. 옳고 그름을 가릴 줄 아는 마음이다. 그러기 위해서는 최소한의 상식과 지식이 필요하며, 나아가 지혜를 겸하면 최상이다. 도덕의 기본이기도 하다.

예禮는 사양지심辭讓之心이다. '형님 먼저, 아우 먼저'라는 라면 광고의 형제애 같은 착한 농민의 마음이다. 가진 자는 덜 가진 자에게, 강한 자는 약한 자를 우선 배려하고 양보하는 마음이다. 지하철에서 노약자에게 자리를 양보하는 예절이 그런 것이다.

의義는 수오지심羞惡之心이다. 부끄러움을 아는 옳은 마음이다. 인간이 동물과 구분되는 가치 척도이다. 요즘 말로 내로남불의 반대 의미다. 자신이 저지른 나쁜 행동을 아는 것이 옳음의 시작이자 끝이다.

인仁은 측은지심惻隱之心이다. 인간이 오를 수 있는 가장 높은 경지의 어질고 너그러움의 마음이다. 의·예·지를 다 포용한다고 하겠다. 힘든 사람을 어여삐 여기고 가련한 마음으로 감싸는 진심의 발로다.

이 모두가 호모 사피엔스가 지닌 본성이다.

예일대 교수이자 의사인 A. 크리스타키스도 그랬다.

태초의 인간 본성에는 서로 돕고 배우고 사랑하도록 프로그래밍 되어있다.

따라서 호모 사피엔스 본성에 따라 '인간다운 인간'으로 되돌아가라는 얘기다.

스포츠 선수들에게 한결같은 원칙이 있다. 안 될 때는 '기본으로 돌아가라.'

정치권에 읍소한다.

'무조건 반대 논쟁만을 벌이다 나라를 잃은 뒤에야 피를 흘리며 독립운동에 나서는 어리석음을 범해서야 되겠는가?'

레밍 같은 무뇌아 급 '백성'들에게 간곡히 호소한다.

'무조건 반대에 휩쓸려 빨갱이 나라가 된 다음에야, 아차! 한들 무슨 소용 있겠는가?'

우리 모든 국민에게 기대한다.

'소를 잃고도 외양간을 고치지 않아' 나중에 서로 네 탓만 하는 바보 같은 짓은 되풀이하지 않을 것임을.'

우리는 다시 기본으로 돌아가야 한다.

자랑스러운 한국인의 정체성을 찾아 본심으로 돌아가야 한다.

최근 가짜뉴스의 온상으로 지목받는 SNS 구독자가 조금이나마 줄어들고 있는 현상은 한국인의 참된 저력을 보여 주는 희망으로 여겨진다.

생명을 인질로 전공의들이 파업 투쟁을 벌이는 와중에도 쓰러지면서까지 환자 곁을 지키는 '의사 선상先上님'들의 '소리 없는 아우성'에서 우리는 착한 호모 사피엔스가 살아있다는 외침을 듣는다.

옛날 어르신들의 말씀대로, '뉘가 아무리 많아 보여도 그래도 쌀이 더 많다'라고.

'뉘'는 탈곡 과정에서 껍질이 벗겨지지 않은 채 남아있는 벼 낟알을 말한다.

호모 사피엔스로 시작한 글이니 다시 같은 글로 끝맺음 해야겠다.

우리는 태초의 진정한 호모 사피엔스로 돌아가자.

PS. 정체성 찾기

우리가 지금 겪고 있는 무질서, 혼란과 대립은 우리가 확실한 '나의 정체성'을 찾지 못하고 허우적거리기 때문이라 할 수 있습니다.

호빗족 같은 무뇌아들이나, 스스로 노예의 길을 선택하는 찐 바보들이나, 생각 자체가 없는 레밍 족 같은 인간이나, 지도자급이나 지식인이라고 자부하는 군상들이나 하나같이 정체성 없기는 마찬가지입니다.

진정한 호모 사피엔스로 돌아가기 위해서는 정체성 확립이 바탕이 되어야 하지 않나 여겨집니다.

단군 할아범 같은 홍익 정신, 주몽 같은 개척정신, 원효 같은 불심, 조선조 같은 세세 사대사상, 안중근 같은 독립심, 류관순 같은 애국심, 흥부 같은 형제애, 춘향과 논개 같은 절개, 아니면 도척 같은 도적 심보, 선조가 심은 당파심, 앵거만이 말하는 노예근성, 그냥 근자감|근거 없는 자신감|, 넘쳐나는 자존감으로 좌충우돌 주체성, 사촌의 논 시기심, 팥쥐 같은 질투심, 그냥 비딱한 반골, 무엇이든 우리 몸에 흐르는 심성에 자리한 성깔들이 아니겠습니까.

무엇이 됐든 확실한 정체성을 가졌으면 좋겠습니다. 그래야 이리저리 마구잡이로 줏대 없이 휘둘리지는 않을 테니까요.

끝으로 정체성 찾기에 관한 문제 하나를 제시합니다.

그냥 한번 풀어보시면 재미있을 거라 여겨집니다.

지금 이야기에 나오는 사람의 정체성은 A, B, C 가운데 누구일까요?

교통사고가 났습니다. A라는 여자는 목 위 머리는 털끝 하나 손상이 없으나 몸통은 완전히 망가졌습니다. B라는 남자는 반대로 몸통은 멀쩡하지만 머리 부분은 완전히 부서져 버렸습니다.

그래서 수술로 A와 B를 합쳐 C라는 새로운 인간이 탄생했습니다.

문제는 이 경우, C의 정체성|正體性 : Identity|이 어떻게 되느냐 하는 것입니다.

이는 필자가 지어낸 논제가 아니라, 40여 년 전 인도 연수 중에 인도철학 세미나의 한 학기에 걸친 토론수업 테마였습니다.

우선 토론 참석자들을 정체성 A를 주장하는 팀, B라는 팀, 그리고 C라고 말하는 3팀으로 구분합니다.

각 팀은 자신들의 주장을 펴기 위해 '모든 걸' 제시하고 주장합니다.

먼저 생각할 수 있는 것이 생물학적 의학적 배경이겠지요. 다음으로 법적인 문제가 거론될 수가 있을 테지요. 또 문학적, 수학적, 철학적, 종교학적으로 이를 어떻게 받아들여야 하는 게 나올 것이고요. 그뿐 아니라 신학적 또는 각국의 토속신학이나 민속학, 구전 설화 등 나라마다 마을마다 있을 수 있는 어떤 '전설 따라 삼천리' 같은 이야기까지 다 동원됨은 물론입니다.

기본적으로 이 사람의 정체성은 남자냐 여자냐, 아니면 중성이냐를 두고 논의가 있을 수 있습니다.

육체를 기준으로 하면 남자 B라는 게 힘을 받을 테지만, 인간은 두뇌가 모든 걸 지배하는 생각하는 동물인 만큼 여자 A일 수 있으며, 이도 저도 아닌 제3의 인간 C이니 새로운 성性이 주어져야 한다고 볼 수도 있을 것입니다.

그뿐더러 이 사람이 2세를 낳았을 때, 그의 DNA를 기준으로 볼 때 누구의 자식이냐도 논쟁이 될 수 있습니다.

여기다 말씀드린 대로 문학, 종교, 철학, 기타 등등을 주장하면 끝이 없다는 것이지요. 특정 주장에 대한 반론을 펴기 위해서는 더 많은 논리적 명시적 뒷받침이 필요하니 그렇게 되는 것이지요.

말하자면 '10년이 가도 100년이 가도' 끝이 없는 논쟁거리만 제공할 뿐 정답은 없습니다.

인간의 정체성, 우리의 정체성은 무엇인가를, 다시 생각하게 하는 논제라 풀어놓아 봤습니다.

- 끝 -

참고도서/참조자료

* 『가짜뉴스의 세계』 서옥식, 해맞이미디어.
* 『과학철학이란 무엇인가』 박이문, 민음사.
* 『나를 감동시킨 사람들』 아산재단편, 자유출판사.
* 『뉴뉴미디어』 P. 레빈슨 저/권오휴외 옮김, 피어슨.
* 『대한민국 50년-우리들의 이야기(下)』 조선일보사.
* 『마음 출구 있음』 사공정규, 가디언.
* 『매스 커뮤니케이션 심리학』 G.말레츠케 저/박유봉 외 옮김, 법문사.
* 『민주주의에 반대한다』 J. 브레넌 저/홍권희 옮김, 아라크네.
* 『반대 공화국 대한민국』 e-book, 유창하, 교보문고
* 『부정의 철학』 가스통 바슐라르 저/김용선 옮김, 인간사랑.
* 『부정의론-정의는 부정의가 아닌 것이다』 이종건, 인간사랑.
* 『사피엔스』 유발 하라리 저/조현욱 옮김, 김영사.
* 『사회과학의 구조기능주의』 벤튼 존슨 저/박영신 옮김, 문학과 사상.
* 『사회 변동의 이론』 리차드 아펠바움 저/김지화 옮김, 한울.
* 『삶, 사회 그리고 과학』 한국철학사상연구회 지음, 동녘.
* 『상식 속의 철학 상식 밖의 철학』 이진경, 새길.
* 『생명 가격표』 H. 프리드먼 저/연아람 옮김, 민음사.
* 『어쩌다 한국인』 허태균 저, 중앙북스
* 『역사주의의 빈곤』 칼 R 포퍼 저/이석윤 옮김, 지학사.
* 『우리는 왜 극단에 끌리는가?』 R. 선스타인 저/이정인 옮김, 프리뷰.
* 『인간 서애류성룡이야기』 유창하, 자식산업사.
* 『인간 커뮤니케이션 사회구조』 박유봉 박사 고희 기념 논문집, 진성사.
* 『자유에 대하여』 H.마르쿠제 저/배현나 옮김. 평민사.
* 『자유에서의 도피』 E. 프롬 저/이극찬 옮김, 민중서관.
* 『전태일 평전』 조영래, 돌베개.
* 『정의란 무엇인가』 M. 샌델 저/김명철 옮김, 와이즈베리.
* 『좌파적 사고 왜, 열광하는가?』 공병호, 공병호연구소
* 『커뮤니케이션론』 홍기선, 나남.
* 『폭력 '폭력적 인간'에 대하여』 로제 다둔 저/최윤주 옮김, 동문선.
* 『풍류회지 31호』 풍산류씨대종회, 한스.
* 『프랑크푸르트학파의 사회비판 이론』 T. 보토모아 저/진덕규 옮김, 문학과 사상
* 『한국 사회 변동과 매스컴』 홍기선, 나남.
* 『한국 사회의 갈등 구조』 송복, 현대문학.
* 『한국의 시민윤리』 아산사회복지사업재단.
* 『한국인의 사회심리』 오세철, 박영사.
* 『현대 사회 이론의 조명』 I. 크레이브 지음/ 김동일 옮김, 문맥사.
* 기타 인터넷 위키피디아 백과사전.
* 각종 신문 칼럼 및 기사.
* 각 기관 통계 자료